魅惑の社長に誘淫されて
陥落させられました

頑張っても、報われるとは限らない。

二十九歳の誕生日に、原田奈緒《はらだなお》は身に染みてそう感じていた。

一人ぼっちの夜を迎えているのは、出張先の関西にあるビジネスホテルの一室。

プレゼントもバースデーケーキもなく、あるのはコンビニの幕の内弁当と缶ビールのみ。

あと五時間で今日が終わるというのに、一度も本気で笑わないまま一日が過ぎようとしている。

「結婚するって言ってたのに……」

ほんのひと月前、同い年の彼氏に浮気された。

その人とはすでに同棲して四年目、付き合って七年が経っていた。

商社マンの彼は優しく穏やかな人で、そろそろ結婚をしようと話し合って一緒に式場を探していた最中だったのだが……

『ごめん。実は別の女性との間に子供ができてしまって……』

土曜日の朝、一緒に朝食を食べている時にそう言われ、頭が真っ白になった。しかも、その日の午後には彼の子を身ごもったという女性と対面させられ、人生最大の心理的修羅場を迎えたのだ。

『〝長すぎた春〟ってやつですね。それにこの人、彼女さんの事、もともとタイプじゃなかったみたいですよ。あ、もう元カノさんになっちゃいましたけど』

元カレの部下で奈緒より五つ年下の彼女とは、以前参加した彼の同僚主催のバーベキューパーティーで一度顔を合わせた事があった。

当時は小柄で大人しそうな印象だったのに、二度目に会った彼女は、ふてぶてしい雌猫に変わっていた。

『見た目もアレだけど、性格も可愛くないんですってね』

『それに、あっちのほうもイマイチだって。それって、もう致命的ですよねぇ』

母子手帳とエコー写真を見せられている間も、さんざんな言われようだった。

容姿ばかりか、性格や性生活の愚痴まで浮気相手に垂れ流しにしていたなんて――

反論しようにも、思い当たる節がありすぎて適当な言葉が見つからない。何より、あまりのショックで言い返すだけの心の余裕もなかった。

『君は仕事ばかりで、ちっとも僕を構ってくれなかった。だから、寂しかったんだ』

『最近は、ただ一緒に住んで、同じベッドで寝るだけだったよな。たまにシても、ぜんぜん気持ちよくないし、そりゃあ浮気のひとつもしたくなるよ』

せめて申し訳なさそうにしてくれていたらまだマシだったのに、元カレは完全に開き直って彼女の言葉を全面的に支持するような態度だった。

『それに比べて、彼女はどこをとっても可愛いくて身体の相性も抜群なんだ』

元カレと顔を見合わせると、今カノが満面の笑みを浮かべながらお腹をゆっくりと擦った。

『見てのとおり、私達ものすごく愛し合ってるんです。ここは潔《いさぎよ》く身を引いてくれませんか？　お互い大人なんだし、これ以上みじめになるのはやめましょうよ』

まったく悪びれる様子のない態度を取られたばかりか、元カレ達は奈緒を見下すような視線を向けてきた。その上、まるで二人きりでいるかのように見つめ合い、ベタベタと身体を寄せ合って仲の良さをアピールしてくる。ただでさえメンタルがボロボロなのに、さらに極限まで追い詰められてしまっては、返す言葉すら見つからない。

結局は終わりにせざるを得なくなり、茫然自失になっている間に元カレは新しい彼女と出て行ってしまった。

帰り際に慰謝料として百万円を置いていかれたが、そんなものほしくない！

よっぽど彼の個人口座に返金してやろうと思ったが、親友の美夏《みか》に相談したところ当然の権利だから受け取っておけと言われた。

「なんで浮気なんか……。結婚すると思っていたのは私だけだったの？」

四年も一緒に住んでいると、さすがに毎日キスやハグをする事はなくなっていたし、同じベッドに寝ていてもずいぶん前からセックスレスだったのも確かだ。

だがそれは、元カレがもともと淡白だったせいであり、てっきりそういった行為があまり好きではないのだと思っていた。

別にそれでもいいと思っていたけれど、友達から「さすがにヤバイ」と指摘され、奈緒から誘ってみた事もあった。しかし、かなりの頻度《ひんど》で断られて、そのたびに気まずい雰囲気が流れていた。自然と誘う回数も減っていったし、たまにじゃれついても疲れたとか眠いとか言われる。もしや行為自体が面倒になったのかと思っていたが、実際はほかで欲情して発散していたのだ。

「確かに、仕事を優先しすぎたかもしれない……でも、だからって浮気するなんてひどすぎる！」

奈緒は自身が立ち上げた化粧品メーカーの社長だ。けれど、まだまだ小さな会社だし、社長とはいえ、たいていの事は自らこなさなければならない。当然営業にも回らねばならず、今回の出張も新しくパートナーショップになってくれそうな店を開拓するためだ。

「おまけに種まきまで……。私の何が不満だったのよ。今カノが言ってたように、私がタイプじゃなくてイマイチだったから？　そうだとしても、二人の七年間をドブに捨てるような別れ方をしなくってもいいじゃない！」

振り返ってみれば、いろいろとおかしな点はあった。けれど、まさか結婚の話が出ている相手に浮気されているとは思ってもみなかった。

「三十歳になる前に結婚するって言ったよね？　その言葉を信じてたのに……」

元カレの今カノは、話し合いの時点ですでに妊娠五カ月だと言っていた。身体の関係ができたのはバーベキューパーティーの直後だったらしい。

つまり、元カレは付き合って六年目の夏に浮気をして、一年近くそれを隠し続けていたという事だ。

ともに暮らし結婚の話をしている間も、元カレは何度となく今カノとベッドをともにして、自分の事をあざ笑い悪《あ》しざまに言っていたのだろう。

そんな事ができる神経がわからないし、想像するだけで吐き気がしそうだ。

「馬鹿みたい……。何も知らずに自分から誘ったりして……。身体だけじゃなくて心までほかに移ってたんだから、応じるわけないじゃないっ……！」

奈緒は特別性欲が強いわけではない。それでも元カレは特別な存在だったし、抱き合うだけで幸せだった。

昔はかなりラブラブのカップルだったのに、いつの間にすれ違ってしまったのだろう？

仕事を終えてホテルに戻った今、ことさら独り身の寂しさが募《つの》る。

お腹は減っているはずなのに、買ってきた弁当に箸《はし》をつける気にもならない。手持ち無沙汰に缶ビールを開けようとした時、美夏が電話をかけてきた。

『やっほー、奈緒。お誕生日おめでとう～！　遅くなってごめんね。ところで、新しい彼氏できた？　まさか、ハッピーバースデーの日にひとりぼっちとか言わないよね？』

都内でエステティックサロンを開いている彼女は、奈緒とは幼馴染でもあり、なんでも話し合える仲だ。独り身で彼氏がいないのは同じ。けれど、美夏は自由な独身生活を謳歌《おうか》しており、間違っても男に人生を左右されたりしないタイプだ。

「ありがとう。でも、今出張先にいて、ボッチ確定。あとは飲んで寝るだけだけど、仕事は上手《うま》くいったし、まあまあいい一日だったかな」

あえて明るい声を出したつもりだったが、それがかえって独り身の哀愁《あいしゅう》を醸《かも》し出してしまったみたいだ。

『何よ、空《から》元気なんか出しちゃって。まだ元カレの事を引きずってる感じ？』

「だってまだひと月しか経ってないんだよ？」

『そうだけど、もともとあんな優男、奈緒の好みじゃないでしょ』

確かに、奈緒の好みのタイプは見た目がゴージャスで、手足が長く適度にガタイのいい人だ。それと、できたら三、四歳上が望ましい。

けれど、なぜか今まで付き合った男性は、全員同じ年か年下の筋肉とは無縁のひょろひょろした人ばかりだった。

『よし、じゃあ私がそこに、誕生日プレゼントを送ってあげる！』

「へ？　ここにって……今から何をどうやって？」

『私が普段、レンタル彼氏を利用してるの知ってるでしょ？　あれよ～』

「レ、レンタル彼氏？　って、確か『ＧＪ倶楽部《ジージェイくらぶ》』とかいう――」

美夏が普段からレンタル彼氏なるサービスを利用しており、それなりに楽しんでいる事も知っていた。

けれど、奈緒は一度も利用した事がないし、興味もない。

『そう、それそれ！　ＧＪのＧはゴージャスとグッドルッキングのＧ。Ｊはジェントルマンのよ。誕生日を一緒に祝うのにふさわしい大人の男性を見繕《みつくろ》って派遣してあげる。二十代最後のハピバだし、特別に奮発しちゃう！』

「ちょっ……ま、待ってよ！　私、別に男の人なんか派遣してもらわなくていいから！　第一、私は会員じゃないし、ここは関東じゃなくて関西だよ？」

『大丈夫。「ＧＪ倶楽部」は主要都市に支店があるのよ。それに、私ＶＩＰ会員だから、いろいろと融通《ゆうずう》が利くの』

「でも……」

『大袈裟《おおげさ》に考えないでいいって。ＶＩＰ会員じゃないと指名できない、とびきりゴージャスでグッドルッキングなジェントルマンを特別に送り込んであ・げ・る～』

やけに思わせぶりな言い方をした美夏が、電話口でクスクスと笑う。

「いきなりそんな事を言われても……それに、今いるホテルは普通のビジネスホテルだから、来客があっても部屋には入れられない規則になってるし――」

『そっか。じゃあ、近くのシティホテルのラウンジで待ち合わせにしてあげるね』

「ホテルのラウンジ？　そんなとこで待ち合わせとか、緊張するよ！」

『それなら、会ってすぐに部屋に行けるようにしようか？』

「部屋って……二人きりで？」

『当たり前でしょ。大丈夫。相手は紳士だから余計な心配はいらないって。それに、何をするにしても決めるのは奈緒よ。ただ会って話をするだけでもいいし、本当の恋人同士みたいにイチャイチャするのもいい。あとは、その場の雰囲気と個人の裁量かな』

どんなシステムになっているのか詳細まではわからないが、以前彼女に聞かされた話では通常でも、それなりのスキンシップはあるようだ。

それにしても、その場の雰囲気と個人の裁量とは、いったい——

詳しく聞こうとする前に今いるホテルの所在地を訊《たず》ねられ、少しの間通話を保留にされた。それからすぐに、ここから歩いて五分の距離にあるシティホテルの名前を教えられる。

「ちょっと待ってってば！　私、まだ行くとは言ってない！　それに、もうお風呂に入ったあとで、すっぴんに戻っちゃってるし——」

『化粧品メーカーの社長ともあろう人が何言ってんのよ。奈緒の自慢の美肌があれば、すっぴんにサササッとアイラインを引くだけでＯＫでしょ』

奈緒が普段使っている自社製品は、科学的なものをいっさい使用しておらず、主成分は厳選した国内の植物のみだ。

当然、それで手入れした素肌には人一倍自信があった。けれど、顔は典型的な和風顔で、濃いメイクは似合わないし、髪色も可もなく不可もないダークブラウンだ。

お椀型の胸はお気に入りのパーツだが、特にスタイル抜群というわけでもない。

そんな自分が、とびきりゴージャスでグッドルッキングなジェントルマンとデートをするなんて……

別に自分を低く見ているわけではないが、どう考えてもミスマッチだ。

『せっかくの誕生日だもの。明日のお昼までレンタルしておくから、デート楽しんできてね！　詳しい事は向こうが知ってるし、上手《うま》くリードしてくれるから心配いらないわよ。それにね、男で受けた傷は、男で癒《いや》すしかないのよ』

美夏が言うには、派遣されてくるレンタル彼氏は姫君をエスコートする騎士のような役割を果たしてくれるらしい。

つまり、主役はあくまでも自分であり、主体性を保ちながらエスコートしてもらえるという事だ。

『言っちゃ悪いけど、元カレにはそんな度量はなかったでしょ？　日頃頑張って仕事してるんだから、今日くらいお姫様気分を味わってみたら？』

確かに一人の女性として、そんなシチュエーションに憧れる気持ちはある。

別に男性に依存したり寄りかかったりしたいと思っているわけではないが、時には何も考えず大きくて広い胸の中でひと休みしたいという願望がなくはない。

『とにかく、料金はもうカード払いしたし、待ち合わせのラウンジの席もホテルの部屋も奈緒の名前で予約したから。ただし、間違っても本気になっちゃダメだよ。向こうはプロとしてお客様と恋愛ごっこをしてるだけだから。あ、お得意様が来たから、もう切るわね。じゃあね～』

通話が終わり、気がつけば画面が暗くなっている。

奈緒はスマートフォンを持ったまま部屋の真ん中に立ち尽くした。

指定された時間は、午後八時。

場所は「ミラフォンスホテル」の三十四階にあるスカイラウンジの窓際。

用意するにしても、あと一時間もないし、持ってきているのはビジネス用のパンツスーツのみだ。

「ちょっ……急にそんな事を言われても困るわよ！」

そうは言っても、接客中の美夏に連絡がつくはずはないし、彼女はもうレンタル彼氏の料金をカード払いしてしまっている。

美夏によると「GJ倶楽部」は会員制のかなりグレードの高い店のようで、レンタルされる彼氏達は全員とびきりのイケメンで礼儀をわきまえた人ばかりであるらしい。

しかも、VIP会員の美夏が選んだ特別な男性だ。

それならいっそ、彼女の厚意を受け入れるべきではないか……

そうすれば、このフラれて間もない傷ついた心を多少なりとも癒《いや》してもらえるかもしれない。

(そういえば、元カレとまともなデートをしたのって、もうかなり前だよね)

互いの仕事が忙しい事もあり、元カレとのデートは年々頻度《ひんど》が落ちていた。出かけるにしてもせいぜいショッピングか食事目的の外出のみで、泊まりがけでどこかに行ったのは三、四年前だ。思えば、いつの間にか一緒に住んでいる事へのワクワク感もなくなっていた。

そう考えると、浮気相手に言われた〝長すぎた春〟というのは、的を射ている。

そうこうしている間に、待ち合わせの時間まであと二十分になった。

もうあれこれと迷っている暇はない!

きっとこれも人生における経験のひとつだ。

美夏が常連になっている店なら信用できるし、間違ってもおかしな事にはならないだろう。

(ただ会って、話をするだけ。いい大人なんだから、それくらいなんでもないでしょ。深く考えないで、せっかくの誕生日プレゼントを存分に楽しめばいいのよ!)

奈緒はそう自分を鼓舞《こぶ》する。それから大急ぎで身支度をして、昼間着ていたライトグレーのパンツスーツに着替えて部屋を出た。

このスーツは決して安物ではない。けれど、色合いやデザイン的に、どう見てもデート用の服装ではなかった。

目的のホテルに行く道すがらには、いくつかのブティックがある。

二度とやってこない二十代最後の誕生日の夜だ。こうなったら目一杯おしゃれをして、最高の時間を過ごそうと心に決め、通りすがりのブティックでレース素材のワンピースを買い求めた。色は黒だが、適度に透け感があって我ながらかなりエレガントに見える。

試着室で着替えをして、そのまま指定されたホテルに直行した。美夏はホテルのデラックスフロアに部屋まで用意してくれており、フロント経由でラウンジに向かう。

入口の前で時刻を確認すると、午後八時ジャストだった。きっともう、レンタル彼氏は中にいるに違いない。

店の入口に立つと、案内係の女性がにこやかに迎え入れてくれた。

「一名様ですか？」

そう聞かれて、はじめて自分がデート相手の容姿をいっさい聞かされないまま来た事に気づく。

「いえ、窓際の席で待ち合わせをしているんですが……」

中は薄暗く、天井《てんじょう》まである窓からは都会の夜景が一望できる。店内に導かれ、フロア全体を眺められる位置で立ち止まった。

窓際を見ると、そこはすべてラウンジ型のソファ席になっており、そのうちのいくつかはすでにカップルが座っている。空《あ》いているソファ席を探すうちに、フロアの一番奥に男性が一人で座っているのが見えた。

ほかにそれらしき一人客は見当たらないし、たぶん彼がレンタル彼氏だ。

奈緒は案内係に待ち合わせの相手がいた事を告げて、男性のいる席を目指してゆっくりと歩いた。

思えば、こんな場所でデートするのは、かなり久しぶりだ。

ただでさえ慣れていない場所なのに、これから初対面の男性と恋人設定でデートするとなると、いやが上にも緊張が高まってくる。

距離が近くなり、徐々にはっきり見えてきた男性の風貌を見て、奈緒はその人がデートの相手だと確信した。

そこに座っていたのは、いかにも仕立てのよさそうなスーツを着た手足の長い男性で、洋服の上からでも筋肉質なのがわかる。

見た目がゴージャスで手足が長く、適度にガタイがいい人。まさに奈緒のタイプそのものだ。

これはもう間違いない。

念のためもう一度窓際の席を見回してみたが、一人で座っているのは彼だけだ。

奈緒はいったん立ち止まって呼吸を整えると、思い切って男性に声をかけた。

「こんばんは」

声をかけて男性の隣に腰を下ろすと、窓の外を見ていた顔がゆっくりと奈緒のほうを向いた。

「こんばんは」

正面から目が合ったあと、彼の口元にほんの少しだけ微笑みが浮かんだ。

奈緒は男性の顔を見るなり、驚きに目を見張った。

切れ長の目に、まっすぐ伸びた鼻筋。輪郭から顎《あご》のラインまで完璧で、どこを切り取っても非の打ち所がないくらい整った顔立ちをしている。

（めっ……めちゃくちゃイケメンッ……！）

年齢は三十代前半くらいだろうか？

いずれにせよ、まさかこれほど理想的でドストライクな男性が派遣されてくるとは夢にも思わなかった。今目の前にいるのは、間違いなくこれまで生きてきた中で最高にエモーショナルな男性だ。

緊張でバッグを持つ手が震え、奥歯がカチカチと音を立てる。

しかし、いくらイケメンでも相手はレンタル彼氏であり、明日の午後零時まではデートタイムだ。

二十歳そこそこの小娘でもあるまいし、ここで萎縮《いしゅく》してどうする！

奈緒は自分を奮《ふる》い立たせて顎《あご》をグイと上げた。

「さっそくだけど、部屋に行きましょう？」

言い終えるなり、男性の片方の眉尻が上がった。若干驚いたような顔をされて、奈緒は自分の言い方が誤解を招いているであろう事に気づく。

いきなり部屋に誘うなんて、変に勘繰られてしまったのではないだろうか？

もちろん、そんなつもりではないし、思っていたよりも隣席との距離が近く話しにくいと思ったからだ。

「ここじゃあ落ち着かないし、話すなら部屋でゆっくりしながらのほうがいいと思って。それに、お酒ならルームサービスを頼めるでしょう？」

男性が、微笑んだまま僅《わず》かに首を傾げた。

しかし、すぐにソファから腰を上げると、奈緒の左側に立った。そして、掌《てのひら》で前を示すと同時に、奈緒の背中に軽く手を当てて歩くよう促《うなが》してくる。

「それもそうだな。部屋は何階に取ってあるんだ？」

さすが年上のレンタル彼氏だ。話し方が自然だし、いかにも大人の恋人同士の待ち合わせといった感じがする。

「二十四階よ」

「そうか。だったら、俺の部屋に行こう」

「えっ？」

予想外の返答をされて、奈緒は思わず顔を上げて男性の顔を見た。五センチのハイヒールを履いた状態で目測してみるに、彼の身長は少なくとも百八十五センチ以上ある。

それに加えて、男性にはそこにいるだけで周りを掌握するほど圧倒的な存在感があった。

「俺の部屋は三十二階だ。君はまだ夜景を堪能していないだろう？」

ここへ来る時に案内板で確認したが、その階はエグゼクティブフロアのはずだ。

（まさか、スイートルームを取ってるの？　もしかして、これも美夏の演出？）

サプライズ好きの彼女の事だから、可能性は無きにしも非《あら》ずだ。

けれど、そんな事ってあるだろうか？

奈緒は密かに首を傾げながら、チラリと男性の顔を見た。

（二十代最後の誕生日だからかな？　それにしては手が込みすぎてるような気がするけど……）

そんな思惑をよそに、彼は落ち着いた様子で奈緒をエスコートしてくれる。

店の外に出てエレベーターホールに辿《たど》り着くと、男性が立ち止まって奈緒を上から見下ろしてきた。

その視線に射抜かれたような気分になり、奈緒は思わず顔を背《そむ》けて正面を向いた。

それからすぐにエレベーターがやってきて、二人して乗り込む。中には誰もおらず、二人きりだ。

男性がスーツの胸ポケットからカードキーを取り出し、専用の文字盤の上にかざした。

エレベーターがゆっくりと下降する間に、奈緒はドアから一番遠い位置に立って彼の全身を左斜めうしろから眺めた。

まっすぐに伸びた背筋に広い肩幅。胸板は程よく厚みがあり、海外のモデル並みにスタイルがいい。艶《つや》やかな黒髪はきちんと整えられているし、クラシカルなグレンチェックのスーツを見事に着こなしている。

明るいところで見ると、彼のイケメンぶりがいっそう詳《つまび》らかになった感じだ。

（さすがＶＩＰ会員用のレンタル彼氏だなぁ。すっごく素敵……！）

これほどのイケメンとデートできる機会など、普通では到底あり得ない。

はじめは大いに戸惑ったし、ついひと月前にフラれたばかりの自分には誕生日を祝う心の余裕などないと思っていた。

けれど、いつまでもくさってなんかいられないし、ここまで来たら、もう引き返すわけにはいかない。

「あの……あなたの事はなんと呼べばいい？」

奈緒が訊《たず》ねると、正面を向いていた男性がほんの少しだけ振り返り、自分の肩ごしに視線だけ投げかけてきた。まるで流し目を送られたみたいになり、一瞬息が止まる。

「清道《きよみち》と呼んでくれ。君は？」

「奈緒です」

うっかり本名を口にしてしまったけれど、こんな時、馬鹿正直に本当の名前を言うものなのだろうか？

向こうだって本名とは限らないし、今さらながらどう振る舞えばいいかわからなくなってきた。

「わかった。じゃあ、奈緒。行こうか」

エレベーターが三十二階に到着し、奈緒は清道に誘導されて廊下に出た。さりげなく腕を貸されて、彼と連れ立ってカーペットの上をゆっくり歩く。

フロア専用の施設を通り過ぎてさらに進み、一番奥と思われる部屋の前で清道の足が止まる。

「どうぞ」

ドアを開けてもらって部屋の中に入ると、まず目の前に円形のダイニングテーブルセットと四人掛けのソファが見えた。その向こうには広々としたバルコニーがある。左手にも部屋があるようだから、たぶんそこがベッドルームだ。

それにしても、広い！

おそらくスイートルームの中でもかなりグレードの高い部屋だろう。これほど豪華な客室は、写真や映像でしか見た事がなかった。

キョロキョロと辺りを見回していると、清道に見つめられている事に気づいた。

目を逸らして、外の景色を気にするふりをしながら彼の視線から逃れ、窓の前に立つ。

（お上《のぼ》りさんじゃあるまいし、何やってんのよ〜！）

取り繕《つくろ》おうにも、適当な言葉が出てこない。それにしても、これほど豪華な部屋を取るなんて、どういうつもりだろう？

（もしかしてＶＩＰ会員用のスペシャルサービス？）

当たり前だが、奈緒が泊まる予定だったホテルとは違いすぎる。

そのまま窓にへばりついていると、背後から呼びかけられた。

「奈緒、何を飲む？　せっかくだからシャンパンを開けようか」

シャンパンをボトルで？

これも誕生日プレゼントのうちに入っているのだろうか？

だとしたら、断るという選択肢はない。

一呼吸置いてから、いかにも景色を楽しんでいたふうを装《よそお》い、にこやかな顔で振り向く。

「いいわね」

奈緒が頷くと、清道が備え付けの冷蔵庫からボトルを取り出してキャップシールを剥《は》がした。

それからすぐにコルク部分に白い布を被せると、手慣れた様子でボトルを左右に動かし始める。

「ポン！」と大きな音がすると予感して、奈緒は咄嗟《とっさ》に身をすくめて両手で耳を押さえた。

けれど、シャンパンは微かにシュッとガスが抜ける音を立てたのみ。

奈緒は拍子抜けして、そろそろと手を下ろした。

（気まずい……。そういえば、本来は音を立てないで開けるのがマナーだって聞いた事があったっけ）

ＶＩＰ会員しか選べない特別なレンタル彼氏である清道は、女性の扱いに関してはプロ中のプロだ。

それに清道とは、これが終われば二度と会う事はないだろう。そんなふうに考えてみると、にわかに気持ちが楽になってきた。

勧められるままソファに腰を下ろし、前にあるテーブルに置かれたシャンパングラスを手に取る。

ひと口飲んでみると、想像以上に美味《おい》しかった。目をパチクリさせながら、桃色の泡が底から立ち上《のぼ》っているグラスを眺める。

「美味《おい》しい……」

テーブルの向こうには一人掛けのソファがあり、清道がそこに腰を下ろした。

「気に入ったようでよかった。よかったら、これも一緒にどうぞ」

清道がテーブルの上に置いたプレートには、ピンク色の焼き菓子が載せられている。スティッククッキーのようだが、上に粉砂糖が掛かっていて見た目も可愛らしい。

「ありがとう」

ひとつ手に取って口に入れようとした時、清道が手に持ったクッキーを軽く振って注意を引いてきた。彼はクッキーをシャンパングラスに浸《ひた》すと、奈緒が見ている前でそれを齧《かじ》った。

「これ、そうやって食べるものなの？」

「一応ね。もちろん、そのまま食べても構わないよ」

清道が言うには、奈緒がクッキーだと思っていたのはビスキュイ・ローズというビスケットであるらしい。フランスのシャンパーニュ地方で作られているそれは、材料のひとつにシャンパンが使われているという。

「へえ……もしかしてシャンパンって、シャンパーニュって地名が由来なの？」

「シャンパンは、シャンパーニュ地方で造られるスパークリングワインの事をさすからね。だから、そこ以外で作られたものはシャンパンとは言わないんだ」

「あ、なんだかそれ、聞いた事があるかも」

それからしばらくの間、ワインやお菓子について話をした。

アルコールはもとより、スイーツに関してもさほど詳しくない奈緒に対して、清道は驚くほど知識が豊富だった。

シャンパンを飲み進めながら興味深く話を聞いているうちに、話題が原材料にまで及んだ。

「人に押し付けたり意見したりするつもりはないが、何を作るにしても材料にはある程度こだわったほうがいいのは確かだ」

「私もそう思う。自然派を謳《うた》って極端な話をするつもりはないけど、これだけはと思うものにはとことんこだわりたいし、ぜったいに譲れない信念があるもの」

清道が大きく頷くのを見て、奈緒は我知らず前のめりになった。

「もちろん、そう言い切れるだけの理由も自信もある。だからこそ続けられるし、頑張って築き上げてきたものの良さを全国の人にわかってもらいたいと――」

つい熱くなって、うっかり仕事モードになって自社製品をアピールしそうになってしまった。

せっかくの誕生日デートに、いったい何をしているんだか……。

つくづく可愛げも面白みもない女だ。

きっと、こんなだから浮気された挙句、一方的に別れを告げられてしまうのだろう。

「ふふっ……」

我知らず苦笑して、グラスに残っていたシャンパンをグイと飲み干す。なんだかんだ言って、未だに元カレとの別れを引きずりまくっている自分が情けなさすぎる。

空《から》のグラスを持つ手が止まった時、急に涙が込み上げてきた。唇を噛みしめて我慢していると、立ち上がった清道が腰かけていたソファを離れ奈緒の隣に移動してきた。

「大丈夫か？　何か吐き出したい事があるなら遠慮なく話してくれ」

清道が座ったのはソファの端で、奈緒がいる位置から一人分距離が離れている。

彼の話す声は落ち着いており、気遣いを感じつつも押し付けがましくない。おそらく、これまでに何百人という女性の相手をして、たくさんの愚痴や泣き言を聞かされたはずだ。

清道なら、ぜんぶ吐き出しても受け入れてくれるに違いない。

元カレの事を少しでも忘れる事ができるなら——

そう思った奈緒は、こくりと頷いたあとゆっくりと口を開いた。

「実はね……」

奈緒は思いつくままに元カレとの出会いから別れまでのいきさつを話し始める。

はじめて会ったのは、大学の友達がセッティングした食事会という名の合コン。たまたま正面に座っていた事もあり、話をして連絡先を交換した。

それからなんとなく付き合い始め、互いに結婚を意識したのをきっかけに同棲がスタートした。

でも、はしゃいでいたのは最初だけで、徐々にときめきがなくなってマンネリ化した関係に陥《おちい》っていた。

今思えば、そうと気づきながら放置していたのがいけなかったのだろう……

そのうちスキンシップすらしなくなり、セックスレスになっていた。

だからといって仲が悪くなったわけではないが、いつの間にか恋人というよりは仲のいい異性の同居人と化していただけだ。

「私だって、最初はおしゃれしてメイクも頑張ってたんだけどなぁ。でも、一緒にショッピングに行ってよさそうなワンピースを試着してもまるで興味なさそうだし、そのうち私服なんかどうでもいいやって思うようになっちゃって」

その分、仕事用の洋服にお金をかけるようになった。いいものを着ていると思えば自然と自信がつき、士気も上がった。

「そしたら、不思議と交渉も上手《うま》くいくようになって、業績がアップしたのよ。そうなると仕事に対する意欲がグーンと上がっちゃって、わき目もふらずに頑張ったらもっと成果が出て、どんどんビジネス脳が活性化されて――」

元カレの話から仕事の話に移った途端に、どんよりとしていた気持ちが晴れやかになる。

「いいものを着ていれば気分が上がるのは当然だ。それは仕事や言動にも作用するし、一緒にいる相手にも伝わる。奈緒の仕事が上手《うま》くいくようになったのは、君が自分を正しくコーディネイトしたからだよ」

「あ……ありがとう」

清道の言葉を聞いたあと、別れ話を切り出した元カレに言われた台詞《せりふ》がフラッシュバックする。

『奈緒は仕事ばかりしてたじゃないか。だから、寂しくて浮気してしまったんだ』

『僕に対して気を遣わなくなったっていうか、家では女を捨ててたよね』

『家事もおろそかになってたし、正直言って一緒にいる意味がわからなくなってた』

今思えば、それらしき事は普段からそれとなく伝えられていた。けれど、忙しさにかまけてそれをスルーしていたのは自分自身だ。

「確かに元カレよりも仕事を優先してたし、休みの日はノーメイクで一日中だらだらしてた時もある。気も遣えてなかっただろうし、家事も行き届いてなかった。でも、この数年がむしゃらに頑張ってきたからこそ、今があるの。だから、後悔はしてないわ」

清道は時折相槌《あいづち》を打ちながら、黙って耳を傾けてくれている。そして、話が途切れたのを待っていたように、奈緒のグラスにシャンパンを注《つ》ぎ足してくれた。

「奈緒が仕事を優先させた気持ちもわかるし、君がそれに納得しているのなら元カレとの別れは必然だったんだと思う」

清道から差し出されたビスキュイ・ローズを受け取って、グラスの中のシャンパンに浸《ひた》した。

生地《きじ》がほろりと溶けて、ふんわりとした甘さと優しいほろ苦さが口の中いっぱいに広がる。

「それに、自分に対して気を遣わなくなっただの、家事がおろそかになってただの、元カレは王様か何かか？　子供じゃないんだから自分の面倒は自分で見るべきだ。おおかた奈緒にいろいろと依存した生活をしていたんだろうな」

呆れを通り越したような表情を浮かべる清道を見て、心がふっと和《なご》んだ。

元カレはさておき、仕事以外で男性とこんなふうに話すのは、どれくらいぶりの事だろうか。

「もしかして奈緒は、元カレの浮気の原因は自分にあると思っているんじゃないか？　もしそうなら、その考えは改めるべきだ。どんな理由があるにせよ、浮気は相手に対する裏切り行為だ。悪いのは元カレであって、奈緒じゃない」

頭では元カレに対して激しく憤《いきどお》っていたし、最悪の別れ方を選んだ最低の男だと思っていた。

けれど、心のどこかでは、浮気の原因は自分にあると思っているところがあったみたいだ。

「不満があるなら話し合って解決すべきだろう？　それをせずに浮気に走った元カレは、男として最低のやつだ。少なくとも、俺はそう思うね」

きっぱりと断言され、元カレと別れて以来ずっと引きずっていた錘《おもり》のようなものがふっと消えてなくなったような気がした。

「奈緒は外見だけじゃなく中身も魅力的な女性だ。元カレは器が小さい上に、審美眼を持たないやつのようだな。今聞いただけでもかなり自分本位な考えの持ち主だし、その程度の男とは別れて正解だったんじゃないか」

そう言ってグラスを傾ける清道に倣《なら》って、シャンパンを立て続けに二口飲む。

ずっと胸にあった苦い思い出が清道の言葉で浄化され、シュワシュワと音が立つシャンパンの泡とともに消えていく。

「男の人の口からそう言ってもらえて、すごく嬉しい。元カレと別れて以来ずっと動けずにいたけど、ようやく目の前の扉が開いたって感じがする」

奈緒が微笑むと、清道も同じように口元を綻《ほころ》ばせた。

「それはよかった」

清道は短く返事をして、それ以上余計な事は言わない。そんなところも好感が持てたし、さりげなくこちらを気遣ってくれているのがよくわかった。

「清道ってすごいね。今夜会ったばかりなのに、あなたのおかげで救われた気がする。……本当は、待ち合わせの場所に行こうか行くまいか、すごく悩んだのよ。でも、思い切って来てよかった。美夏に感謝しなきゃね」

「美夏？」

「そう、私の親友で、『GJ倶楽部』のVIP会員なの。聞いてなかった？」

清道が頷き、空《から》になったグラスをテーブルの上に戻した。

「ああ、それは聞いてなかったな。じゃあ、今日俺達が会えたのは美夏さんのおかげって事か」

「そうよ。だって私、『GJ倶楽部』の会員じゃないもの。それに、清道はVIP会員用のレンタル彼氏なんでしょ？　美夏は出張先で一人ぼっちの誕生日を過ごしている私を可哀想に思って、清道を派遣してくれたの」

「なるほど……そういう事だったんだな」

何杯目かのシャンパンを注《つ》ぐと、清道が奈緒を見つめながら華やかな微笑みを浮かべた。

「奈緒、誕生日おめでとう。今日という日を君と過ごせて光栄に思うよ」

清道がグラスを掲《かか》げ、奈緒もそれに倣《なら》った。

「ありがとう」

極上のシャンパンと、どこを取ってもパーフェクトな美男子。

奈緒の口元に自然な笑みが零れた。

「出張先と言っていたが、こっちには仕事で来たのか？」

「そうなの。明日の朝早くに東京へ帰るつもり――だったけど、清道は明日の昼まで私の彼氏でいてくれるんだよね？」

「ああ、そうだ」

「だったら、もう少しゆっくりしてから帰ろうかな……なんて思ったりして……。あっ、べ、別に深い意味はないのよ？　ただ、もっと話したいなって思っただけで……美夏もそうするだけでもいいって言ってたし、本当に他意はないの！」

焦るあまり、しどろもどろになり、なんだかおかしな感じになってしまった。ありのままを話そうとしているだけなのに、やけに意味深長に聞こえてしまうのはどうしてだろう？

それとも、言っている自分が自意識過剰なだけなのか……

清道はといえば、そんな奈緒を眺めながら謎めいた微笑みを浮かべている。

「美夏さんは、ほかにどんな事を言っていた？　つまり、俺が所属してる倶楽部のシステムの話はしたのかな？」

「少しだけ……会って話をするだけでもいいし、本当の恋人同士みたいにイチャイチャするのもいい。あとは、その場の雰囲気と個人の裁量かなって……。向こうが上手《うま》くリードしてくれるから心配いらないと――」

「そうか」

清道が、おもむろにスーツのジャケットを脱いだ。

真っ白なシャツの下で、筋肉が盛り上がりながら動く。今まで比較的普通に話せていたのに、そんなしぐさを見せられたせいか、ふいに胸が高らかに鳴り響き始める。

「少し立ち入った事を聞くけど、いいかな？」

脱いだジャケットをソファの背もたれにかけたあと、指をネクタイにかける。

そして、結び目を左右に動かしながら、ゆっくりとネクタイを緩めてシャツの一番上のボタンを外した。

自然と彼の手元に目がいき、そこから視線を外せなくなる。

清道の手は大きく、指が長い。爪は綺麗に切り揃えられており、手の甲には太い血管が浮き出ている。首元のボタンを二つ外したあと、彼は左右のシャツの袖口《そでぐち》を緩めた。

ようやくそこでハッと我に返ると、奈緒は視線を彼の顔に戻して咳払いをする。

「どうぞ」

「奈緒は、ついひと月前に恋人と別れてメンタルがズタボロになった。結婚の約束までしていたんだから当たり前だし、ものすごく辛かったと思う。それでも仕事は放棄せず、ギリギリで精神力を保ちながら頑張ってきた——そんな感じだった？」

「そうね」

短く返事をする声が震え、奈緒は喉元に込み上げてくるものをグッと呑み下した。

「誕生日の今日も、仕事のため出張先で一人過ごしている。だけど、仕事の満足感は得られても、奈緒が負った心の傷はそう簡単に癒《い》えるものじゃない。そうじゃないか？」

訊《たず》ねられて、奈緒は深く頷いて唇をきつく結んだ。

「忙しさはメンタルを保つのに役立つが、仕事ばかりしていたら身体がもたないぞ。遅かれ早かれ皺《しわ》寄せがくるし、そうなる前に別の逃げ道を見つけたほうがいい」

確かに、仕事に逃げている自覚はあった。

けれど、仕事のほかにフラれた現実から目を背《そむ》ける術《すべ》がなかった。だから、毎年二人で祝っていた誕生日にわざと出張を入れて、元カレから少しでも遠い場所に逃げ出したのだ。

今頃元カレは、新しい彼女と一緒にいる。そして、元カノの誕生日などすっかり忘れて、新しく手に入れた幸せを目一杯満喫しているに違いない――

彼に対する愛情なんかもう残っていないはずなのに、どうしてそんな事を思ったり、未だに心が痛くて仕方がなかったりするのだろう？

「私だって、そうしたい……。でも、ほかにどうすればいいの？　美夏は男で受けた傷は、男で癒《いや》すしかないって言うけど、忙しくて新しい出会いを求めてる暇なんかないし、そんな気力すら残ってないわ」

奈緒は項垂《うなだ》れて下を向いた。

「だから、俺がここにいるんじゃないのか？」

問いかけるようにそう言われて、奈緒は顔を上げて清道を見た。

「男で受けた傷は、男で癒《いや》すしかない――美夏さんは、奈緒を現状から救い出すために、俺をレンタルしてくれたんだろう？」

清道が奈緒に向かって手を差し伸べてきた。

目の前にいる男性はこの上なく魅力的で、きっと受けた傷を一瞬で忘れさせてくれるだろう。

奈緒は、おずおずと彼の手の上に自分の掌《てのひら》を重ねた。

その手を強く握られて、身体中にビリビリとした電流が走る。繋いだ手を引かれ、あっという間に清道との距離が近くなった。

間近でじっと見つめられ、声が出せなくなる。

力強い彼の手と、優しい微笑み。

今まで見た事もないほど魅惑的な目と、匂い立つほどの男性的な色香。それに、触れてみてはじめてわかる肌の質感と温度――

ついさっきまで普通に話せていたのが嘘みたいだった。

萎縮《いしゅく》してしまいそうなほど圧倒的なオーラに全身を包み込まれ、奈緒はただ呆けたように清道の目を見つめ続けた。

「レンタル彼氏とは会って話をするだけでもいいし、本当の恋人同士みたいにイチャイチャするのもいい。あとは、その場の雰囲気と個人の裁量……そう言ったね？」

繋いでいた掌《てのひら》が少しだけ離れたと思ったら、すぐに指が絡んできた。掌《てのひら》を合わせたままギュッと強く手を握られる。

たったそれだけの事なのに、もう身体ばかりか心まで清道に囚《とら》われたようになってしまう。

「言った……」

ようやくそれだけ返事をすると、彼の顔が近づいてきた。

遠くからではわかりにくかったが、清道の目はやや緑がかった焦《こ》げ茶色だ。そんな色の目を見たのははじめてだし、これほど強い胸のときめきを感じた事もなかった。

「ずるいようだが、俺から仕掛けるわけにはいかない。……だけど、もし奈緒が今の雰囲気を良しとして、個人の裁量を俺に委《ゆだ》ねてくれるなら……俺ともっと親密な関係にならないか？　そうすれば、元カレの事なんか綺麗さっぱり忘れさせてやる。嫌か？」

まるで身体が頭からガラガラと音を立てて崩れていくみたいだった。

今までどうにか保っていた理性がどこかに飛んでいき、体面などかなぐり捨てて清道に縋《すが》り付きたくなってしまう。

「嫌じゃない……清道っ……」

言い終わると同時に背中を抱き寄せられ、唇にキスされた。

すぐに舌が絡み合い、息を弾ませながら互いの唇を貪《むさぼ》り合う。

キスを続けながら二人の手は忙しく動き回る。背中のジッパーを下ろされ、ネクタイを外す手を止めてワンピースの袖《そで》から腕を引き抜く。

清道が着ているシャツの前を開け、ベルトのバックルを外した。

想像していた以上に引き締まった身体を前にして、奈緒の手が一瞬だけ止まる。

イケメンレンタル彼氏のルックスの良さは、顔だけではなく全身にまで及んでいた。

奈緒は、いつの間にか緩んでいたブラジャーをかなぐり捨て、彼の手を借りながらショーツを脱いで床に放る。

ここまできて、キスだけで終わるはずもない。

双方とも裸になり、ソファの上に折り重なるようにして横になった。

唇を合わせたまま大きな掌《てのひら》で乳房を揉み込まれ、早々にあられもない声を上げる。

座面はゆったりとしており、転げ落ちる心配はない。

奈緒は清道の背中に腕を回し、口の端から唾液が伝い下りるほど激しくキスを交わし続けた。

「ぁ、んっ……！」

彼の唇が奈緒の首筋を下り、肌を舐《な》め回しながらデコルテを経て乳房に移った。

胸元を見ると、上目遣いに奈緒を見つめる清道の視線とぶつかる。

彼は薄く開けた唇の隙間から舌を覗かせ、乳暈《にゅううん》をなぞるようにゆっくりと乳房を舐《な》め始めた。

「あっ……あ……」

見つめられながら胸を舌で愛撫《あいぶ》され、頭の芯がジンジンと痺《しび》れてくる。

これほどいやらしく胸を舐《な》められた事なんかなかったし、ましてや目を合わせながらなんて……

そろそろと先端に近づいていく舌先が乳嘴《にゅうし》を捕らえて、先端をピンと弾いた。

「ひっ……」

思わず声が漏れ、目の周りが熱くなって視界がぼやけた。

乳房をやわやわと揉み込んでくる指が白い肌にめり込み、硬くなり始めた乳嘴《にゅうし》をツンと上向かせる。

「や……らし……」

震える声で呟くと、清道のキスが唇に戻ってきた。ねっとりと舌を絡められて、息をするのもやっとになる。

「いやらしいな。だけど、奈緒はこれからもっと、いやらしい事をする。そうだろ？」

今日会ったばかりの男性とこんなふうになるなんて、どうかしている――

そう考えた途端、美夏の教えが神の啓示のように頭の中に浮かび上がった。

『男で受けた傷は、男で癒《いや》すしかないのよ』

どこか運命のようなものを感じて、奈緒は自分から清道の唇にキスをした。

「どうせなら、思いっきりいやらしくして。少しくらい乱暴でもいい……気持ちよくて、何もかも忘れてしまうような、破廉恥《はれんち》で呆れるくらい大胆なセックスがしたい」

きっと、こんな台詞《せりふ》を口にするのもこれが最初で最後だ。

思いつめたような目で見つめる奈緒に、清道がゆっくりと頷いた。

「いいよ」

低く響く声が、奈緒の長く枯《か》れていた欲望のスイッチをオンにする。

「奈緒の言うとおりにしてあげるよ」

彼の優しさが肌に染み入り、すべてを委《ゆだ》ねてしまいたいという願望が奈緒の心をいっぱいにする。

たちまち血流がよくなり、全身の肌がふつふつと熱く沸き上がった。

唇に貪《むさぼ》るようなキスをされ、どちらのものかわからなくなるほど舌を絡め合う。

こんなキスをしたのははじめてだし、性急に求められる感じが忘れかけていた官能を呼び起こしていくみたいだった。

「奈緒のぜんぶ、見せてくれるか？」

清道に囁《ささや》かれ、頷くと同時に身体から余分な力が抜けていく。

キスが乳房に戻ってきて、まるでリンゴでも齧《かじ》るように肌をそっと歯で引っ掻かれる。

「綺麗な胸だね。口の中で蕩《とろ》けそうに柔らかくて、ずっと舐《な》めていたくなるよ」

「あ、んっ……」

元カレの愛撫《あいぶ》は長くても五分程度で、その間にスムーズに挿入できるよう濡れておかなければならなかった。

キスの合間に会話をするわけでもなく、優しい言葉や淫《みだ》らな台詞《せりふ》で気持ちを盛り上げるわけでもない。ただ単に唇を合わせ、おざなりに乳房を舐《な》めるだけだった。そんな状況で自然に濡れるのはかなり難しく、時には湿度が足らないまま挿《い》れられる事もあった。

そうかといって、こちらから何かしてほしいわけでもないようで、愛撫《あいぶ》が終わるとすぐに挿入の準備をして上にのしかかってくる。目的は射精であり、愛撫《あいぶ》などあってないようなものだった。

けれど、清道のキスと愛撫《あいぶ》はぜんぜん違う。言葉どおりに奈緒の乳房を執拗《しつよう》に舐《な》め回し、口全体で味わうように食《は》んだり、吸い付いたりしてくる。

「今、ちょっと上《うわ》の空になってただろう。もしかして、元カレの事を考えてた？」

清道が両方の乳房に手を添え、舌で乳嘴《にゅうし》をつつきながらそう訊《たず》ねてきた。

「ご、ごめん……。だって、こんなふうにされた事がなくって……」

奈緒が見ている前で、彼がこれ見よがしに舌先で乳暈《にゅううん》の周りをなぞり始める。

「大丈夫。気を悪くしたわけじゃないから、謝ったりしなくてもいい。そうか……こんなふうにされた事がないのなら、もっとしてあげないといけないな。余計な事なんか考えている余裕がなくなるくらい、気持ちよくしてあげるよ――」

言い終えるや否《いな》や乳房にぢゅっと吸い付かれ、上顎《うわあご》と舌で乳嘴《にゅうし》をすり潰すように挟み込まれる。

仰《の》け反《ぞ》った背中を左腕ですくわれると同時に、キスが下腹に移動した。

右の掌《てのひら》が奈緒の左太ももを、ゆっくりと撫で下ろす。

閉じた脚の間を少しずつ広げられて、左脚をソファの背もたれに引っかけるような姿勢を取らされた。

奈緒はハッとして肘を立て、上体を起こそうとする。

けれど、思うように力が入らず、ただもがくだけに終わってしまった。

「やっ……こんな格好、恥ずかしいっ……」

「奈緒は恥ずかしがり屋だな。これから、もっと恥ずかしい事をしようと思ったのに、もう降参か？」

いかにも残念そうな顔をされて、起きようとする気持ちが瞬時に消えた。じっと見つめられているうちに、だんだんと息が上がってくる。触ってもいないのに、脚の間がしっとりと濡れてきたのがわかった。

きっと清道もそれに気づいているに違いない――

いずれにせよ、今さら後戻りする気なんかなかった。

「俺は奈緒を癒《いや》したいんだ。奈緒の全身にキスをして、外だけじゃなく中も奥もすべて俺のものにする。奈緒が降参するまで何度でもイカせて、これからは俺とのセックスしか思い出さなくなるように、特別に淫《みだ》らで一生忘れられないほどいやらしいセックスをしてやるよ」

あからさまに誘われ、奈緒は大きく胸を上下させながら清道を見つめた。

「……わかった。もう邪魔しない。私のすべてをあなたのものにして……」

蚊の鳴くような声でようやくそれだけ言うと、奈緒は立てた肘をソファの座面に戻した。

けれど、自分が何をされているのか直視する勇気はない。

奈緒が目を閉じて覚悟を決めると、ふいに額に温かな呼気を感じて目蓋《まぶた》を上げた。

「ベッドに行こう。ソファだと思いきり暴れられないだろう？　さて、どうやって奈緒を連れて行ってあげようか。お姫様抱っこがいいかな？　それとも、荷物みたいに肩に担がれたい？　なんなら、おんぶでもいいよ」

ジェスチャーまじりでそう言われ、思わずクスッと笑ってしまった。

きっとこれも、気持ちをほぐそうとする彼の気遣いなのだろう。

「じゃあ……お姫様抱っこで。あ、でも……おんぶがいいかも。……ううん、やっぱり肩に担がれたほうが――ん、っ……」

迷いまくる唇をキスで封じられ、ほんの数センチの距離で目が合った。

「ふっ……さては、裸を見られたくないんだな？　だったら、目を閉じたままベッドまで行くから安心してお姫様になろうか」

「きゃあっ！」

奈緒の驚きをよそに、清道がお姫様だっこをしてきた。

およそ五十キロの重さがある奈緒を軽々と抱き上げた彼は、目を閉じたままそろそろと部屋の奥に向かって歩き出した。

「その代わり、奈緒が俺を誘導してくれ。そうでなきゃ、大事なお姫様の脚をどこかにぶつけかねない」

清道が至って真面目な顔でそう言い、奈緒はクスクスと笑いながら彼をベッドルームまで案内した。おかげでかなりリラックスできたし、目を閉じている清道の顔をじっくりと堪能できた。

清道の顔はどの角度から見ても完璧で、思わずため息が零れるほどの美男だ。

セクシーであるだけでなく茶目っ気もあるし、人を無条件で信頼させてしまう不思議な魅力まで兼ね備えている。

ようやくベッドに行きつき、奈緒は清道に抱かれたままベッドの上に倒れ込んだ。

彼は仰向けに寝そべった奈緒を挟むようにしてベッドに手を突き、サイドテーブルから小袋を取り出して軽く振った。

黒地に赤い薔薇《ばら》模様の小袋の中には、言うまでもなく避妊具が入っている。

さすがプロフェッショナルは用意がいい。

それに、きちんと避妊をするとわからせてくれるところも女性に対する配慮が行き届いている。

相手はプロなのだから、この際ぜんぶさらけ出してしまったほうがいい――そう考えた奈緒は、愛撫《あいぶ》を再開しようとする清道の腕に手をかけた。

「実は私、もうずいぶんセックスしてないの。だから、上手《うま》くできないかも。つまりその……私じゃ清道は満足できないかもしれないから、先に謝っておく――」

話している途中で手を取られ、それを彼の下肢に導かれた。

指先に何かが触れ、それが清道の男性器だと理解して、奈緒は真っ赤になる。

とても大きくて、ものすごく硬い。

それがほしくてたまらなくなり、奈緒は我知らずゴクリと唾を飲み込んだ。

「その反応、初々《ういうい》しくて可愛いな……。もうわかっただろう？　奈緒が心配してるような事は起こらない。セックスは上手下手《へた》よりも、お互いを欲しいと思う気持ちのほうが大事だ。だから、きっと上手《うま》くいくよ」

話しながら近づいてくる唇が、奈緒の目の上にキスをする。

「じゃあ、そろそろ本気を出させてもらうよ。今度こそ、待ったなしで」

「……わかった」

奈緒は小さく頷くと、顎《あご》を上向けて彼のキスを唇に受けた。

あれこれと言った挙句、何度となくストップをかけて清道の邪魔をしてしまったが、今はもう奈緒のほうが待ちきれなくなっている。

清道の大きな掌《てのひら》が奈緒の身体の上を這《は》い、徐々に下に向かっていく。

それを追うように彼のキスが首筋から乳房に、腰回りから臍《へそ》の下に移動する。

両脚が清道を挟むようにして左右に大きく開かれ、彼の手に誘導されるまま膝を立てた。

見られている――

そう思うだけで心臓が早鐘を打ち、無意識に花房が震えだす。

「奈緒……たまらないよ……。奈緒のここに、キスしたい……。いいか？」

その声に頭を持ち上げて下を見ると、清道が今にもそこに唇を押し当てようとしているところだった。

奈緒は息を弾ませながら頷き、清道の舌が秘裂を舐《な》め上げるのを見つめる。

「いつの間にこんなに感じてくれてたんだ？　もう挿《い》れてほしくてたまらないみたいだね」

清道の指が蜜窟の縁をなぞり、舌が花芽の先をチョンとつつく。

「あっ……あ、あぁっ……！」

奈緒は突然やってきた強い快感に反応して、大きく背中を仰《の》け反《ぞ》らせた。

そこを愛撫《あいぶ》された経験がないわけではない。

けれど、それをしたのは指であって、唇や舌じゃなかった。

脚の間から聞こえてくる水音を聞きながら、奈緒は生まれてはじめて、本当の愛撫《あいぶ》の気持ちよさに恍惚《こうこつ》となる。

これが前戯でしかないなら、今まで経験してきたセックスはなんだったのだろう？

内側から込み上げてくる愉悦《ゆえつ》が、全身の肌を熱く粟立《あわだ》たせる。

「いきなりは辛いだろうから、先に少し指でほぐすよ」

視線を合わせながら花芽の先をチロチロと舐《な》められ、一瞬目の前がぱあっと明るくなった。

歯がカチカチと鳴り、身体中にさざ波のような快楽が湧き起こる。

「ぁっ……清道っ……」

シーツをきつく掴む奈緒の身体が、何度となくビクビクと跳ね上がった。

「はっ……は……ぁ……」

今、確かにイッた。

奈緒はこれまで、セックスでは一度も達した事がなかった。挿入されても中が気持ちいいと思った覚えはなく、いつも不完全燃焼のまま終わりを迎える。

いつか見た雑誌でも女性の大半はそんなものだと書いてあったし、それが普通だと思っていた。

それなのに、花芽をちょっと舐《な》められただけで果ててしまうなんて――

舌と指で呆気なく達してしまった自分に、驚きを通り越して感動すら覚えた。

前戯だけでも、これまでに経験してきた愛撫《あいぶ》とはまるで違う。これで実際に彼に抱かれようものなら、本当に昇天してしまいそうだ。

奈緒がオーガズムの余韻に浸《ひた》っていると、清道の指が蜜窟の中にツプンと入ってきた。

途端に中がきゅうきゅうと収縮し、ギリギリと彼の指を締め上げるのがわかる。

今までこれほど深く感じた事はなかったし、身体がこんなふうに反応するのもはじめてだ。

中を丁寧に捏《こ》ね回され、奈緒は掠れた嬌声《きょうせい》を上げながら身をくねらせる。

「中……熱いっ……指……気持ち……い……ぁんっ！　あああっ！」

たぶん、また軽くイッてしまった。

奈緒は喘《あえ》ぎながら身体を起こし、清道に向かって片手を差し伸べる。

「ギュって、して……」

奈緒がねだると、清道がすぐに応じて背中を抱き寄せてくれた。

「もっと、強く……。息……できなくなるくらい……ん、っ……」

清道に強く抱きしめられ、唇にキスをされる。たったそれだけなのに、ものすごく嬉しい。

本当の恋人でもないのに、これほど心が揺さぶられるなんて……

彼は、お互いを欲しいと思う気持ちが大事だと言った。

それならば、清道も少しは自分の事を欲しいと思ってくれているのだろうか？

キスが終わり、彼と睫毛《まつげ》が触れ合う距離で見つめ合う。清道がまた唇を重ねながら、低く囁《ささや》いてくる。

「挿《い》れて、ってねだってくれ」

下唇を軽く噛まれ、背筋に甘い戦慄《せんりつ》が走った。

そんな言葉を口にした事など一度もないし、言いたいと思った記憶もない。以前見た、ちょっとアダルトな海外ドラマの中で聞いた覚えはあるけれど、実際に自分が言う機会が巡《めぐ》ってくるなんて想像した事もなかった。

けれど、今の自分が言うべきなのは、まさにその言葉だ。

「い……挿《い》れて……」

絞り出すように口にした言葉が、奈緒の身体をいっそう熱く火照《ほて》らせる。いざ口にしてみると、自分がいかにそうされる事を熱望しているかがよくわかった。

「そうか、奈緒は挿《い》れてほしいんだね。じゃあ、今度は何をどこに挿《い》れてほしいか、言ってくれるかな？」

この上なく淫《みだ》らな要求をされ、奈緒は顔中がピリピリするほど熱くなるのを感じた。

身体のデリケートな部分の名称など、普段はもちろん、ベッドでも口にした事はない。

なのに、さほど躊躇《ちゅうちょ》する事なく言ってしまったのは、それだけ早く清道と交わりたいと思ったからに違いなかった。

「いい子だ――」

「ああっ！　あっ、あああああ――！」

久しく放置されたままだった蜜窟の中に、熱い屹立《きつりつ》の先端が入った。思いのほか太いそれが隘路《あいろ》を押し広げ、少しずつ奥へ進んでくる。清道が眉根を寄せて、低く呻《うめ》いた。

奈緒はといえば、そうとわかりながらも、自分の事で手いっぱいで身体をわなわなと震わせる事しかできない。

「奈緒……すごく気持ちいい……。もっと奥まで奈緒の中に入りたい。息を、吸って吐いてごらん。もっと楽になるから――」

知らぬ間に息をするのを忘れていたようで、清道の言うとおりに大きく深呼吸をする。

空気を求める金魚みたいに喘《あえ》いでいるうちに、いくらか中の緊張がほぐれたようで、清道のものが緩く前後に動き始めた。

グチュグチュという水音が聞こえてきて、そこがいかに濡れそぼっているかが丸わかりになる。

「あんっ……あ……やぁ、んっ……」

恥ずかしさに清道の身体に手足をしがみつかせると、図らずも挿入がより深くなった。

彼にぶら下がるようになった身体をゆらゆらと揺すぶられて、屹立《きつりつ》の先が一気に奥に届く。

「あ――」

未だかつて、ここまで深いところを意識する事などなかった。最奥《さいおう》をゴツゴツと先端で突かれて、そこに子宮の入口があるとはじめて自覚する。

身体の内側を抉《えぐ》られるような感覚を味わい、奈緒は無我夢中で清道に縋《すが》り付いた。

「清……み……ちっ……、あんっ……！　あ、あ、あ……」

屹立《きつりつ》の括《くび》れたところが内壁をこそげ、捏《こ》ねるように中を掻き回してくる。

指では届かないところまでメリメリと押し広げられて、奈緒は恍惚《こうこつ》となって叫び声を上げた。

ただでさえ感じているのに、清道の指が花芽を摘まんで左右に揺らしてくる。

またしても一瞬で果てて、また別の角度から蜜窟の中に屹立《きつりつ》をねじ込まれた。

気がつけば、いつの間にか奈緒は背中を抱き上げられて、清道の腰に跨《また》がるような姿勢になっていた。

下から激しく突き上げられて、奈緒は何度となくよがり声を上げる。こんな体位でのセックスは、はじめてだ。視線を落とすと、二人が繋がっている部分がはっきりと見えた。

まるで春画を見るような、あからさまないやらしさが奈緒の淫欲をさらに掻き立て、屹立《きつりつ》を呑み込んでいる奥をキュンと窄《すぼ》ませる。

腰を揺らされながら乳房を掌《てのひら》に包み込まれ、もう片方を口いっぱいに頬張られた。

「ひっ……あぁっ！」

彼の口の中で乳嘴《にゅうし》が硬く尖り、指で弄《もてあそ》ばれている花芽が腫《は》れて充血する。

もう一人で身体を起こしていられなくなり、奈緒は前のめりになって清道の胸に縋《すが》り付いた。

そのまま彼をベッドの上に押し倒すような格好になり、かろうじて胸板の上に手を突き突っ伏しそうになるのを防いだ。

しかしその直後、下からの強い突き上げを食らって、奈緒はうしろに倒れそうになる。すんでのところで手を掴まれ、彼に支えてもらいながら体勢を整えた。

「腰、自分で振ってみる？　奈緒が好きなように動いていいから」

「えっ……そんな、エッチな事……」

「した事ない？　だったら、今すればいい。奈緒は俺と思いきりいやらしくて、破廉恥《はれんち》で呆れるくらい大胆なセックスがしたいんだろう？」

そう言って、清道に視線で促《うなが》される。

指を絡め、膝で彼の腰をきつく挟むようにすると、奈緒は思うままに腰を前後に動かし始めた。

「あ……あ、ん、っ……ああんっ！」

激しい愉悦《ゆえつ》が脳天を突き抜け、理性が焼き切れるほどの快感が全身を駆け巡《めぐ》る。動くたびに乳房が揺れ、蜜窟と屹立《きつりつ》が立てる卑猥《ひわい》な音が耳に絡みつく。

ギリギリまで張り詰めた彼のものが、奈緒の奥で今にも爆《は》ぜそうになっている。

「奈緒……すごくいい……ずっとこうしていたいくらいだ――」

そう呟く唇が欲しくてたまらなくなり、奈緒は清道の上に身体を重ね合わせて彼にキスをした。

「んっ……ん、んっ……！」

舌を絡め合っている間に、背中を強く抱き寄せられて激しく腰を動かされる。

頭のてっぺんを突き抜けるかと思うほど強く奥を突かれて、身体ごとどこかに飛んでいきそうになった。

引き続きズンズンと全身に響くほど奥を攻められ、ふっと意識が途切れそうになる。

「ぷわっ……、あ、あああああっ！」

唇が離れ大きく息を吸った途端、強すぎる快楽が身体の中を突き抜けた。

清道の指が奈緒の双臀《そうでん》を強く掴むのと同時に、屹立《きつりつ》が蜜窟の中で硬さを増す。そして、何度となく脈打って吐精した。

それでもなお硬さを保っている清道のものが、奈緒の中で容量を増していく。

その感触が奈緒の心と身体に刻み込まれ、得も言われぬ多幸感が全身を席巻《せっけん》する。はじめて知る本当の快楽は、言葉に尽くせないほど濃密で熱い。

奈緒は意識しないまま微笑みを浮かべ、キスを求めてくる清光の唇に自ら舌を這《は》わせるのだった。

何かしら、とても幸せな夢を見ていたような気がする。

ふと目が覚めて辺りを見回すと、広々とした天井《てんじょう》が目に入った。

（……ここ、どこだっけ？）

そう思いながら、まだぼんやりとしている頭を少しずつ起こしていく。

壁の時計は六時十分を示しており、閉じたカーテンの隙間から僅《わず》かに陽光が見える。

（そうだ……出張に来てたんだっけ。そっか……ここはホテルだった……）

ここ何カ月も朝は何かに追い立てられるように目が覚め、弾かれたようにベッドから起き上がるのが常だった。

けれど、今朝はやけに気分がいい。

このまま二度寝してしまいそうなほどの心地よさを感じるし、なぜか心身ともに満ち足りている気がして――

（えっ……!?）

頭がはっきりと目覚めると同時に、昨夜の記憶が一気に蘇《よみがえ》った。

咄嗟《とっさ》に横を向くと、広くてがっしりとした胸板と眠っている完璧な横顔が見えた。その途端、昨夜の記憶が一気に蘇《よみがえ》り、愕然《がくぜん》とする。

あわてて起き上がり羽織るものを探すが、周囲に身につけられるものはひとつもない。狼狽《うろた》えながら胸元を見ると、乳房にいくつものキスマークがついている。

（何これ！）

酔っていたとはいえ、はじめて会った男性とベッドインしてしまうなんて……

いくらレンタル彼氏であっても、清道に対してどんな顔をしていいのか、わからない。

とにかく、一刻も早くここを出なければ——そう思いベッドから下りようとした時、カーテンの隙間から差す日差しで清道が起きそうになる。

昨夜あれほど熱く抱き合った仲ではあるけれど、今、清道に起きられては困る！

奈緒は彼を起こさないよう気をつけながら、大急ぎでベッドから抜け出した。そして、カーテンをぴっちりと閉めて、陽光がいっさい入らないようにする。

そのまま爪先立ちで部屋の入口に向かい、ベッドルームをあとにした。ソファの周りには、昨夜脱ぎ捨てた衣類が散乱している。

昨夜の痴態が目の前にチラつく中、奈緒はそれらをかき集めた。グズグズしていると、清道が起きてしまう。

奈緒は焦る気持ちを抑えつつ洋服を身につけて、洗面台に急いだ。鏡を見ると、明らかに動揺した自分の顔が映っている。

顔を洗い、髪の毛を梳《と》かすとノーメイクのまま部屋に取って返す。

急ぐあまり歩く足がもつれそうになるも、どうにか踏ん張って体勢を立て直した。

（落ち着いて、私……！）

身体中の筋肉が疲労しているのは、昨夜それだけ激しく求め合ったからだ。そう意識した途端、唇にキスの感触が蘇《よみがえ》り、挿入されている時のめくるめく快楽をはっきりと思い出してしまった。

失恋のせいで弱っていたとはいえ、まさか自分が、一夜限りの関係を持つなんて思ってもみなかった。

しかも、生まれてはじめて脳味噌が溶けてしまいそうなほどの絶頂を味わったのだ。

（……って、今はゆっくり思い出に浸《ひた》ってる場合じゃないでしょ！）

首を横に振り、エロティックな記憶を無理矢理頭の隅に追いやる。

バッグに入れっぱなしにしていたスマートフォンをチェックしようとして、中に入っている分厚い封筒に指先が触れた。

それには、元カレから慰謝料としてもらった百万円が入っている。

受け取ったものの、浮気の代償として得たお金など持っているだけでもストレスだった。腹立ちまぎれに自宅の引き出しの中に放置していたのだが、出張先で豪遊して使い切ってしまおうと思い、バッグに入れたのを、うっかり忘れていた。

（どっちみち忙しくて使う暇なんかなかったな）

今思えば、いつまでも慰謝料なんか取っておく事自体、未練がましいし、せっかく持参したものをこのまま持ち帰るのも癪《しゃく》に障る。

（あ、そうだ！）

ふいに百万円の使い道を思いついた奈緒は、バッグから封筒を取り出して、中のお札を部屋に備え付けてあるホテルの封筒に入れ替えた。

ペンをとり、表に「清道へ」と書くと、それをダイニングテーブルの上に置いて、急ぎ部屋をあとにする。

（これで、よし。我ながらいい使い道を思いついたな）

足早にエレベーターホールに向かいながら、奈緒は一度だけ清道がいる部屋を振り返った。

きっともう一生、彼に会う事はないだろう。

奈緒は自分に決着を付けさせてくれた清道に感謝しつつ、清々しい気持ちで一人エレベーターに乗り込むのだった。


出張から帰った二日後、奈緒は仕事終わりに美夏と待ち合わせをしていた。

場所はいきつけの居酒屋で、ボックス席のラウンドベンチに二人並んで座っている。常に大勢の人で賑《にぎ》わっているから、多少大声で話しても周りを気にする必要はない。

「ちょっと！　今の話、心底びっくりなんだけど！」

美夏がマスカラを塗った睫《まつげ》毛を忙しく瞬《またた》かせる。

「私だって心底びっくりだよ……。まさかはじめて会った人とベッドインするとか……しかも、相手はレンタル彼氏なんだもの」

たった今、美夏に出張先での事をすべて話し終えたところだ。

あの日清道が寝ている間に部屋を去った奈緒は、自分の借りたビジネスホテルから荷物を引き上げるなり、すぐに新幹線で帰京した。

清道と過ごした時間は、自分にとって忘れられない経験となったし、彼のおかげで元カレを完全に吹っ切る事ができた。

あれ以来、気持ちはすこぶる晴れやかで、すべてにおいて前向きになっている。

今は仕事に対する意欲がものすごく湧いているし、いい具合に脳味噌が活性化しているようで、新しいアイデアもいくつか思いついたところだ。

「ほんと、美夏には感謝してる。自分一人じゃ、到底抜け出せなかった暗闇からようやく脱出できたって感じ。いったい何をあんなに悩んでたのかって思うし、今は過去なんて振り返ってる暇なんかないくらいやる気に満ち溢《あふ》れてるの」

嬉々としてそう話す奈緒の顔を、美夏が満足そうに見つめている。

「奈緒がそう言ってくれるなら、レンタル彼氏を派遣した甲斐があったってものよ。それにしても、これほど効果があるとは思わなかったな。ねえ、その彼って、そんなにいい男だったの？」

美夏に訊《たず》ねられ、奈緒は大きく頷きながら清道の顔を思い浮かべた。

「ものすご～くいい男だった！　あんなにゴージャスで紳士的なイケメン、ほかにいないんじゃないって思うくらい。セクシーでスマートだし、優しくてユーモアもあるの。顔だけじゃなくて身体も完璧だったし、私の理想そのものって感じだったなぁ」

奈緒は清道の容姿を事細かに話し、プロポーションの良さを絶賛した。話しながらつい笑みを浮かべていると、美夏に脇腹を肘でつつかれる。

「ちょっと奈緒ったら、まさか本気になったりしてないでしょうね？　私が言った事、ちゃんと覚えてる？　あんたは私と違って一途なタイプだから、ちょっと心配になっちゃう」

美夏は独身であると同時に自由恋愛主義者で、同じ考えのパートナーが複数いる。

彼女にとってレンタル彼氏は、ライトな感覚で楽しめる恋愛未満の楽しみのひとつなのだ。

「もちろん、ちゃんと覚えてるわよ。向こうはプロとしてお客様と恋愛ごっこをしてるだけだから、間違っても本気になっちゃダメ——でしょ？　大丈夫、別に本気になったわけじゃないの。ただ、忘れられなくなっちゃっただけで」

「忘れられなくなったのと、本気になったのと何が違うのよ。それって一緒じゃないの？」

「違うってば。あれは、言ってみれば非現実の中の出来事で、日常生活とは別物でしょ。ただ、本当に忘れられないほど素敵な夜だったし、そのおかげで心機一転できた。彼の事は心に残ってるけど、だからってレンタル彼氏相手に本気になったりしないわよ」

「でも、百万円をチップとしてポンと置いてきちゃったんでしょ？」

「それは、元カレの事を吹っ切れたお礼のつもり。もともと何も残らないようにパーッと使うつもりだったし、あれはあれでいい使い方だったと思う」

清道のおかげで本来の自分を取り戻せたし、新しいスタート地点に立てた。奈緒にしてみれば、彼と過ごした時間は百万円でも安いくらいであり、きっと生涯忘れる事はないだろう。

「なるほどね。でも『ＧＪ倶楽部』って、ある程度のスキンシップはＯＫだけど、挿入行為はしないはずなんだけどなぁ……。知らない間に、規約が変わったのかな？」

美夏が首を傾げながらスマートフォンを操作し「ＧＪ倶楽部」のサイトにアクセスする。

彼女曰《いわ》く、ＶＩＰ会員向けのレンタル彼氏については専用ページにしか掲載されておらず、パスワードを入力しなければ閲覧できないらしい。

「写真、見る？」

「ううん、見ない。夢は夢のままにしておく」

奈緒が首を横に振ると、美夏が頷きながら再度スマートフォンを操作し始める。

「うーん……規約は変わってないし、サイトの注意書きにも『挿入行為はいたしません』って明記されてる」

「そうなの……？」

「まあ、前も言ったとおり、ここに書いてある『個人の裁量』っていうのは限りなく不透明だけどね。けど、私がこれまでにレンタルした彼氏達によれば、後々問題にならないように、挿入行為だけはぜったいにするなって上から厳しく言われてるらしいよ」

美夏は無二の親友であり、互いに嘘なんかつかないとわかっている。彼女がそう言う以上、あれはレンタル彼氏的にしてはいけない行為だったのだろう。

「もしかして、私があまりにも哀れだから、慰《なぐさ》めるつもりで特別にしてくれたのかな」

元カレについてさんざん愚痴ったから、きっとそうだ。根っからのジェントルマンである清道は、おそらく傷心の奈緒を心底気の毒に思い、身体を張って癒《いや》してくれたに違いない。

清道の優しさには心から感謝しているし、間違っても自分との事が原因で彼に迷惑をかけるわけにはいかなかった。当然、二人の間にあった事を「ＧＪ倶楽部」に言う気はないし、一生の思い出として胸の奥に大切にしまい込んでおくつもりだ。

「もしくは、向こうが奈緒に本気になっちゃったとか？」

「は？　そんなわけないでしょ」

あれほどゴージャスなイケメンだ。お客相手に本気になるはずがない。

そもそも、清道ほどスマートで魅惑的な男性が、どうしてレンタル彼氏をしているのか首をひねりたくなるくらいだ。

「それはそうと、さっき黒髪で身長が百八十五センチくらいあるって言ってたよね。それって、私が頼んだレンタル彼氏とかなりイメージが違うんだけど……」

美夏がスマートフォンの画面を眺めたあと、チラリと奈緒を見た。

「本当に見なくていいの？　画像をスクショしたり送ったりできなくなってるから、あとで見たいって言われてもすぐには見せられないよ？」

目の前でスマートフォンをゆらゆらと揺すられ、見ないと決めた心まで揺らぎだす。

「うう……やっぱり見る！　でも、チラッとだけ」

「ふふん、やっぱり気になってるんじゃないの」

「違うってば……。そうじゃなくて、美夏がイメージとかなり違うとか言うから――」

「はいはい、そういう事にしときましょ。ほら、どうぞ。好きなだけじっくり見ていいよ」

美夏からスマートフォンを手渡され、奈緒は画面を下に向けたまま一呼吸置いた。

そして、ニヤニヤと笑う親友が見守る中、画面に表示された彼の顔を見た――

けれど、目に入ってきたのは清道ではない別人の顔だ。

「あれっ？　これ、違う人だ。ごめん、画面を動かしちゃったかも」

そう言って美夏に画像を見せると、彼女はそれを見るなりキョトンとした顔で首を傾げた。

「え？　違わないよ。私が奈緒のためにレンタルしたのって、この『達也《たつや》』って人だもの」

「へ？　達也って……。私が会ったのは『清道』って名前だし、ぜったいにこの人じゃないわよ」

スマートフォンの画面に映っているのは、イケメンではあるが清道とは似ても似つかない違う男だ。二人して、ほかのＶＩＰ会員用のレンタル彼氏を閲覧するも、彼を見つける事はできなかった。

「ちょっと待って。それって、どういう事？」

滅多な事ではあわてない美夏が、さすがに狼狽《うろた》えて色を失っている。それからすぐに美夏が「ＧＪ倶楽部」に電話をかけるために店の外に行き、しばらく経ってから席に戻ってきた。

「ごめん！　私、あの店に登録してる電話番号、自宅の電話にしちゃってたの。普段滅多に使わないから気づかなかったんだけど、あの日『達也』は待ち合わせの場所に確かに行ったみたい。でも、奈緒を見つけられなかったって――」

美夏の自宅電話にはセールス電話ばかりかかってくるため、いつも留守番電話にしたまま放置しているらしい。

電話に出た「ＧＪ倶楽部」の担当者が言うには、当日は達也という美夏に指名されたレンタル彼氏がラウンジに向かった。けれど、乗り込んだタクシーが渋滞に巻き込まれ、到着が十分ほど遅れてしまったのだという。

彼がラウンジに到着した時、奈緒はすでに清道とスイートルームに向かっており、達也と会う事はなかった。

「当日電話をくれたみたいだけど、私は家にいなかったでしょ。遅れたのは向こうの責任だから、料金はいただきませんって言われたわ——って、それはさておき、清道って誰？　その人『ＧＪ倶楽部』のレンタル彼氏じゃないわよ？」

「えええ〜!?」

出した声が大きすぎて、周りにいる客の視線がいっせいに奈緒に集中する。

奈緒は恐縮して小さくなりながらも、たった今知らされた事実のせいで頭の中が大混乱に陥《おちい》っていた。

「じゃあ、私が一晩を過ごした清道って誰なの？　私、てっきりレンタル彼氏だと思い込んで、彼に『ＧＪ倶楽部』の話までしたのに——」

その後、何度も順を追ってあの日の事を思い返してみるも、清道の正体はわからずじまい。

わかったのは、自分が見ず知らずの一般人——しかも、おそらくそれなりの立場にあるだろう人をレンタル彼氏扱いしてした挙句、ベッドインまでしてしまったという事だ！

奈緒は自分がしでかした事を思い、青くなったり赤くなったりする。

「どうしよう……私ったらなんて事を……！」

謝ろうにもどこの誰かもわからないし、捜しようもない。奈緒が頭を抱えていると、美夏が背中を擦ってくれた。

「まあ、そんなに落ち込まないで。清道って人、奈緒に話を合わせて最後まで付き合ってくれたって事でしょ？　そう考えると、すごくいい人よね。でも、エッチまでしちゃうとか……やっぱり、奈緒の事を気に入ったからって事なんじゃない？」

美夏がそうに違いないと言わんばかりに、大きく頷いた。

「だから、それはないって。でも、かなり女性慣れしてたし、優しい人だったのは確か……。気遣いもあってすごくいい人だったから、きっと同情心から憐《あわ》れをかけてくれたんだと思う」

それでも、奈緒は清道の情けに救われて元カレの呪縛から脱する事ができたのだ。それには心から感謝しているし、事実を知っていっそう感謝の気持ちが強くなった。

同時に、清道との繋がりが完全に切れたのを実感して、未練がじわじわと膨らむ。

どのみち、二度と会う事はないと思っていたし、こうなったらもう完全に再会できる見込みはない。

だいたい、会ってどうする。

奈緒はふいに湧き起こってきた感情を持て余し、自嘲《じちょう》気味に笑った。

「同情でもなんでも、いい人に出会えてよかった。きっとこれも巡《めぐ》り合わせね。直接会って謝ったり、お礼を言ったりはできないけど、彼に感謝する気持ちは忘れないでおくわ」

いずれにせよ、奈緒は見ず知らずの男性と一夜をともにしてしまった。

けれど、後悔はしていないし、彼と過ごした時間は死ぬまで記憶に残り続けるに違いない。

清道とのアバンチュールは、奈緒にとって間違いなくプラスに作用した。今後はそれを糧《かて》にしていっそう仕事を頑張ればいい。

美夏にそう宣言すると、奈緒は清道の顔を思い浮かべながら二杯目のビールをなみなみとグラスに注《つ》ぎ足すのだった。

◇　◇　◇

おとぎ話のシンデレラは、ガラスの靴を残していなくなった。

片や、清道が忘れられない一夜を過ごした女性〝奈緒〟が残したのは、ガラスの靴ではなくホテルの封筒に入った百万円だ。

「まったく……いくらなんでも、面白すぎる」

関西への出張を終えて自宅に帰り着いた清道はバッグから札束入りの封筒を取り出し、それをしげしげと眺めた。

時刻は午後九時二十分。

都心に建つマンションは四十一階建てで、清道の自宅はその最上階にある。

二日前の夜、清道は取引先との話し合いを終えて、一人ホテルのラウンジでゆっくりとした時間を過ごしていた。

ホテルの上級会員になっているおかげで、何も言わなくても来店した時点で最も眺めのいい席を提供してもらえる。

その夜は幸いにも窓際のソファ席がいくつか空《あ》いており、その中でも一番プライベートを保てる席を確保できた。これで誰にも邪魔される事なく、のんびりカクテルを楽しめる——

そう思っていたら、ふいに背後から声をかけてきた女性がいた。

それが、奈緒だった。

『さっそくだけど、部屋に行きましょう？』

出し抜けにそう言った彼女の顔には、微笑みが浮かんでいた。

けれど、明らかに余裕がなさそうだったし、それを見抜かれたくないという意地のようなものも見て取れた。

だが、会っていきなり部屋に誘うのは、さすがに唐突すぎたと思ったのだろう。

急に表情を引き攣《つ》らせたと思ったら、あわてて言い訳のような言葉を口にしてもじもじする。

取り立てて美人ではないが、どこか愛嬌《あいきょう》のある顔だ。

誘い文句にしては突飛すぎるし、いったい何を思って初対面の男を部屋に誘ったりするのか、単純に知りたいと思った。

だから、仕事終わりの寛《くつろ》いだ時間を捨てて席を立ち、せっかくなら夜景を楽しんでほしいと思い自分の部屋に誘ったのだ。

（それにしても、どうしてそんな気になったんだ？）

その時点ですでに自分らしからぬ行動だった。

しかし、そのおかげでおそらくこれまで生きてきた中で最も飾りっ気がない女性と関わりを持つ事ができた。

少なくとも、自分が知る女性達よりも純粋で嘘がないのだけは確かだ。それは奈緒の言動を見ればわかるし、だからこそ興味を引かれたのだと思う。

半日にも満たない時間しか共有していないけれど、ほかの女性とは比べ物にならないほど反応が面白かった。いちいち新鮮で見ているだけで楽しいし、ともに過ごした時間は実に有意義で久しぶりに頭の中を空《から》っぽにできたように思う。

奈緒は必要以上に取り繕《つくろ》ったりしないし、思わせぶりな態度も取らない。

急に赤くなったかと思えば、嬉しそうに笑ったり今にも泣きそうな顔をしたり――

普段接する女性達に比べたら、奈緒の表情の豊かさは驚異的だ。

そんな彼女を可愛いと思ったし、仕事熱心な面まで見せられて、いつの間にか奈緒という存在に引き込まれていた。

さらには理不尽な元カレの話をされて、その男に言いようのない憤《いきどお》りを感じた。そんな自分に驚いて、我ながらどうかしてしまったのではないかと思ったくらいだ。

奈緒といると、これまで自分がいかに上辺だけのつまらない女性を相手にしてきたのかを思い知らされた。

（もっとも、そんな薄っぺらい女性ばかりを寄せ付ける自分にも問題はあるな……）

清道は幼少の頃から容姿について褒《ほ》められる事が多く、外に出れば人の視線を集めるのが常だった。

両親はそれを喜び、清道を人が大勢いる華やかな場所に連れ回した。それはそれでいい社会勉強になったともいえるが、所詮見世物になっているだけで楽しいと思った事など一度もない。

それぞれに会社を興《おこ》し莫大な利益を得ていた二人だったが、夫婦としてはとっくに破綻《はたん》しており、常時複数の愛人がいた。

自宅に見知らぬ若い男女が出入りするのは日常茶飯事で、その中の何人かには、清道にちょっかいを出そうとする不届き者もいた。

（あの頃は最悪だったな……。今思い返しても虫唾《むしず》が走る）

当時を思い出して、清道は険しい表情を浮かべて身震いした。

外面《そとづら》のいい両親は、外では円満な夫婦を演じながらも、家で顔を合わせれば怒鳴り合いの喧嘩ばかり。

そんな生活が続いていたある日、清道の脇腹のあたりに発疹《ほっしん》が出た。それはみるみる広がり、首から上を残して全身のいたるところにみみずばれができた状態になってしまった。

皮膚科を受診しても一向に原因がわからず、どんな薬を使っても治るどころかひどくなるばかり。

その頃の清道は、平気なふりをしていたものの、間違いなく心が疲弊して病《や》んでいたのだと思う。

結局発疹《ほっしん》の原因が精神的なものだとわかり、それを機に清道は父方の祖父母宅で暮らす事になった。

当時小学校三年生だった清道は当然転校を強《し》いられたが、特別寂しかったり名残惜《なごりお》しく思ったりする事もなく転地療養に入った。

幸い祖父母は穏やかで優しい人柄をしており、発疹《ほっしん》に苦しむ清道を温かく迎え入れてくれた。

都会は賑《にぎ》やかでいろいろなもので溢《あふ》れ返っているけれど、すべてがモノトーンに見えたし毎日が味気なかった。しかし、田舎《いなか》での生活は、都会とはまるで違った。

山間の小さな集落であるそこは、緑溢《あふ》れる山々に囲まれていた。

朝は鳥の声で目を覚まし、夜は今にも降ってきそうなほどたくさんの星を眺めながら眠る。

素朴だが、辺り一面自然の鮮やかな色に包まれており、目に入るものぜんぶが生き生きして見えた。

田舎《いなか》での生活は清道に自然の素晴らしさを教え、本来あるべき子供らしさを取り戻してくれた。

(何もなかったけどまったく気にならなかったし、不便だけどむしろそれが心地よかったよな)

祖父母は仲が良かったし、近所には親戚も多くいて、皆穏やかで気さくな人ばかりだった。

そこで暮らしているうちに発疹《ほっしん》は徐々に収まり、心が元気になっていくに従って肌の状態も良くなっていった。

表情も豊かになり、内にばかり向いていた性格が少しずつ外に向くようになった。

田舎《いなか》での生活がなかったら、おそらく今の清道はいなかっただろう。

そう確信できるほど、田舎《いなか》暮らしを満喫していた清道だったが、小学校卒業を前にして祖父母が相次いで他界してしまった。

結局、清道は東京の自宅に戻らざるを得なくなったが、中学卒業を機に自らアメリカ留学を決めて単身渡米。以後、高校を卒業するまで現地の学校に通い寮生活をしながら学業に専念した。

その後、帰国して大学に進学すると同時に一人暮らしを始め、在学中に今の会社のもととなるインターネット広告の企画制作会社を興《おこ》した。

やるからには、ぜったいに成功させる——

当初はたった一人で始めた会社だったが、起業から十二年目にして従業員の数は三百人を超えた。事業内容も拡充して現在はデジタルマーケティングの総合コンサルティング業務を請け負っている。

会社が大きくなるにつれて各種メディアから注目を浴びるようになり、いつの間にか清道自身が会社の広告塔のような立ち位置になった。

事業を通じて華やかな業界に身を置いているが、清道の根底は亡き祖父母との暮らしにある。

(あの田舎《いなか》、今どうなってるかな……)

祖父母が他界したあと、清道は墓参りを兼ねて何度かそこを訪れていた。親戚達はいつだって歓迎してくれたけれど、気がつけば忙しさにかまけてもう何年も行けていない。

当時住んでいた家はリフォームされ、今は叔父夫婦が住んでいる。昔も今も農業を営んでいる彼らは、進んで仕事の手伝いをする清道の事を「清《きよ》ちゃん」と呼んで可愛がってくれていた。

(でも、もう祖父母はいないんだよな……)

普段はぜったいにそんなそぶりは見せないが、本当の自分は寂しがり屋だ。

そう自覚しているし、祖父母にも言われた事があった。

むろん、大人になった今はそれをコントロールできるし、完璧にカムフラージュできている。現に日常生活は一人でも平気だし、むしろそばに人がいると落ち着かないくらいだ。

だから、あの日も人がいる場所で一人で飲んでいた。

矛盾しているが、それが寂しさをやり過ごす一番いい方法だし、そのおかげで奈緒と出会えたとも言える。

はじめから面白い女性だとは思っていたが、極めつけは人の事をレンタル彼氏だと思い込んでいた事だ。

結局、彼女はそう信じて疑わないまま、札束を残していなくなった。

幸い、封筒の中には奈緒の名刺が入っており、素性はすぐに明らかになったが——

「さて、これからどうするかな」

彼女の様子からすると、おそらく意図的にそうしたわけではないだろうし、今頃は出張先でのアバンチュールを肴《さかな》に親友と酒でも飲んでいる頃ではないだろうか。

折しも来月の中旬にニューヨークに支社を設立する予定で、すぐには会いに行く時間が取れそうもなかった。

もし仕事で忙しくしている間に気持ちが冷めてしまうなら、それだけの縁だったという事だ。

その時は、なんらかの方法で百万円を返金して終わればいい。

けれど、不思議と時間をおいても、この気持ちは冷めないような予感がしていた。

清道は札束を手に取り、ニンマリと微笑みを浮かべた。そして、奈緒と再会する日の事を思いながらグラスに注《つ》いだワインを一気に喉の奥に流し込むのだった。

◇　◇　◇

奈緒が経営する「ソルテア」は、自然素材を使ったクリームやバームなどを販売している化粧品メーカーだ。使っている主な原材料は中部地方にある奈緒の実家が所有する畑や山で採れる植物であり、化学合成成分や動物性のものはいっさい使っていない。

むろん、すべて無農薬で栽培したオーガニック認証原料のみを厳選して、肌の負担にならない製品作りを目指している。

コンセプトは「赤ちゃんの肌にも使える安全で優しい使い心地」だ。

東京の事務所は八階建てのマンション三階の角部屋で、元カレと破局したのをきっかけに、奈緒はそこに移り住んだ。まだまだ小さな会社だし、ぜんぶで十五人いる社員は姉の紗智《さち》と実家近隣に住んでいる奈緒の親族のみ。

もっとも、普段事務所に出入りしているのは奈緒と紗智だけだし、専業で働いているのは社長である自分一人で、ほかは皆、別に仕事を持っている。

そんな事情もあり、社長とはいえ外回りの仕事はすべて奈緒がこなしていた。

「ソルテア」は創業五年で、細々としかし、着実に売り上げを伸ばしている。メインはネットショップでの販売だが、商品を取り扱うパートナーショップが全国に十二店舗あり、今後も数を増やしていくつもりだ。

そう胸を張って言えるのは、自社商品に対する絶対的な自信があるから。「ソルテア」の商品は、性別や年齢を問わず使ってもらえるし、天然成分オンリーだから肌にストレスを与えない。

社員一同、自分達が作り上げた商品を、より多くの人達に知ってほしいと心から願っていた。

(せっかく興《おこ》した会社だもの。ぜったいに潰したくない)

奈緒が「ソルテア」を興《おこ》したきっかけは、極端に弱く敏感な肌をした甥《おい》のために、自然成分のみで保湿クリームを手作りした事だった。

クリームを作るのに使ったのは、オリーブ由来のスクワランやホホバオイル、アロエベラの葉汁にヨモギエキス、各種植物から抽出した精油などだ。

当時の奈緒は、まだ大学卒業後に就職した中小企業の社員だったし、自ら会社を立ち上げて製造販売するなど考えてもいなかった。

けれど、甥《おい》がそれを愛用して肌質が改善した事が口コミで広がり、ついには会社を興《おこ》すまでになったのだ。

(だけど、まだまだ知名度が低すぎるんだよね)

少しずつ顧客は増えてきているし、寄せられる感想などを見るたびにやり甲斐を感じる。

(可愛い甥《おい》っ子も喜んでくれてるし、親戚の応援もあるんだから、もっと頑張らないと!)

奈緒の実家は代々農業を営んでおり、現在も広大な畑で野菜を作っている。祖父は母屋の裏にある山をいくつか所有しており、そこは山菜の宝庫だ。

化粧品会社を立ち上げてからは、同地で本格的に原材料の栽培に着手した。製造に関しては、もともとサプリメントや化粧品の製造を受託する会社を営んでいた叔父が全面的に協力してくれている。

奈緒は高校生の時にそこでアルバイトをさせてもらっており、その時に化粧品作りのノウハウを学んだ。叔父は現在もその会社の社長であり、「ソルテア」の社員兼アドバイザーとして何くれとなく相談に乗ってくれている。

(もっとたくさんの人に、うちの商品の良さを知ってもらいたい……。そのためにも、何かしら打開策を考えなきゃ)

奈緒は事務所でノートパソコンに向かいながら、あれこれと考えを巡《めぐ》らせる。

今現在「ソルテア」の商品ラインナップは全六種類で、そのほかに数量限定で特別な商品を販売する事もあった。

余計なコストがかからないようパッケージはシンプルで、色合いはアースカラーで統一している。それが昨今のナチュラル志向とマッチして、過去に一度だけ雑誌に掲載された事があったが、今のところ二度目の取材依頼がくる気配は皆無だ。

「はぁ……」

奈緒がため息を吐いていると、背後から姉の紗智に肩をポンと叩かれた。

「ずいぶん大きなため息だね。最近ずっとそんな感じだけど、どこか具合でも悪いの?」

「あ、お姉ちゃん」

姉の紗智は奈緒よりも十歳年上で、税理士の資格を持つシングルマザーだ。

住まいは「ソルテア」の事務所があるマンションの別の階で、奈緒の仕事を手伝いながら個人経営の税理士として日々忙しくしている。

「ううん、そんな事ないよ。新しい商品について、品質の安全性にもＯＫが出たし、むしろやる気に満ち溢《あふ》れてる」

「ソルテア」を立ち上げて以来、奈緒は自然派化粧品にこだわって商品展開をしてきた。

主なターゲットは敏感肌に悩む人達であり、その中には大勢の子供達も含まれている。けれど、関西方面への出張を終えてすぐに、ふと肌に優しく安全なものなら、もっと違う用途のものを作ってみてもいいのではないだろうかと、考えるようになった。

たとえば、もっとデリケートな場所に使ったり、カップルが二人だけの時間を楽しむ時に使うローションのようなものとか――

それを思いついてからというもの、奈緒はこれまでに培《つちか》ってきた知識を総動員して新しい商品の開発に心血を注《そそ》いできた。

そして、その甲斐あってつい先日試作品が完成したのだ。

「だけど、もともとのコンセプトは同じでも、新商品はこれまでとはかなり志向が違うでしょ？だから、どういうふうにアプローチしていけばいいか考えてたら行き詰まっちゃって」

手伝ってもらっているとはいえ、紗智が担当しているのはお金に関する事務手続きで、商品開発などの仕事には関わっていない。そのため、営業同様クリエイティブな業務もすべて奈緒がこなさなければならなかった。

「パッケージのデザインとか、どう売り出すかとか……いろいろ考えてるんだけど、なかなかいいアイデアが浮かばないのよね。今までの商品と同じように自然派の安全性を売りにしてもいいんだけど、もっとこう匂い立つような、めくるめく時間を盛り上げるような――」

奈緒が身振り手振りを交えて説明するのは、カップルが大人の時間を楽しむ時に使うローションだ。ほかの商品と同様、天然成分のみ使用しているから舐《な》めても害はない。味はしないが、リラックス効果のあるオイルの香りを楽しむ事ができるし、誘淫効果も期待できる。

むろん、普通のボディローションとして使う事もできるが、カテゴリー的にはラブアイテムとするつもりだ。

「ふむふむ、なるほどねぇ～」

奈緒が話し終えて紗智の顔を見ると、なんとも言えない表情をしたまま口元を綻《ほころ》ばせている。

「お姉ちゃん、何その顔。どうかしたの？」

「どうかしたのは、あんたのほうでしょ、奈緒。突然カップル用の商品を作るって言い出した時からそうじゃないかって思ってたけど、もしかして新しい彼氏ができたんじゃないの？」

「はあ？　違うわよ！　そんなの、できてないし」

「へえ？　じゃあ、恋をしてるとか？」

「だから、そういうんじゃないんだってば。確かに新しい出会いはあったけど、恋愛絡みじゃなくて仕事上のインスピレーションをくれた恩人って感じ？　すごく心に残ってるし、一生忘れられない人だとは思うけど、ぜんぜんそういう対象じゃないというか――」

「ふぅん？　元カレに裏切られて以来沈み込んでたあんたが、やけに元気になったと思ったら、新しい出会いがあったってわけだったのね」

紗智が一応納得した表情を浮かべながら、傍《かたわ》らに置いていた椅子を引き寄せて奈緒のそばに腰を下ろした。

「それにしても、恋じゃなくて仕事上の恩人って、なんだかよくわからない言い回しねぇ。で、どんな人？　いい人なんでしょうね？」

「うん、すごくいい人。彼のおかげで元カレの事を吹っ切れたようなものだし」

「そうなの？　ちょっと詳しく話を聞かせなさいよ」

紗智にグイグイと迫られ、奈緒は椅子に座りながらじりじりと後ずさった。

「話せって言われても、もうひと月以上前の話だよ。それに、もう二度と会う事のない人だから」

「何よそれ。もしかして行きずりの恋？　いいから、話してみなさいって」

紗智に詰め寄られて返事に困っていると、事務所のインターフォンが鳴り来客を知らせた。

奈緒がホッとしてにっこりすると、紗智が不満そうな顔で玄関に歩いていく。

（助かった〜。堅物のお姉ちゃんに清道との事なんか話せないよ〜）

インターフォン越しに来客とやり取りする姉を眺めながら、奈緒は小さく肩をすくめた。

紗智は昔から人一倍真面目な性格をしており、離婚の原因が夫の浮気だった事もあって特に男女関係には厳しいのだ。

奈緒が新しい商品のアイデアを思いついたのは、間違いなく清道との事がきっかけだった。

むろん清道とはあれきりだし、そもそも互いの素性も連絡先も知らないのだから進展のしようがない。

けれど、あの日の事は、忘れられない大切な思い出だし、それがあったからこそ、こうして前向きになり新しい商品のアイデアも思いついた。

(コンセプトはラブ&ピース。上手《うま》くいけばローションだけじゃなくて、オイルとかいろいろと展開させていけるわね――)

きっとニーズはあると思うし、商品化してヒットすれば会社にとってもいい起爆剤になるかもしれない。

これまでは既存の商品を世に広める事だけを考えてきたが、ここへきて大きく発想の転換ができた。それも清道との事があったおかげだ。

(せっかく売り出すんだから、これまで以上に販促に力を入れないとね。でも、プラスしたコンセプトからすると、ほかの商品とは別に扱ったほうがいいかも……)

思い立った事を逐一ノートパソコンに入力していると、玄関先で来客の対応をしていた紗智がドアの向こうからひょいと顔を出した。

「奈緒、あんたにお客様よ。園田《そのだ》さんって方で、広告宣伝の件でお見えになったみたい」

「園田さん？　はい、わかりました」

奈緒は即座にビジネスモードに入り、席を立って玄関に急いだ。

飛び込みの営業マンだろうか？

名前に聞き覚えはないし事前のアポイントもないが、広報面で力不足を感じている今、話を聞くだけでも何かしら有益な情報を得られるかもしれない。

「知り合いなの？　すっごいイケメンだね」

すれ違う時、興奮気味の紗智にそう聞かれた。

奈緒は素早く首を横に振りながら姉の横をすり抜け、玄関に急いだ。そして、そこに立っているスーツ姿の男性を見るなり、大きく目を見開いて声を上げる。

「き、清道っ⁉」

「やあ、久しぶり」

清道が軽く手を振りながら、奈緒に笑いかける。

どうして彼がここに？

あり得ない現実を前にして、奈緒は口をあんぐりと開けたままその場に立ち尽くした。

「ああ、俺だ。アポなしだけど少し話す時間をもらってもいいかな？」

今日の彼はブルーグレーのスーツ姿で、いかにも有能なビジネスパーソンらしい出で立ちをしている。

もう二度と会う事はないと思っていた清道が、突然目の前に現れた！

それだけでも驚きなのに、広告宣伝の件で訪ねてきたとは、いったいどういう事だろうか？

混乱して茫然自失としていると、背中を指でトンとつつかれて前につんのめりそうになる。振り向くと、紗智が訝《いぶか》し気な顔で睨《にら》んでいた。

「ちょっと、何してんの。お客様でしょ？」

小声で注意され、奈緒はハッとして目をパチクリさせる。表情から判断するに、どうやら今のやり取りは聞かれていなかった様子だ。いずれにせよ、ここに突っ立ったままではいられない。

奈緒は急いで清道に向き直ると、彼の足元に来客用のスリッパを置く。

「……な、中にどうぞ」

奈緒が道を譲ると、ドアの前で待ち構えていた紗智が清道を部屋の奥にある応接セットに案内してくれた。

円形のテーブルを挟んで、清道と正面から顔を合わせる。彼の斜めうしろにいた紗智が、目配せをしたあとキッチンに向かって歩いていった。

「ど……どうしてここがわかったの？」

「君が置いていった封筒の中に、これが入っていた」

清道が胸ポケットから名刺を取り出し、テーブルの上に置いた。それは、奈緒のものであり、フルネームを始め、会社名と住所はもちろん、メールアドレスや営業時間まで印字されている。

「あ……そうだったのね」

奈緒はバッグの中にものをゴチャゴチャに入れる癖があり、おそらく何かの拍子に名刺がお札の中に紛れ込んだのだと思われる。

ズボラな自分を呪っている間に、清道が新たに名刺を出して奈緒のほうに差し出してきた。

「改めて挨拶《あいさつ》をさせてもらうよ。俺は『ソノダ・エージェント』の園田清道だ。うちの会社は主にデジタルマーケティングやインターネット広告を取り扱っていて、そのほかに企業のコンサルタント業務も請け負っている」

名刺を受け取り、まじまじとそれを見つめる。

代表取締役社長と書いてある上に、会社の所在地が都内有数のビジネス街のど真ん中だ。ビル名がソノダビルディングとある事から、おそらく自社ビルではないだろうか。

(何これ、すごっ……。っていうか、清道って関西に住んでるんじゃなかったの?)

あの夜、彼は標準語を話していたが、それについては特に聞かなかったし、出身地が関東方面なのだろうと思っていた。

何はともあれ、清道は都心に本社を構える会社の社長だったのだ!

奈緒は、そんなすごい人をレンタル彼氏と勘違いした挙句、彼と一夜をともにしてしまった。

まっすぐ自分を見つめる清道の視線に囚《とら》われ、奈緒は動揺を隠せない。目を逸らそうにも、彼の存在感の強さに圧倒されて瞬《まばた》きひとつできずにいる。そうこうしているうちに、頭の中に清道と過ごした時間が、怒涛《どとう》の勢いで蘇《よみがえ》ってきた。

途端に体温が上昇し、表情管理ができなくなる。

(しっかりしなさい!)

奈緒は手を強く握り、頭の中で自分を叱咤《しった》した。清道はといえば、明らかに焦っている奈緒を見つめたまま穏やかな微笑みを浮かべている。

彼のおかげで、いつまでも引きずっていた過去を切り捨てる事ができて、仕事に対するモチベーションもアップして新商品のアイデアまで思いついた。

忘れられない思い出だし、事あるごとにその時の記憶を呼び覚まし、それを商品開発に役立てていたのだ。

(だけど、いったいどうして?)

そもそも、なぜ清道はあの時レンタル彼氏ではないと言ってくれなかったのだろう?

もしあの場ではっきりと否定してくれていたら、ベッドインなどする事もなかっただろうに……

甘く熱い思い出の激流に包み込まれそうになるが、ここで取り乱すわけにはいかない。

奈緒は全力で自分の気持ちを落ち着かせると、苦労して口元に笑みを浮かべた。

「それはそうと、ここのクリームを使ってみたんだが——」

いきなり自社商品の話を持ち出され、奈緒はいっそう驚いて身を固くする。

「実に使い心地がいいね。だが、認知度が低すぎるせいで売り上げが伸び悩んでいるんじゃないかな?」

いったい何を言われるかと戦々恐々《せんせんきょうきょう》としていたが、まさか本当にビジネスの話を持ち出されるとは思わなかった。おまけに会社創立以来の悩みを、ズバリと言い当てられた。

それを理解すると同時に、奈緒の頭が完全なビジネスモードに切り替わる。

「そのとおりよ。うちの商品はどこに出しても恥ずかしくない、とてもいい品だわ。だけど、それをアピールしようにも、宣伝に回すほどの資金がないのが現状なの」

自社製品には絶対的な自信があるし、どうにかして少しでも多くの肌に悩む人達に知ってもらいたいと思っている。

奈緒は自社製品について書かれている資料を用意し、清道に必要な説明をした上でプロとしての意見を聞かせてほしいと頼んだ。

「パッケージは商品のコンセプトに沿っているし、なかなかいいと思う」

「本当に？　パッケージのデザインもホームページも、親戚が担当してくれてるの。うちの会社は、実務担当者が全員親族だから、その分人件費は抑えられるんだけど、私以外はみんな兼業で本職は別にあるから無理はさせられなくて」

「商品の紹介文も親戚が考えているのか？」

「文面は基本的に私が考えてるわ」

彼は時折頷きながら熱心に耳を傾けてくれているし、投げかけられる質問も実に的確だ。

突然の清道の来訪に驚きつつも、またとない機会を得たとばかりについ前のめりになって現状を説明し、返答する。

「『ソルテア』を興《おこ》したきっかけは、肌が極端に弱くて敏感だった甥《おい》っ子のために手作りした保湿クリームなの。だから、うちの商品は自然成分のみで、合成化学物質はいっさい使っていないわ」

「なるほど」

清道が呟き、何かしら考え込むような表情を浮かべる。そんな何気ない様子に、図らずも胸がドキッとした。

やにわに顔が熱くなり、鼓動が速くなるのを感じる。

これはビジネスだ——そう思っていたのに、熱心に聞いてくれる彼に激しく気持ちを揺さぶられてしまう。

奈緒は、そんな自分に面食らい、我知らず口を半開きにしたまま彼の顔に見入った。

この感覚は、いったい――

こんな気持ちになったのはかなり久しぶりだし、元カレと付き合っている時ですら、これほど強い高揚感に囚《とら》われた事はなかった。

もしや、自分は気がつかないうちに、清道に恋心を抱いてしまったのではないか……

いや、まさかそんなはずはない。

清道とまさかの再会を果たして、動揺するあまり心まで混乱しているだけだ。

縁あって一夜を過ごしたが、あの時の彼は徹底してレンタル彼氏を演じてくれていた。

つまりあれは、事実ではあるが現実ではない夢の中の話なのだ。

（もう、私ったら――）

奈緒がそう思っていると、清道が資料から顔を上げ、奈緒を見る。

目が合い、思わず視線を逸らして書類に見入るふりをしてしまう。

そこに、お茶を淹《い》れに行っていた紗智が戻ってきて、それぞれの前に湯気の立つ茶碗を置く。

そのまま立ち去るかと思いきや、紗智はテーブルの横に置いていた清道の名刺を見るなり目を剥《む》いて彼の顔を振り返った。

「『ソノダ・エージェント』って……あっ！」

急にびっくりしたような声を出す紗智に、奈緒はわけもわからず姉の顔を見上げた。清道はといえば、微笑みを浮かべながら平然としている。

さすがに少々失礼な態度を取ったと思ったのか、紗智がすまなそうな顔をしながら奈緒の横に来てかしこまった。

「申し訳ありません。つい最近、テレビで御社の名前を聞いたのを思い出したもので……」

「いいえ、気にしないでください。確か、二日前のワイドショーか何かでしたよね？　うちの社員がたまたま見ていて教えてくれました」

普段からワイドショーの類《たぐい》をあまり見ない奈緒は、二人が何を話しているのかまったくわからない。けれど、聞いているうちにどうやら清道は誰もが知る人気若手女優と熱愛報道が出たばかりである事がわかった。

「ワイドショーでは目元が隠れてましたけど、まさかこんなにイケメンだったなんて……」

紗智がトレイを持ったまま清道と談笑している間に、奈緒は浮かべていた作り笑顔が徐々に強《こわ》張《ば》っていくのを感じた。

（熱愛報道……じゃあ、清道には付き合ってる人がいるって事？）

思いがけない話を聞かされ、奈緒の心はまたしても激しく動揺する。

彼が誰と付き合っていようが、自分には関係のない話だ。

一夜をともにしたとはいえ、彼にとって自分は、たまたま出会って同情から優しくした相手にすぎない。

ちゃんとわかっているのに、どうしてここまで気持ちを揺さぶられてしまうのだろう？

思いのほかショックを受けている自分にびっくりして、ますます表情管理ができなくなる。

ここまで気持ちを乱されるなら、いっそ再会しないほうがよかった。

清道とともに過ごした夜の事が、ふいに記憶のかなたに遠ざかっていくような気がする。

奈緒の様子に気づいたのか、紗智がふいに乾いた笑い声を上げた。

「でも、ああいう報道って、話題作りのための捏造《ねつぞう》が多いって言いますよね。もしかして、今回の記事もそんな感じですか？」

「まあ……仕事で彼女と会ったのは事実です。ですが、その場には双方のスタッフも同席していましたし、報道で言われているような事はないですね」

変に言い訳をしないところからすると、本当に根拠のないゴシップなのかもしれない。

ただでさえ動揺しているところに、さらにいろいろな情報を聞かされて、何がなんだかわからなくなってしまう。

「話の途中だが、このあと別の仕事があって、もう行かなきゃならない。今夜仕事が終わったあとでまた会えないかな？　一緒に食事でもしよう。ご馳走するよ」

突然そう言われて、奈緒は戸惑って口ごもる。

ゴシップの事はさておき、どうして急に食事に誘ったりするのだろう？

もしかして、本当に広告宣伝の話をするために来てくれたとか？

それとも、あの夜の事で何か――

忙しく思考を巡《めぐ》らせていると、清道が奈緒の顔を覗き込むようなしぐさをする。

「何か用事でもあるのか？」

「えっと……」

特に残業の予定はないが、一応紗智のほうをチラ見する。すると、声を出さずに口パクで「行ってこい！」と言われた。

「別に何もないわ」

「じゃあ、決まりだ。迎えにくるのは午後六時過ぎでいいかな？」

前の道路にはパーキングメーターがついており、彼は今もそこに車を停めているようだ。

「ええ、大丈夫よ」

「ちなみに、好き嫌いはあるかな？」

「特にないわ」

「わかった。じゃ、またあとで」

そう言って清道が立ち上がり、奈緒もそれに続いた。彼は紗智に軽く会釈《えしゃく》してお茶の礼を言うと、姉に見送られて帰っていった。

清道がいなくなったあと、興奮冷めやらぬといった様子の紗智が、奈緒の背中をバンと叩く。

「ちょっと、奈緒！　あんた園田社長とどこで知り合ったのよ？　あの人、イケメンなだけじゃなくて、超一流の実業家だよ、知ってるでしょ？」

「知り合ったのは偶然だったし、そんなに有名な人だとは知らなかったもの——」

「ふ〜ん、って言うか、あんたったらさっきの言いぐさは何？」

「な、何って何よ」

紗智の迫力に押されて、奈緒はたじたじになる。

「園田社長が、せっかく好き嫌いがあるかどうか聞いてくれたのに『特にないわ』だなんて、可愛げがなさすぎるわよ」

「そ、そうだった？」

「そうだったわよ。同じ事を言うにしても、せめてもっと愛想よく言ったらどうなの？『好き嫌いはありません～。食事、楽しみですぅ～うふふっ』――みたいな」

紗智が大袈裟《おおげさ》に身体をクネクネさせる。

奈緒は呆れ顔で姉の背中をペチンと叩いた。

奈緒に可愛げがないのは、今に始まった事ではない。

まだ幼かった頃からだし、姉のみならず両親や親戚からも事あるごとに言われていた。

元カレにも指摘されて直そうと努力した事もあったけれど、結局は改善されないままになっている。

「元カレの件で相当傷ついてたし、いい出会いがあってよかったわね。姉として嬉しいし一安心だわ～。今夜のデート、頑張ってきてね！」

「は？　別にデートとかじゃないから！」

奈緒が即座に否定すると、紗智が訳知り顔で頷く。

「はいはい、デートじゃないのね。だけど、二人きりでディナーを楽しむのは事実でしょ。今日は金曜日だし、なんなら月曜日の朝まで、ゆっくりしてきたらいいわよ」

紗智がまだ何か言っているが、ほとんど耳に入ってこない。

そんなふうに言われると、うっかり期待しそうになってしまうが、それではあまりにも短絡的だ。

ビジネスの話はしたけれど、清道は本当にそれを目的としてここにきたのだろうか？

けれど、そう考えるには両社の規模が違いすぎるし、本当の目的は別のところにあるのではないかと思わざるを得ない。

いったい彼は、何のためにここに来たのか——それを考えると単純にデートだと浮かれる気にはなれなかった。ましてや、あれほど立場のある人をレンタル彼氏扱いしてしまったのだ。

恋愛ドラマでもあるまいし、そんなに都合よく紗智が妄想するような展開になるはずがない。

むしろ山ほど苦情を言われても不思議ではないし、まずは謝罪をして、話を合わせて付き合ってくれた事への感謝の気持ちを伝えるべきだろう。

とにかく、けじめをつけなければ——奈緒は気持ちを引き締めて腹を括《くく》った。そして、再び仕事に集中すべくデスクに戻り、ノートパソコンに向かって忙しくキーを叩き始めるのだった。

「ソルテア」があるマンションは川沿いに建っており、窓からは近くにある公園を一望できる。

ファミリー層向けの部屋はゆったりとした４ＬＤＫで、玄関から入ってすぐの洋間を事務所として使っていた。

玄関とは別に勝手口があり、そこを開けると右手に洗面所、左手にダイニングキッチンがある。

道路側の部屋には横長のベランダも付いており、そこから建物の前の景色を眺める事ができた。

その日の仕事を終えた奈緒は、急いで自室に戻って出かける準備に取り掛かった。

あのあと少し調べたところ、清道が経営する「ソノダ・エージェント」は、奈緒が思っていた以上に大きな会社だった。

これまでに何度か様々な広告賞を取っているし、コンサルタントを請け負っている企業の中には奈緒も名前を知っている会社が入っていた。

昼間、清道に自社商品の認知度の低さを指摘されたが、あの口ぶりならきっと「ソルテア」に関する情報はすべて把握済みに違いない。

清道が自分を訪ねてきたのは、やはり仕事の一環なのだろうか？

もしそうであれば、「ソルテア」の社長として、今後も彼と関わりを持つ事になるのかもしれない。そう思うと、つい心が弾みそうになってしまう。

清道の名前で検索をかけたところ、紗智の言っていたワイドショー関連の記事も多くヒットした。

今回の人気若手女優のほかにも、元アナウンサーやモデル、アイドル歌手との熱愛報道など……

それらの真偽についてはわからないが、少なくとも清道が破格のモテ男だという事だけはわかった。それらを踏まえて考えてみるに、彼にとって自分との一夜は相当イレギュラーなアクシデントだったに違いない。

けれど、奈緒にとっては本当に特別な時間だった。そのせいか、これから清道と会うと思うだけで心が浮き立って落ち着かない気分だ。

（子供じゃあるまいし、ただ会って食事をするだけなのに、何を浮ついてるんだか）

奈緒は自分を諌《いさ》め、騒ぐ気持ちを無理に落ち着かせた。

（それより何を着ていこう？　ワンピースかツーピースか……持ってる服の中で一番フェミニンなのってどれ？）

クローゼットを漁《あさ》るが、最も見栄えがいいのはあの夜買ったワンピースだ。まさか同じ格好で行くわけにはいかないし、かといってほかにデートに着ていけそうな洋服は一着もなかった。

（どうしよう……）

今になってそれに気づくなんて、マヌケすぎる！

とにかく、これ以上マイナスポイントを稼ぎたくない。けれど、もう新しく洋服を買いに行く時間などあるはずもなかった。

（とにかく、今は着るものを決めないと！）

考えた末に、シンプルな黒のカットソーとグレンチェックのフレアスカートを選び、それをベッドの上に広げる。

今着ているものを脱ぎながら洗面台の前に行き、化粧直しをして髪の毛を梳《と》かす。

無心で準備を進めてハタと時計を見た。

（え、もう六時？）

洋服を着たあと、急いでベランダに出て下を覗き込んだ。

すると、すでに清道が来ており、黒い車の前に立ってこちらに向かって片手を上げる。

「ちょっ……ま、待ってて　っ！」

清道に向かって身振りで今すぐに行くと伝え、バッグを持って玄関に急ぐ。シューズボックスから白のパンプスを出しながら、ハッと思い出して事務所奥の作業場に向かった。

そして、棚に置いてあった縦長のボトルを手に取る。

「いけない、うっかり新商品の試作品を忘れるところだった～」

出来上がったばかりの試作品は、昨日製造元から送られてきたものだ。

奈緒はこれを清道に見てもらおうと思い、ワンタッチキャップ付きのボトル容器に移し替えておいたのだ。

それをバッグに入れて、今度こそ靴を履いて玄関を出る。

そして、廊下を歩きながら胸を掌《てのひら》でポンポンと叩く。

（落ち着いて行動して。焦らないで、あくまでも冷静に）

そう自分に言い聞かせ、意識して呼吸を整えた。

これから清道と何を話すかはわからないが、とりあえず彼と過ごした夜の事は頭から締め出そうと心に決め、エレベーターで一階に降りる。

緊張で表情を強張《こわば》らせながら短い廊下を急ぎ足で歩き、マンションの前に出た。そして、ゆっくりと車に近づき、笑みを浮かべる。

「お待たせ」

「少し早く来すぎたかな？」

「いいえ、そんな事はないわ」

できる限り自然な感じで言葉を交わしたあと、ドアを開けてもらって助手席に乗り込む。

腰を下ろすと同時に、シートの座り心地の良さに驚いて声が漏れそうになった。

（すごっ！）

乗り心地もさる事ながら、上質な内装にもこだわりを感じる。足元はゆったりとして広く、普段乗り慣れている車とはまるで違う。

車の前を回ってきた清道が、運転席に座った。エンジンがかかり、車が滑るように動き出して一気に加速する。

話し出すタイミングを計りかねていた奈緒は、思い切って身体ごと運転席を向く。

「あの……先日は、とんでもない勘違いをしてしまって、本当にごめんなさい……！」

奈緒は美夏から聞いたままの事情を彼に話し、改めて謝罪して深々と頭を下げた。

年間の売上高が二百億円近くある会社の経営者をレンタル彼氏だと思い込み、去り際に百万円入りの封筒を置いて帰るなんて前代未聞の大失態だ。

奈緒が神妙な面持ちでいると、清道が左折するタイミングでチラリと視線を送ってきた。

「確かに、とんでもない勘違いだったな」

「しかも、顔を合わせるなり部屋に誘ったりして……おかしな女だと思ったでしょう？」

「さすがに驚きはしたけど、おかしな女とは思わなかったな。仕事でいろいろな人と会うし、中には一癖も二癖もある要注意人物もいる。だが、奈緒はそんな感じではなかったし、なんだか一生懸命な感じがしたからね」

清道の言うとおり、確かにあの時はそうだったかもしれない。

我ながら頑張ったし、稀《まれ》に見るイケメンを前に精一杯虚勢《きょせい》を張っていた気がする。

「それに、なんとなく興味を引かれてね。部屋に移動したあと、いろいろと話をしてくれただろう？　仕事の話は興味深かったし、元カレの話は同じ男として憤《いきどお》りを感じた。あの時の奈緒はかなり切羽《せっぱ》詰まった様子だったし、つい違うって言いそびれてしまったんだ」

なんとなく興味を引かれたから、ラウンジの席を立ち、スイートルームに誘ってベッドインまでしたというのだろうか……。

奈緒は思い切って、一番聞きたかった質問を清道に投げかけてみる事にする。

「清道は、あの時どうして私に付き合ってくれたの？　それに、私が勘違いしてるってわかったあとも、なんですぐに誤解を解かなかったの？」

奈緒が訊《たず》ねると、清道が白い歯を見せて笑った。

その横顔に胸の高鳴りを感じるが、今はそんな場合ではない。

「端的に言えば、そうしたいと思ったからだ。レンタル彼氏の話をし始めた時はさすがに驚いたけど、奈緒がそうだと思い込んでいるなら、とことん付き合ってみるのもいいと思ったんだ」

「だからって、普通はあそこまで付き合わないんじゃや――」

奈緒が言い淀《よど》むと、清道がハンドルを握りながらゆっくりと頷く。

「確かにそうだな。だけど、あの時は奈緒が心に負った傷をどうにかして癒《いや》してあげたいと思ったんだ。それに、せっかくの親友からの誕生日プレゼントだったし、俺が代わりにその役割を果たしたいと思ってね」

やはり、そうだ——

清道は元カレに裏切られ、誕生日なのに一人ぼっちでいる奈緒を憐《あわ》れに思い、特別に情けをかけてくれたのだ。

そこに優しさや気遣いはあっても、恋愛の要素など欠片《かけら》もない。

（やっぱり、そうだよね。そんなのわかってた事でしょ）

わかっていた事なのに、思いのほか胸が痛い。

もともと一夜限りの関係だと割り切っていたし、そもそも彼の恋愛対象になるのは、ワイドショーで噂になったような、あらゆる意味でゴージャスな女性達だ。

それなのに、まるで本当に心が傷ついているみたいになるなんて、我ながらどうかしている。

けれど、清道との時間が奈緒を慰《なぐさ》め、過去を切り捨てるきっかけになったのは確かだし、彼には心から感謝していた。

「そうだったのね……。何も言わずに、話を合わせてくれてありがとう。おかげで元カレの事を吹っ切れたし、仕事にも前向きになれているわ」

「それは、よかった」

清道がハンドルを緩く切りながら、微笑みを浮かべる。車はカーブを曲がり、幹線道路に出た。スムーズな運転も車内の空調も、快適な事この上ない。

「あれから新しいアイデアを思いついて、新商品を開発中なのよ。今までの商品とはちょっとタイプの違うものだけど、自信はあるわ。実は昨日、試作品が届いたばかりなの。小分けして持ってきたから、あとで見てもらってもいいかしら？」

「もちろんだ」

きちんと謝罪をして、感謝の気持ちを伝え終えた奈緒は、ようやく一仕事終えた気分でシートにゆったりともたれかかる。

交差点の信号が赤になり、車が横断歩道の前で止まった。

日は落ちているが街灯や立ち並ぶ店の明かりに照らされて、周囲は十分明るい。

大勢の人が横断歩道を行き交う中、清道の端整な顔立ちに目を奪われた人が、一瞬足を止めてハッとしたような顔をする。

気づくと、車の前に人で渋滞ができていた。そして、その人達は漏れなく助手席に座る奈緒を見て訝《いぶか》しそうな表情を浮かべている。

（どうせ不釣り合いですよ！）

奈緒は頭の中でそう呟き、ほんの少し唇を尖らせた。

確かに自分は美人とは言えないし、それぞれのパーツにもちょっとずつ不満がある。

けれど、奈緒は自分の顔が嫌いではなかった。

フラワーショップの店頭を飾る薔薇《ばら》の花のような華やかさはない。けれど、野原に咲くたんぽぽみたいな親近感を抱かせる顔だと思っている。

普段道を歩いていると気軽な感じで道を聞かれるし、子供にも懐《なつ》かれやすい。

チラチラと向けられる視線を受け流しているうちに、なんだか鼻がムズムズしてきた。

鼻孔を僅《わず》かに膨らませたり鼻の頭に皺《しわ》を寄せたりしていると、ふと強い視線を感じて運転席を向いた。

すると、こちらをじっと見つめている清道と目が合う。

今にも噴き出しそうな彼の顔を見て、奈緒はすぐに正面に向き直った。

いったい、いつから見られていたのやら……

奈緒の気まずさをよそに、清道がゆったりとした口調で話し始める。

「もしあの時、本物のレンタル彼氏が時間どおりにあの場所に来ていたら……。もしあの夜、奈緒が俺をレンタル彼氏だと思わなかったら――そう思うと、俺と奈緒が出会ったのは、いろいろな事が積み重なった偶然という名の必然だったのかもしれないな」

信号が変わり、車が交差点をまっすぐ進んでいく。

「そうね」

奈緒は短くそう答えて、密かに身震いした。

あの時、もし清道が誘いに応じてくれなかったら、二人の人生は交差する事なく終わり、出会わないまま人生を終えていただろう。

そう考えると、彼とこうしている事が信じられないほどの幸運に思えてくる。

「それはそうと、どうして事務所を訪ねてきてくれたの？　まさかまた会えるとは思わなかったから、すごく驚いたわ」

　奈緒は再度、運転席に顔を向けて、そう訊《たず》ねた。

　流れる街の風景をバックにハンドルを握っている清道は、そのままコマーシャル映像に使えそうなほど様になっている。

「封筒には札束と一緒に奈緒の名刺が入っていたから、てっきり訪ねてこいという意味だと思ってたんだけど、違ったかな？」

　少しからかうような問いかけに、心臓がキュンとなる。

　いかにも女性の相手をし慣れている感じだし、言い終えたあとの横顔がかっこよすぎて地団太《じだんだ》を踏みたくなってしまう。

「ち、違うわよ。それに――」

　奈緒は、あのお金が元カレから渡された慰謝料であり、出張先で使い切ろうと思っていたものの果たせなかった事を手短に話した。

「だから、あれは、元カレを吹っ切らせてくれた感謝の気持ちみたいなもので……それに、名刺はたまたまお札の中に紛れちゃっただけで、故意に入れたわけじゃないわ」

「なるほどね」

　本当の事を言っているのに、なぜか言い訳をしているような気分になる。そのせいか、やけにつっけんどんな言い方になってしまった。

　それに、話せば話すほど、自分自身を窮地《きゅうち》に追い込んでいるような気がして、奈緒は渋い顔をして口をへの字にする。

「それはそうと、訪ねてくるまでにずいぶん時間がかかったのね。あれからもうひと月以上も経ってるのよ」

「仕事が忙しくて、なかなか来られなかったんだ。もしかして、俺が来るのを待ってた？」

「な、なんでそうなるの！　名刺の事は本当に知らなかったし、清道とはもう一生会う事はないと思ってたくらいなのに」

思いがけない言葉を投げかけられ、つい声が上ずってしまった。

自分でも若干むきになっているのがわかったし、それを隠すためにさらにそっけない口調になってしまう。

本当は、また会えて嬉しい。

素直にそう言えばいいと思わないでもないが、もうすでにタイミングを逃してしまっている。

『可愛げがなさすぎるわよ』

姉の言葉が頭をよぎるも、これればかりは自分でもどうする事もできなかった。

「ところで、これからどこへ行くの？」

なんとか気持ちを落ち着かせた奈緒は、前を向いたまま清道に訊《たず》ねた。

「まずは食事をしよう。一応友達が経営してるレストランを予約してあるけど、そこでいいかな？」

「もちろん。あ……でも、ドレスコードとかあるんじゃないの？」

「格式ばったところじゃないから大丈夫だ。それに、今夜の奈緒は十分エレガントだよ」

サラリとそんな事を言われ、頭のてっぺんまで真っ赤になる。

言われ慣れないだけに、どう返せばいいかわからない。だが、褒《ほ》められたのだから、一応お礼は言っておくべきだろう。

「ありがとう。私、仕事着のほかはあまり服を持っていなくて、そう言ってもらえてよかったわ」

奈緒は心底ホッとして、両方の手を胸の上で重ね合わせた。運転席を見ると、視線に気がついた様子の清道がにっこりと笑みを浮かべる。

「モノトーンでスッキリとまとまっているし、俺は好きだな。食事のあとは、少しドライブでもしないか？　それとも、何か予定がある？」

「いいえ、特にないわ」

「明日は仕事かな？」

「うちは土日休みだから、明日は休みよ」

「そうか。じゃあ、ゆっくりしても大丈夫だね。レストランで食事をして、その後ドライブをする……あとは、その場の雰囲気と個人の裁量かな」

「えっ……？」

清道が今言ったのは、彼と夜を過ごした時に交わしたフレーズだ。

奈緒は思わず息を呑んで、彼の横顔を見つめた。

『ずるいようだが、俺から仕掛けるわけにはいかない。……だけど、もし奈緒が今の雰囲気を良しとして、個人の裁量を俺に委《ゆだ》ねてくれるなら……俺ともっと親密な関係にならないか？　そうすれば、元カレの事なんか綺麗さっぱり忘れさせてやる。嫌か？』

あの時の言葉は、今でも一言一句覚えている。

訊《たず》ねられた奈緒は、すぐに「嫌じゃない」と答え、その直後に官能的な夜が幕を開けたのだ。

（今の……どういう意味？）

さりげなく言った言葉ではあるが、清道はそうとわかってあのフレーズを口にしたはずだ。

それに彼はきっと、奈緒の反応に気づいている。

意図的にそんな事を言うなんて、いったい清道は何を考えているのだろう？

まるで、もう一度あの時と同じような夜を過ごしたいと言っているように思えるが、さすがにそれはないだろう。

奈緒は混乱したまま、そろそろと正面に向き直った。そして、何を言うべきかわからないまま、車内に流れるクラシック音楽に耳を傾けるふりをする。

もし仮に清道がさらなる一夜を望んでいるとしても、それに応じる事などできるはずもない。

清道には感謝しているし、彼には少なからず好意を持っている。

けれど、たとえ以前ベッドインした事があるからといって、恋人でもないのにまた夜を過ごすなんてあり得ない。

それは道徳的に間違っているし、セフレみたいな真似をするなんて、ぜったいに無理だ。

清道は優しいジェントルマンであると同時に、多彩な恋愛遍歴を持つプレイボーイなのかもしれない。世の中には、そういう気軽な恋愛を楽しむ人はいるし、それを否定するつもりはないが、少なくとも自分はそれができるタイプではなかった。

車が大通りから横道に逸れてビルの地下にある駐車場に入る。

そこに車を停め、シートベルトを外すのにもたついている間に、助手席のドアが開けられた。

「足元、気をつけて」

差し伸べられた手を借りて車を降り、そのままエレベーターに乗り込む。

壁の案内板を見ると建物は地上七階建てで、目指すレストランは五階にあるようだ。各階に数店舗ずつなんらかのショップが入っており、ワンフロアはかなり広いと思われる。

(格式ばったところじゃないなんて言ってたのに、なんだかすごく立派……)

建物は重厚な造りで、床と壁は白大理石でできている。それに、駐車場に停めてある車はすべて高級な車ばかりだった。

てっきりレストランに直行するものと思っていたが、清道は四階のボタンを押したあと奈緒を見て微笑みを浮かべた。

「予約の時間までまだ余裕があるから、ちょっとだけ寄り道をしよう」

四階でエレベーターを降りて連れて行かれた店は、シックな雰囲気のセレクトショップだ。

駐車場から繋いだままの手を引かれ店内に入り、陳列されている洋服やアクセサリーを眺める。

ほどなくして店の奥からオーナーらしき男性がやってきて「いらっしゃいませ」と声をかけてきた。

「清道、今日は何を探しに来たんだ？」

「この間来た時に、新しいブレスレットが入荷するって言ってただろう？」

「ああ、カタログを見せたあれか。ちょっと待ってて」

オーナーは清道と知り合いであるらしく、奈緒に軽く会釈《えしゃく》をしてバックルームに入っていった。

奈緒がきょとんとしたまま店内を見回していると、戻ってきたオーナーが二人をフロア中央にあるテーブル席に案内してくれた。

「これが実物のブレスレット。で、こっちがお揃いのティアドロップ型のピアスとチェーンのネックレスだ。それと、お揃いじゃないけど、同じ素材のバレッタもあるよ」

黒いトレイに並べられたアクセサリーは、シンプルだがどれも品がある。

「ふん、相変わらず商売上手だな。ぜんぶもらうから、タグを取ってくれるか」

「それはお互い様だろ？」

清道とオーナーが笑いながらやり取りをしている間も、奈緒はずっと握られたままの手が気になって仕方がない。

これではまるで、恋人同士がショッピングを楽しんでいるみたいではないか。

彼は、普段からこんなふうに女性を連れ歩いているのだろうか？

それにしても、ここの商品はみなそれなりに高そうだ。今見ていたアクセサリーも、値札は付いていなかったけれど、きっと容易に手が出せない高価なものに違いない。

きっと、大切な女性にあげるのだろう――

そう思っていると、繋いでいた手が離れ、清道がタグを外し終えたブレスレットを奈緒の左手にはめてくれた。

「え？　こ、これって……」

「遅ればせながら、誕生日のプレゼントだ。奈緒の今日の服装にぴったりだろう？」

「そ、そんな――」

いくらなんでも、こんな高級そうな品を、もらうわけにはいかない！

奈緒は即座にブレスレットを外そうと思ったが、清道の友達がいる手前、そうもできなかった。

「あそこの石付きのセットでもいいけど、こっちのほうが奈緒に似合いそうだと思って」

清道が指したガラスケースには、ルビーらしき赤い石がついたピアスやネックレスが陳列されていた。

「俺もこっちのほうが彼女に似合うと思うな。えっと……名前を聞いてもいいのかな？」

清道が鷹揚《おうよう》に頷きながら、奈緒の首にネックレスを付け始める。

ブレスレットだけではなく、ネックレスまで――

戸惑う奈緒をよそに、オーナーがカードケースから名刺を取り出して、奈緒に差し出してきた。

「はじめまして。この店のオーナーの滝井翔《たきいしょう》といいます」

「は、はじめまして。原田奈緒です。ちょっと待ってくださいね……名刺……あっ！」

バッグに入れっぱなしにしているカードケースを探るうちに、中身がバラバラと床に落ちる。

その上、化粧ポーチのジッパーが半開きになっていたらしく、メイク用品まで散らばってしまった。

「ごめんなさい！　もう、私ったら――」

あわてて落ちたものを拾い上げ、バッグの中に押し込む。

荷物がごちゃ交ぜのバッグの中については、前々から改善しなければいけないと思っていた。

札束入りの封筒の件で一度失敗した上に、またしても清道の前でみっともないところを見せてしまうとは……

奈緒が猛省しながら立ち上がると、清道がビューラーを手渡してくれた。

「これでぜんぶかな？」

たぶん、そうだ。

奈緒は頷き、滝井に聞こえないよう気遣いながら清道に話しかける。

「ちょっと……！　これって、すごく高価なものなんじゃないの？」

「つい最近、臨時ボーナスが入ったんだ。それに、誕生日プレゼントなんだから気にするな」

「気にするわよ！　恋人でもないのに、さすがにこれはもらえないわ」

奈緒がネックレスを外そうとすると、清道がやんわりとそれを阻《はば》んできた。

「ここは俺に花を持たせてくれないかな」

清道がうしろを振り返ると、滝井が彼を見てにっこりする。

もしかすると、すでに買うと話をつけてしまったのかもしれない。そうであれば、今は彼の言うとおりにするしかなかった。

奈緒は清道とともに、もといた場所に戻る。そして、カードケースから名刺を取り出して、滝井と無事名刺交換を済ませた。

「髪の毛、アップスタイルにしたほうがいいな。少し、じっとしていてくれ」

清道の言葉を受けて、滝井がテーブルの上に置かれていた鏡を素早く移動させ、奈緒の前に置いてくれた。

清道が用意されていたバレッタを手に取り、手際よく奈緒の髪の毛をまとめ上げる。

「ヘアスタイル、こんな感じでいいかな？」

清道に訊《たず》ねられて、こっくりと頷く。

彼にピアスを手渡され、戸惑いつつもそれをつける。

渡されたアクセサリーは、質感や色合いからして、たぶんプラチナだろう。

「よく似合ってる」

耳元で囁《ささや》く彼の唇が、一瞬だけ耳朶《じだ》に触れた。

その途端、鏡に映る自分の顔が、みるみる赤く染まっていく。それからすぐに清道が何かしら滝井と話し始め、奈緒は火照《ほて》る頬をパタパタと掌《てのひら》で扇《あお》いだ。

改めて見回してみると、ショーケースの中の品はすべてびっくりするような値段がついている。

今身につけている品は、清道が指定しただけあってさらに高額なものなのでは……。

（どうしよう……）

アクセサリーは、すでにタグを取ってしまっているし、一度身につけたものを返品するわけにはいかない。

金額的に気軽に買い取るとは言いにくいし、分割で支払うにしてもある程度まとまったお金が必要で、今すぐには難しそうだ。

どうしたものかと思っているうちに、ふとさっき清道が言っていた言葉を思い出した。

『つい最近、臨時ボーナスが入ったんだ』

もしかして、それは奈緒が渡した封筒入りの札束の事を指しているのでは？

（このアクセサリー……、まさかあのお金の事を気にして？）

仮にそうであれば、清道はそれを返すつもりでプレゼントをくれたのかもしれない。

そう考えると、いくぶん気が楽になった。

一度受け渡しをしたものだから、当然、どう使おうが彼の自由だ。

いずれにせよ、奈緒はもうあのお金について話すつもりはない。清道も、きっとこちらの気持ちを理解してくれているはずだ。

（もしかして、食事に誘ってくれたのも、それがあるから？）

きっとそうに違いない。清道が事務所を訪ねてきたのは、図らずも受け取ってしまった百万円を返すためだったのだ。

（そっか……なぁんだ……）

清道の目的がわかってスッキリした――

そう思う反面、なぜかガッカリしてしまっている自分がいる。

もともとなんの期待もせずにいたのに、我ながらおかしな反応だ。

心のどこかで、清道が純粋に自分を食事に誘い、誕生日のアクセサリーを選んでくれたのではないかと期待していたのかも……

自分でも気づかないうちにそんな妄想を抱いていたなんて、頭がお花畑すぎて笑うに笑えない。

それもこれも女性の扱いに長《た》けている清道による〝その場の雰囲気と個人の裁量〟なのかも……

エレベーターでレストランのある階に移動し、白壁にステンドグラスのドアが美しいフレンチレストランに入った。

店の中に入ると、すぐに個室に案内されて清道とともに二人用のテーブルにつく。真っ白なテーブルクロスの上には、手書きのメニューカードとデザイン性の高いカトラリーが整然と並べられている。

メニューにある料理名は聞いた事がないものがほとんどだが、その下に書かれた食材はすべて普段口にする事がない高級なものばかりだ。

「マナーは気にしなくていいから、好きに食べてくれていいよ」

清道は飲まなかったが、奈緒は食前酒としてシェリー酒を少しだけ飲んだ。

運ばれてきた前菜は白い皿に盛られており、それぞれがひとつの美術品のように美しいフォルムをしている。むろん、どれを食べても驚くほど美味《おい》しくて、奈緒は終始目を丸くしながら料理を口に運んだ。

「さっき車の中で聞いた新商品の件だけど、もう少し詳しく話を聞かせてもらえるか？」

メインディッシュが来る頃、清道によって話題が「ソルテア」の新商品に移った。

奈緒は頷き、手にしていたカトラリーを置いて、バッグからボトル容器を取り出しテーブルの上に置く。

「パッケージはまだ決まっていないんだけど——」

そう前置きをして、少しだけ声を潜《ひそ》める。個室とはいえ、内容的にそうしたほうがいいと思ったのだ。

「この商品のコンセプトは、ラブ&ピース。主な使用目的は、カップルが愛の営みをする時。もちろん、それだけのためじゃないし、普段使いもできるの。たとえば、パートナーがいない時や、一人でもなんとなくふわっとした気分になった時とか……」

話しながら清道の様子を窺ってみると、興味深そうに頷いてくれた。

「続けて」

そう言った彼の顔には、優秀なビジネスパーソンとしての表情が浮かんでいる。

「うちの商品は、もともと年齢や性別に関係なく使ってもらえるけど、コンセプト的に一応年齢制限をかけるつもり。もしこれが成功したら、オイルとかも開発したいなって思ってるの」

「なるほど……これはかなり興味深いな」

「ほんと？」

興味を持ってもらえた事が嬉しくて、奈緒は晴れやかに笑った。気がつけば、思いつくままに新商品についてあれこれと語り、今後の展望についても話していた。

「もしよかったら、清道も使ってみて。そう思って、持ってきたのよ」

「そうか。もちろん、喜んで使わせてもらうよ」

「ええ、是非！」

彼は奈緒が差し出したボトル容器を快《こころよ》く受け取ると、スーツの内ポケットに入れた。

試作品は、すでに紗智や実家の親族にも渡してあり、モニターとして感想を聞かせてくれるよう頼んである。

できれば、清道にもモニターになってもらいたい。そして、実際に使ってみてどう感じたかを聞かせてほしい――

しかし、用途がデリケートなものだけに、手渡してすぐに依頼するのは憚《はばか》られた。そのため、今は渡すだけにして、頃合いを見てモニターの件を切り出す事にする。

「せっかくの新商品だ。売り出すなら、できるだけ効果的な広告宣伝を打ち出さないとな」

清道が難しい顔をして、何やら考え込むようなしぐさをする。

奈緒はそんな彼を見て、胸を弾丸で撃ち抜かれたような衝撃を受けた。

(か……かっこいいっ……！)

ただでさえ仕事に没頭している男性は普段の二割増しでかっこよくなるのに、清道に至っては元のビジュアルがよすぎて直視できないほどだ。

「奈緒、この商品は売り方によっては大ヒット商品になる可能性を秘めている。よければ、俺個人じゃなく会社として関わらせてくれないか？」

「会社って『ソノダ・エージェント』として、って事？」

「そうだ。売り出すからには、少しでも多くの人に使ってほしいだろう？　普段なかなか話題にはならないが、この新商品を必要とする人はたくさんいると思う。効果的なマーケティングを展開すれば、ピンポイントで必要な相手に情報が届く。そうすれば、どうなると思う？」

「確実に売り上げは伸びるでしょうね。だけど、うちはそこまで広告宣伝に費用を掛けられないわ」

「費用に関しては、俺個人が全額負担するから心配いらない」

「えっ!?　それって、ただで広告宣伝を請け負ってくれるって事？」

「そうだ。会社を巻き込む以上、通常の契約と同じ手続きを踏んでもらう事になるけどね」

「で、でも、本来なら相当費用がかかるんでしょ？」

今までほとんど費用をかけずにやってきたから、いったい何にどのくらい費用がかかるのか想像すらできない。ましてや「ソノダ・エージェント」ほど大きな会社に依頼するとなると、どれほどの金額になるのやら……

「まあね。でも、気にする事はないよ。社員には『ソルテア』からの依頼として対応してもらうし、俺が責任者として関わるから。この商品には、そうするだけの価値がある。もし、どうしても気になるようなら、出世払いって事で何かしら俺に返してくれたらいいよ」

「ソノダ・エージェント」は清道の会社であり、すべての決定権は彼にある。

そうだとしても、彼に全額負担してもらう理由がない。

奈緒がそう言うと、清道が愉快そうに声を出して笑った。

「奈緒は、いい意味で欲がないな。だけど、会社の社長としてもう少しくらい図々しくなってもいいと思うよ。少なくとも、俺に対しては遠慮なく欲を出してもらって構わない」

「そんな事言われても……」

欲がないと言われればそうかもしれないし、社長としてはもっと貪欲であるべきなのだろう。

けれど、もともとの性格は容易には変えられない。

それに、恋人でもない人がそこまでしてくれるなんて、裏に何かあるのではないかと勘繰ってしまう。

奈緒の考えている事を見透かしたように、清道が何かしら企《たくら》むような表情を浮かべた。

「利益を追求して会社が潤《うるお》うと、結果的にそれは顧客のためになる。会社はまた新しい商品を考えて売り出す事ができるし、より多くの顧客を獲得してその人達に喜んでもらえる。それが一番じゃないか？」

「確かにそうね。新商品は、できたらシリーズ化したいって思ってたし……」

「それなら、なおの事俺からの申し出を受けるべきだ。そうじゃないか？」

「それはそうだけど……。どうしてそこまでしてくれようとするの？」

「もちろん、そうする価値があると思ったからだ。実のところ、奈緒を訪ねたのは、仕事の話をしたかったからだしね」

「えっ……そうなの？」

清道が頷き、奈緒を見て鷹揚《おうよう》に微笑みを浮かべる。彼曰《いわ》く、奈緒の名刺を見て会社について調べた時、自然派の商品を扱っている事を知って興味を持ったらしい。

「実際に買って使ってみたら、肌に合ってすごくよかったんだ。気に入ったから、ずっと使い続けたいという気になったんだが、同時に、せっかくいいものなのに、ほとんど知られていないのがもったいないと思った。自分なら広告宣伝の面で力になれる――むしろ、全面協力させてほしいと思って会いに来たんだ」

「そう、だったのね――」

「『ソルテア』は、今はまだ小さな会社だ。だけど、将来もっと大きくなる可能性は十分ある。俺は、その後押しをしたいと思ってるよ」

清道が奈緒に会いに来たのは、百万円の事が理由ではなかった。彼は「ソルテア」の商品を気に入り、会社としての将来が明るいと判断して、純粋にビジネスの話をしようとわざわざ訪ねてきてくれたのだ。

すべてに合点がいき、奈緒は大きく頷いた。

「『ソルテア』の商品は、もっと世に広まっていいはずだし、そうなるべきだ。それが実現したら、もっと多くの肌に悩む人達を救う事ができる。そうだろう？」

彼の言うとおりだし、それこそが、奈緒が仕事に励《はげ》む第一の理由でもあった。

清道は奈緒が『ソルテア』を興《おこ》したきっかけを知っているし、賛同もしてくれている。その上でビジネスでの協力を提案してくれているのだ。

経営者として嬉しい事この上ないし、この道のプロである清道からのサポートは、願ってもない申し出だと言える。

奈緒はそう考えて、出世払いが前提になるが、彼の提案を前向きに考える事にした。

その後も和《なご》やかに会話をしながら、出された料理をすべて綺麗に平らげて「ごちそうさま」を言った。

散歩がてら少し歩こうと言われ、建物の外に出て少し行った先にある繁華街をそぞろ歩く。

そこは海外ブランドの店舗が立ち並ぶショッピング通りで、道行く人達もおしゃれな人達ばかりだ。

もう午後九時近いけれど、まだまだ人通りは多い。

「迷子になるといけないから」

清道はレストランを出てすぐに奈緒の手を取り、自分と腕を組むように導いてきた。

食事をしながらいろいろ話したからか、緊張が解けて多少砕けた雰囲気になる。

まるで出会った日に戻ったみたいだ。

清道は恋人ではないし、彼とそんな関係になれるはずもない。けれど、今の空気が心地よくて、奈緒はダメだとわかっていながら彼の言うとおりに腕を組んだ。

清道は歩くにも奈緒と歩幅を合わせてくれるし、人とぶつからないよう常に気を配ってくれる。

ものすごく紳士的だし、何をするにしてもスマートだ。

眉目秀麗で、そこにいるだけで人々の目を引きつけてしまう。

車に乗っている時の交差点を渡る人達と同じで、道行く人々が清道に視線を奪われたあと奈緒を見る。

助手席とは違い、腕を組んでいる今のほうが、周囲の驚き方は顕著《けんちょ》だ。中には大口を開けてびっくり顔をする人や、あからさまに二人を見比べて「え？」と声を上げる人もいた。

さすがに慣れてきたし、そんな反応をされるのも致し方ないと思う。

奈緒は密かに苦笑いをした。清道はといえば、周りの視線などお構いなしに腕にかけている奈緒の手を握ったり笑顔で話しかけたりしてくる。

（これじゃ、ますます本物の恋人みたい……）

清道は、いったいなぜここまでしてくれるのだろう？

百万円の事を気にしているとしたら、今日のプレゼントや食事で十分だ。

彼ほどすべてにおいて完璧な男性なら、一回のデートだけでも百万円払う価値があるだろうし、実際奈緒は大いに満足している。

奈緒が歩きながらあれこれと考えているのに気づいたのか、清道が歩調を緩めた。

「どうかしたか？」

「ちょっと周りの目が気になるっていうか……。清道は平気なの？　こんなふうに歩いてると、恋人同士だと思われちゃうわよ」

「奈緒は、俺と恋人同士だと思われるのは嫌なのか？」

「だって、実際に恋人同士じゃないでしょ」

さらに歩調が緩くなり、周りの邪魔にならないよう清道が奈緒を道の端に誘導した。そして、立ち止まって奈緒と向かい合わせになると、上から目をじっと見つめてくる。

「今さらだけど、清道って世間に顔が知られてるし、私と二人きりでいるだけでも、いろいろとマズいんじゃない？」

彼は敏腕実業家として経済誌のインタビューを何度か受けており、記事は顔写真付きでネットに公開されている。

優秀なビジネスパーソンとしてだけではなく、清道の容姿もかなり注目を集めており、それがワイドショーを賑《にぎ》わせている要因だと思われた。

「別にぜんぜん気にしないし、俺は平気だ」

そこまできっぱり言われたら、これ以上何も言えなくなる。

けれど、それならそれで、また別に気になる事が出てきてしまう。

「本当に、付き合ってる人はいないの？」

「ワイドショーの事を言っているなら、ぜんぶでっち上げだ。それに、そもそも俺には付き合っている人なんかいないよ」

「え、そうなの？」

はっきりと否定され、奈緒は内心ホッとして胸を撫で下ろした。

清道はモテ男には違いない。けれど、少ないやり取りから、決して女性を弄《もてあそ》ぶような人ではないという気がしていた。

フリーだとわかった今、どうしようもなく彼に対する気持ちが動き出しそうになる。

ダメだと思いつつも恋心が騒ぎ、うっかりするとあり得ない勘違いをしてしまいそうだ。

「逆に俺といるせいで、奈緒に迷惑がかかるかもしれないな。もし気になるようなら――」

「私も大丈夫！」

つい被せ気味に返事をしてしまい、奈緒は少々気恥ずかしくなって咳払いをする。

「とにかく――」

奈緒が再び口を開いた時、前方から歩いてきたカップルがふいに足を止めた。

「えっ……奈緒さん？」

声に気づいて横を向くと、驚いた事にそこに立っていたのは、元カレとその彼女だ。

名前を呼んだのは彼女のほうで、これまでに奈緒と清道を見比べてきた人達の誰よりも大口を開けて口をパクパクさせている。

「奈緒……」

元カレが言い、視線を奈緒から清道に移した。

男性二人の身長差は十センチ以上あり、元カレは清道を見上げるようにしてその場に立ち尽くしている。

「奈緒、知り合いか？」

清道がにこやかな顔でそう訊《たず》ね、肩をグッと抱き寄せてくる。それは、あたかも本当の恋人同士のような振る舞いだった。

奈緒は驚いて、清道の顔を見上げる。そして、意味ありげなその微笑みを見て、ようやく彼が意図的にそうしているのだと気づいた。

「うん、こちら秋元《あきもと》さんと……えっと、もう結婚はしたんだっけ？」

奈緒が元カレに訊《たず》ねると、彼は小さく頷いて引き攣《つ》った微笑みを浮かべた。

「ああ、ついこの間ね」

「そうなのね。それはおめでとうございます」

奈緒は二人に祝いの言葉をかけたが、秋元の妻は未だ口を開けたままだ。奈緒が改めて夫婦を紹介すると、清道がにこやかな顔で二人に軽く会釈《えしゃく》した。そうする間も、彼は完璧に奈緒の恋人役を演じてくれている。

「どうも、はじめまして。園田です。お二人の事は奈緒から聞いています」

清道が挨拶《あいさつ》をすると、秋元があわてたように頭を下げた。

「そ、そうでしたか。はじめまして。秋元です」

秋元が挨拶《あいさつ》を終えるなり、彼の妻が口を挟んできた。

「秋元の妻の香澄《かすみ》です。あの、もしかしてお二人って――」

香澄が奈緒と清道の顔を見比べる。すると、奈緒の肩を抱き寄せる清道の手に、グッと力がこもった。

「ええ、僕達も間もなく結婚する予定です」

清道が白い歯を見せて笑った。

「えっ⁉」

清道の言葉を聞いた秋元夫妻が、二人揃って驚きの声を上げた。その顔には、信じられないと言った表情がありありと浮かんでいる。

「出会ったのは、ほんのひと月前ですが、僕のほうが一目惚れをしてしまって、つい先日プロポーズを受けてもらったところなんです」

スラスラと答える清道の顔は、これっぽっちも嘘をついているようには見えない。

「ひ……一目惚れ？」

香澄が頬を引き攣《つ》らせた。彼女は瞬《まばた》きをするのも忘れて清道の顔に見入っている。そして、ふいに「あっ」と声を上げた。

「っていうか、園田さんって『ソノダ・エージェント』の園田清道さんですか？」

「はい、そうです」

「あぁ、やっぱり！　ほら、定期購読してる経済誌にインタビューが載ってたでしょ！」

香澄が言っているのは、先月発売された米国雑誌の日本版の事だと思われる。

奈緒も電子版でそれを見たが、濃紺のスーツを着た清道は海外のファッション誌のモデルと見まがうばかりのかっこよさだった。

「え？　……あ、ああそうか」

腕をグイグイと引っ張られて、秋元がようやく思い出した様子で香澄の手を押さえた。清道が誰だがわかるなり、香澄の眉尻がピクピクと痙攣《けいれん》する。

「奈緒さん、どうやって園田さんと知り合ったんですか？　社長とはいえ、奈緒さんの会社ってものすごく小さいでしょう？　セレブでもないし、容姿だって……。園田さんほどの人なら、もっとレベルの高い人を選んでもおかしくないのに」

奈緒に向かってそう話す香澄は、いかにも悔しそうだ。

「ちょっ……おい、香澄！」

さすがに失礼すぎると思ったのか、秋元があわてたように妻の腕を引いた。

「だって、本当の事でしょ！」

香澄がイラついた様子で秋元の手を振り払った。どうやら、相変わらず主導権を握っているのは彼女のほうであるらしい。

（やれやれ……）

明らかな失言だが、そう言いたくなる気持ちは、わからないでもない。そうであっても、堂々とそれを言ってのける香澄の図太さを感じ取り、奈緒は密かに鼻白んだ。清道はといえば、香澄の言葉などまるで気に留める様子もなく、にこやかに微笑んでいる。

「知り合ったきっかけは、共通の友達が僕に奈緒を紹介してくれた事なんです。彼女は最初、あまり乗り気ではなくて、振り向いてもらうのにかなり苦労しました。でも、今はこのとおり相思相愛です」

清道が奈緒の顔を覗き込み、蕩《とろ》けるほど甘い微笑みを向けてくる。

「奈緒は素晴らしい女性です。自立しているし、経営者としても優れています。その上、性格もいい。誰に対しても誠実だし、間違っても人に対して失礼な態度を取るような事もありません。奈緒は僕にとって最高の女性であり、彼女ほど僕の妻にふさわしい人はいないと断言できます」

清道のきっぱりとした物言いに気圧されたのか、秋元夫妻が半歩うしろに下がった。

「奈緒と一緒にいると楽しいし、とても癒《いや》されます。彼女の魅力は、奥が深い。もっとも、上辺だけの薄っぺらな人間には理解できないかもしれませんが——そう思いませんか、秋元さん」

「はいっ？　そ……そうですね、僕もそう思います」

ふいに問いかけられ、秋元が狼狽《うろた》えながらも清道に同意した。そんな彼の横腹に、香澄が素早く肘鉄を食らわせる。

彼女の性格が、あまりよろしくないのは知っていたが、まさかこれほどまでだったとは……。

奈緒は半ば呆れながら秋元夫妻を交互に見た。

「なんだか、いろいろな意味でびっくりです。奈緒さんって、案外切り替えが早いんですね」

自分達の事を棚に上げて、香澄が嫌味ったらしい言い方をする。

「別にそんなつもりはないけど……。いずれにせよ、取るに足らない過去なんて覚えている必要はないでしょう？」

奈緒の言葉に、香澄が悔しそうに表情を歪《ゆが》める。その横で、秋元がためらいがちに口を開いた。

「奈緒……さん、本当に園田さんと結婚を？」

秋元に問われ、奈緒は彼の顔をまっすぐに見て、にっこりと微笑みを浮かべた。

「本当よ。おかげさまでいい出会いに恵まれたの。お互いに幸せになりましょうね」

「ああ……そうだね」

かろうじて返事はしたものの、なぜかショックを受けている様子の秋元を見て、香澄が苦虫を噛み潰したような顔をする。

一方、清道は終始奈緒に寄り添ったままで、片時も離れたくないといった様子だ。

「挙式はイタリアで行うつもりです。知人が教会付きの城を所有していて、どうしても招待したいと言ってくれたので。新居はこれから建てる予定ですが、完成した折には是非ご夫婦で遊びにいらしてください」

清道が言った新居完成予定地は、都内有数の高級住宅地だ。

秋元夫妻が完全に言葉を失っているのを横目に、清道がごく自然に奈緒の額の生え際にキスをした。

「僕は奈緒との出会いを運命だと思っています。僕にとって、奈緒ほど素晴らしい女性はいないし、一生かけて幸せにしますよ。むろん、奈緒の事業に関しても、僕が全力でサポートしていくつもりです」

呆然としている夫妻に向かって、清道は奈緒が愛しくて仕方がないと言った様子で話し続けている。

「ちょっと、清道」

奈緒が彼のスーツの袖《そで》を引っ張ると、清道がようやく話すのをやめて、ヒョイと肩をすくめた。

「申し訳ない。奈緒といるとつい浮かれてしまって。お会いできてよかったです。では、また」

清道が自分の腕に掛けられた奈緒の手をギュッと握る。

もはやひと言も返せなくなっている二人の横をすり抜け、奈緒は清道とともに再び道を歩き出した。

顔を上げて彼の顔を見ると、悠々とした様子で前をまっすぐに見ている。

「ほら、よそ見をしていると人にぶつかるぞ」

清道が奈緒の肩を抱き寄せていた手を外し、再度手を繋いできた。握ってくる手の力を、それまでよりも強く感じる。

歩き進めるうちに、大きな公園の前に差し掛かった。そこは敷地内に広場や球戯場がある広々とした場所で、夜もたくさんのカップル達が散歩を楽しんでいる。

「あそこで、少し休もうか」

清道が指した方向に、薄明かりに照らされた噴水が見える。

奈緒は彼とともにそこに向かい、噴水を囲むタイルの縁に並んで腰を下ろした。

「ありがとう。あの二人にはもう一生会う事はないと思ってたから、油断してた。でも、清道のおかげで、スッキリしたわ。あれだけ私にマウントを取ってきた彼女が目を白黒させてたし、元カレもなんだかショックを受けたみたいな顔しちゃって、ホントざまぁみろって感じ。……なぁんて、私ったら性格悪いわね」

元カレが彼女同伴で別れを告げに来た時、奈緒は完膚《かんぷ》なきまでに傷つけられ、どん底まで落ち込んだ。あの時に負った傷は清道が癒《いや》してくれたが、今日はその乾いた傷跡まで綺麗さっぱり取り払ってくれたような気がしている。

「でも、あんな事言って大丈夫なの？」

「何が大丈夫なの、なんだ？」

「だって、清道に、つかなくていい嘘をつかせちゃったわけだし……」

奈緒が申し訳なさに下を向いていると、清道が腰を上げて大きく背伸びをした。

キラキラと光る水しぶきを背景にした清道が、奈緒を振り返って微笑みを浮かべる。その様は、まるで一枚の絵画みたいで、奈緒はポカンと口を開けたまま彼の顔に見惚れた。

「まったく問題ないし、むしろ言い足りないくらいだ。だけど、あれだけで二人ともかなりダメージを受けたみたいだったたし、少しはスッキリしたかな」

清道が心底せいせいしたようにそう言って、笑った。

それを見た奈緒も、気持ちが軽くなって微笑みを浮かべる。

「それにしても、よくもまああんなにスラスラと嘘が飛び出るわね。二人とも度肝を抜かれてたわよ」

「そうなればいいなと思って、あんなふうに言ったんだ。それに、あながち嘘とは言い切れないしな」

「え？」

前を通りかかったカップルの話し声に紛れて、清道が言った言葉の最後が聞き取れなかった。

聞き返す前に彼に手を差し出され、立ち上がってまた歩き始める。

「あの顔は、奈緒を手放して後悔してる顔だ。奈緒に聞いた話だけでもそうとわかったけど、彼のパートナーはかなりきつい性格をしてるようだな」

清道がゆっくりと歩を進めながら、奈緒と繋いだ手を前後に揺らし始める。

奈緒は笑いながら頷き、彼の意見に同意した。

「悪い言い方だが、あの二人の鼻を明かせたのはよかった。あとはもう、お互いの道を歩くのみだな」

「そうね」

曲がりなりにも七年間も付き合った人だ。最後のほうは惰性的な関係になっていたとはいえ、今となっては、それぞれが幸せに暮らせたらいいと思う。

そう思えるようになったのは、ぜんぶ清道との出会いがあったからこそだ。

奈緒はしみじみとそう思い、清道の手をギュッと握り返した。

敏腕経営者でありながら、彼は奈緒の勘違いに付き合ってレンタル彼氏のふりをしてくれた。

清道の優しさに触れて奈緒は本当に救われたし、仕事で成果が出たのも彼のおかげだ。その上、今日もまたピンチから救ってくれた。だが、彼は超一流のビジネスパーソンであり、自分のような一般人が迂闊《うかつ》に好きになっていい相手ではない。

改めてそう思った奈緒は、清道とは今後、ビジネスだけで関わっていこうと決心した。

「今日は、どうもありがとう。もう遅いし、そろそろ帰らない？」

奈緒がそう言って手を離そうとすると、清道が即座にそれを阻止する。

「明日は休みだと言っただろう？　だったら、時間なんか気にする事はない。それに、まだ奈緒とのデートを満喫できていない」

いかにも名残惜《なごり》しそうな顔をされて、気持ちが揺らぎそうになる。けれど、これ以上一緒にいると、余計心が乱れてしまう。それに、仕事上の関わりを持とうとするなら、なおの事プライベートでは一線を画《かく》すべきだ。

「清道が、いろいろしてくれるのは、もしかして私が封筒に入れたお金のせい？　もしそうなら、もう気にしないで」

かなり思い切って、そう言った。

けれど、清道は拍子抜けするほど穏やかな顔をして、奈緒をじっと見つめながらにっこりと微笑みかけてくる。

「何か勘違いしているようだが、俺が奈緒にプレゼントをしたり食事に誘ったりしたのは、あのお金とはまったく関係ない」

「……じゃあ、どうしてこんなによくしてくれるの？」

奈緒が頭の中をクエスチョンマークでいっぱいにしていると、清道がふと歩く足を止めた。

「話せば長くなる。よかったら、俺の家に招待させてくれないかな？」

「清道の家に？」

もう夜遅いし、本来なら断って帰宅すべきだ。

けれど、本音を言えばもう少し清道と一緒にいたい――

本音と決心の間で思いまどう奈緒の頭に、ふと今日出かける前に聞いた清道の言葉が思い浮かぶ。

『食事をして、その後ドライブをする……あとは、その場の雰囲気と個人の裁量かな』

その場の雰囲気と個人の裁量——

彼の口から聞かされたそのフレーズが、何度となく奈緒の頭の中を駆け巡《めぐ》る。

このまま清道の誘いに応じるか、それを振り切って帰宅するか……

悩みつつ彼の顔を見つめ返しているうちに、ふとさっき受け取ってもらった試作品の事を思い出した。

清道にはまだ言っていないが、あれは彼との出会いがアイデアのきっかけになった商品だ。コンセプトや成分については、おおよそ話し終えた。

しかし、まだモニターになってほしいと言えていないし、彼が聞かせてくれようとしている話も気になる。

清道とはビジネスパートナーになる予定だし、彼は奈緒が投げかけた質問に答えるために自宅に招待してくれたのだ。それを断るのはどうかと思うし、長くなるのなら立ち話で済ませるわけにもいかないだろう。

ただし、あくまでもビジネスに徹して、用が済んだら即帰る。

奈緒は心の中で決心すると、清道に向かってこくりと頷いた。

「わかった、私もまだ話したい事があるし」

「よし。ここからだと駐車場までかなりあるから、すぐそこの大通りからタクシーに乗ろう」

清道が言うには、セレクトショップのオーナーの滝井は、あのビルの所有者でもあり、車はあのまま置いておいても問題ないようだ。

幸い公園を出てすぐにタクシーは捕まり、そこから十数分の距離にある古くからの住宅街に向かう。次第に坂道が多くなり、やけに大きな建物があると思ったらどこかの国の大使館らしい。

(これって、いわゆる高級住宅街だよね?)

成功したリッチなビジネスパーソンだとは知ってはいたが、どうやら想像の遥《はる》か上をいっている気配がする。さらに坂道を登りきったところでタクシーが止まり、奈緒は一足先に下りて辺りを見回してみた。夜遅い時間だが道には適度な間隔で街灯が立っており、各家の門前を照らす柔らかな光が道を明るくしている。

坂の上から見下ろす町の景色は圧巻で、周りは皆豪邸と呼ぶにふさわしい家ばかりだ。

(……富裕層の住む町って、こういうところを言うんだろうなぁ)

「こっちだ」

清道が向かう先には白壁の邸宅で、右手には車が数台停められるほどゆとりある駐車場があり、左を見るとフェンス越しに広々とした庭が見える。彼が壁に組み込まれた操作盤を押すと、鉄製の門が静かな音を立てて開く。

清道に導かれて敷地の中に入ると、流線型をした二階建ての建物が見えた。

(これ、個人宅? 外観からして普通の家じゃないみたいなんだけど!)

忙しく視線を巡《めぐ》らせながら清道とともに中に入る。

玄関は小ホールと呼べるほど広く、奈緒がかつて一人で住んでいたワンルームマンションの部屋の二倍くらいあった。

奥には四十帖はあると思われるリビングがあり、天井《てんじょう》は吹き抜けになっている。壁は温かみのあるオフホワイトで、床は落ち着いた色合いのフローリング。坂の下の家々の屋根を見下ろせる窓からは、遠くに林立する都会のビル群まで眺められる。

「ここって、どのくらいの広さがあるの？」

「確か、二百平米くらいだったかな」

「に、二百……こんなに広いところに一人で住んでいるの？」

「前は両親もいたんだが、今は一人だ。だけど、ここは週末に帰ってくるだけで、普段は会社からすぐのマンションで暮らしてる」

「って事は、家が二つあるって事？」

「一応ね。この家はもう名義も俺になってるし、あれこれ置いているのはこっちだから、マンションはセカンドハウスみたいなものかな」

都内に家が二軒！

会社の周辺は土地価格が高いし、清道ほどの人が住むのだからおそらく超がつくほどの高額マンションに違いない。

「すごいわね……。でも、広すぎて寂しくなったりしない？」

たまたま思いついた事をそのまま口にしてしまったが、彼なら交友関係も広いはずだから人恋しくなる事などないだろう。

「ふふっ、なるわけないわよね。清道って黙ってても人がたくさん寄ってきそうだし、すごく人望がありそうだもの。それにしても、素敵な家ね！　窓からの景色も綺麗だし、なんだか空が近い気がする」

奈緒が掌《てのひら》を上にかざすと、清道が愉快そうに声を上げて笑った。

「二階からだと、もっと空が近く見えるよ。おいで、話しながらルームツアーをしよう」

清道に手を差し伸べられると、条件反射でそこに手をのせてしまう自分がいる。

（まるで、お手をする犬みたい）

けれど、間違ってもゴージャスなアフガンハウンドなどではなく、もっと庶民的な犬種なのは言うまでもないが……。

（でも、そっちのほうが可愛げがあるんじゃない？　なーんてね……）

リビングの左手に向かって歩いていると、右手の指に彼のそれが絡んできた。

突然親密な態度を取られて、うっかり声が出そうになる。心臓が跳ね、何もない平坦なところで前につんのめりそうになった。

「おっと、大丈夫か？」

「だ、大丈夫！」

やけに大きな声が出てしまい、あわてて体勢を整えて取り繕《つくろ》う。

「手を繋いでてくれてて助かったわ。そうでなきゃ、転んでたかも……」

「少し歩きすぎたかな。疲れた？」

「ぜんぜん、疲れてなんかないわよ。だってほら、ここに来るのもタクシーだったし、出かける時も迎えに来てくれたわけだし――」

奥に見えるモダンな和室に行くのかと思いきや、清道はその手前に置かれているL字型のソファに方向転換した。

そして、奈緒の手を緩く引いてソファに腰かけるよう促《うなが》してきた。

誘われるままソファの真ん中に座り、前に立っている清道の顔をチラリと見る。

「さて、何か飲むものを持ってこよう。ワインにする？　それとも、ノンアルコールのほうがいいか？　たいていのものは揃ってるから、遠慮なく言ってくれていいよ」

「……じゃあ、ワインで」

清道が奈緒の返事に頷き、ゆったりとした足取りでリビングの右手奥にあるキッチンに向かって歩いていく。

ほどなくしてワインとグラスを持った彼がキッチンから戻ってきた。彼はワインクーラーからボトルを出して中身をグラスに注《つ》ぎ、奈緒に手渡してくれた。

グラスの三分の一を満たしているワインは濃い紅色で、ひと口飲むと深みのある香りが奈緒の鼻孔をくすぐる。

（これってきっと高価なものだよね。咄嗟《とっさ》にワインって言っちゃったけど、ちょっと図々しかったかな？）

そうかといってノンアルコールを頼んでも手間をかけてしまうし、いっそコーヒーを頼んで自分が淹《い》れると申し出たほうがよかったのでは……

あれこれ考えすぎて、もう何が正解なのかわからない。

ワインをひと口飲んで気持ちを落ち着かせると、奈緒は思い切って清道に身体ごと向き直り彼の顔を見つめた。

「さっきの話だけど、プレゼントをくれたり食事に誘ったりしてくれたのは、どうしてなの？」

奈緒が質問すると、清道が思い出したように相槌《あいづち》を打つ。

「まずは百万円の件だが、あれは奈緒が俺をレンタル彼氏だと思い込んで、感謝の気持ちとしてくれたものなんだろう？　だったら、あれはもう俺のお金だ。そこまでは、いいか？」

奈緒は頷き、その先の言葉を待った。

「奈緒にプレゼントをしたり食事に誘ったりしたのは、俺が純粋にそうしたいと思ってした事だ。奈緒に百万円を返そうという意図はないし、そもそもそんな事をされたら捨てたはずの金が奈緒のところに戻る事になる。それは奈緒自身も嫌だろうし、俺もそんな事はぜったいにしない。わかったかな？」

再び首を縦に振ると同時に、奈緒は怪訝《けげん》な表情を浮かべた。

「じゃあ、プレゼントも食事も清道の好意って事？」

「そうだ」

短くそう言われ、じっと目を見つめられる。

彼の顔は真剣そのもの——だが、それは到底納得のいく返事ではなかった。

「でも、私は清道の恋人でもなんでもないのよ？　食事だけならまだしも、好意だけで、こんなに高価なプレゼントをもらう理由がないわ」

「矛盾するようだが、理由は奈緒から受け取った百万円だ。なぜかと言えば、俺は奈緒に対して百万円をもらうほどの事をした覚えがない。だから、受け取ったからには自分が納得するまで奈緒のレンタル彼氏を続けさせてもらうつもりだ。プレゼントと食事は、その一環だと思ってくれ」

そう言い切った清道が、ニコニコしながら奈緒を見る。

「レンタル彼氏を続けるって……いったい何を言い出すの？」

予想外の事を言われて、奈緒はますます彼が何を言っているのかわからなくなった。

「なんでそうなるのよ。清道は『ソノダ・エージェント』の社長だし、たくさんの人に顔を知られてるのよ？　仕事上の付き合いならまだしも、プライベートで会うなんて問題がありすぎるわ」

「そう言われても、金銭の授受が発生したからには、きちんとやりとげなければ俺の気が済まない」

「そんな事言われても……だいたい、レンタル彼氏を続けるって言っても、何をどうするつもりなのよ」

「奈緒が望む事ならなんでも。例の〝その場の雰囲気と個人の裁量〟ってやつで、特にルールは設《もう》けないつもりだ。それじゃダメか？」

「ダメに決まってるでしょ！」

奈緒は断固として首を横に振って、その提案を退けた。

そんな事、できるはずがない！

もしそれを実行に移されたら、きっと今以上に清道に気持ちが傾いてしまうだろう。

「どうして？　一度はレンタルしてくれただろう？」

清道が、そう言いながら奈緒の顔を覗き込むようなしぐさをする。

思いのほか距離が近くなり、奈緒は背中をソファの背もたれに押し付けるようにして彼との距離を保った。

「あれは、私が勘違いしていたからだし、そもそも私自身はレンタル彼氏を頼むつもりはなかったんだから」

「だけど、あの夜は一晩中俺と過ごしてくれたじゃないか」

それまでとは打って変わったセクシーで低い声を出され、奈緒はびっくりしてソファから飛び上がった。けれど、肩を抱かれたままだったせいで、腰の位置がずれて体勢が崩れるだけに終わる。

あの夜の事を持ち出すなんて反則だ！

いったいどういうつもりでそんな事を言うのかわからないが、結局のところは体《てい》のいい遊び相手になるという事ではないだろうか？

「そ、それはそうだけど——」

「俺の対応に何か不満でもあったか？　もしそうなら、遠慮なく言ってくれ。今度こそ、奈緒を満足させるよう最善を尽くすから」

満足させるだの、最善を尽くすだの……

清道が誘惑するような言葉を言えば言うほど、奈緒の心は危険を察知して冷静さを取り戻していった。仮に申し出を受け入れたら、彼はあの夜のように優しく気遣ってくれるだろう。けれど、当然ながらそこに恋愛感情はないのだ。

いつ終わりを告げられるかわからない関係を結ぶなんて、ぜったいに無理だ。

それに、そんな事をしたら、今度こそ彼に恋い焦《こ》がれるようになってしまう。そして別れの時を迎えた瞬間、今度こそ立ち直れなくなる。

難しい顔で黙り込んでいると、清道が困ったように笑って奈緒の肩を撫でた。

「深く考えず、もう一度レンタルするつもりで俺と付き合ってくれないか？　実は、俺からもそれを頼みたい理由があって――」

清道が言うには、これまでのゴシップ記事はいずれも女性側の話題作りのためのでっち上げで、迷惑をこうむっているのだとか。

これまでは徹底してスルーしていたが、だんだんと相手が大物になっていく傾向にあって、いい加減どうにかしたいと思っていたようだ。

「つまり、私と清道が付き合っているふりをする事で、ゴシップに利用されないようにしたいって事？」

奈緒が訊《たず》ねると、清道が頷きながらニッと笑う。

「そうだ。そうすれば、万が一またろくでもないゴシップが流れそうになっても、堂々と自分には彼女がいるって否定できるからね」

（ああ、そっか……）

清道ほどのモテ男だ。その役割を果たすには、ゴージャスでもセレブでもない自分が適任なのかもしれない。むろん、それを聞いたら皆、驚くだろう。

しかし、相手が一般人だからこそ、信憑性が高いと判断してもらえるのでは？

きっと清道は、それを狙って奈緒にこの話を持ち掛けてきたのだ。

「言ってみれば、俺の彼女役を務めてもらうって感じかな。こんな事、奈緒にしか頼めないし、引き受けてくれたらすごく助かる」

たいていの事はなんでも意のままになりそうな容姿と財力をもってしても、思いどおりにならない事は多々あるというわけか……

清道は女性との関わりに煩《わずら》わしさを感じていると言っていた。こんな頼みをしてくるくらいには、奈緒を信頼してくれているという事だろう。

（だとしたら、ここは協力するべきかも……）

婚約破棄のどん底から救ってくれたのは間違いなく清道だ。

それに、もし断ったら清道は別の女性を探すだろう。そして、彼はその人と恋人として腕を組み、身を寄せ合って今日のようなデートをする――

そう考えて、とてつもなく嫌な気分になった。こんなに心がざわつくなら、自分がその役割を果たすほうがずっとマシだ。

かくなる上は、たとえ最終的にひどく傷つく事になったとしても、彼の依頼を受けるしかなかった。けれど、さすがにいつ終わるかわからない状態でそれを続けられるほど、強い精神力は持ち合わせていない。

「わかった。清道の言うとおりにする。ただし、期限を設《もう》けたいの」

期限を設《もう》ければ、それが心の予防線になり、自分に対するけじめにもなる。そう思っての提案だったが、清道は明らかに乗り気ではなさそうだ。

「期限か。それって、どれくらい？」

「レンタル彼氏も彼女役も、三カ月って事でいい？」

「三カ月は短すぎないか？　せめて、半年――いや、五カ月……四カ月でどうだ？」

奈緒の難しい顔を見た清道が、同じような表情を浮かべる。つい笑いそうになってしまい、奈緒はあわてて彼の譲歩を受け入れた。

「わかった。四カ月でいいわ」

「よし、決まりだ。じゃあ、改めてよろしく。奈緒が引き受けてくれて、すごく嬉しいよ」

身体をグッと引き寄せられ、こめかみにキスをされる。

いきなり恋人同士の距離になり、体温が一気に上昇したような気がした。

「じゃあ、今度は奈緒の話を聞こうか」

清道が奈緒の顔を横から覗き込むようにして、微笑みを浮かべた。

「そうね。じゃあ話すけど、さっき渡したうちの新商品の件で、清道にお願いがあるの」

奈緒が話し始めると、清道がスーツの内ポケットからボトル容器を取り出した。彼に話を続けるよう促《うなが》され、奈緒は少々ためらいながら、また口を開く。

「試作品は、うちの親戚にも渡してあるし、実際に使ってみた感想を聞かせてもらう事になってるわ。いつもそうやって意見を出し合ったり、改良すべき点を見つけたりしてるの」

「なるほど。ただ使うだけじゃなくてモニターとして、話を聞いたりしてるって事か」

清道の口から〝モニター〟という単語が出ると同時に、奈緒はソファから腰を浮かす勢いで声を上げた。

「そうなの！　それで、清道にも是非モニターになって、使った感想を聞かせてもらいたいと思うんだけど、どうかしら？」

言い終えた奈緒は、自分がいつの間にか前のめりの体勢になっていると気づいた。あわてて元の位置に戻るも、その分清道が奈緒にグッと近づいてきた。

結局距離が近くなったまま目を合わせ続けているうちに、自分でもそうとわかるほど顔が赤くなり始める。彼は手に持ったボトル容器を顔の位置に掲《かか》げると、奈緒を見つめながら意味ありげな微笑みを浮かべた。

「なるほど。それはつまり、俺にセックスをする時にこれを使って、どんな使い心地だったか、どういう効果があったかを詳しく聞かせてもらいたい――という事でいいのかな？」

清道が〝セックス〟と言った時、奈緒の下肢にビリビリとした衝撃が走り抜けた。

いくらもったいぶった言い方をされたからとはいえ、たったそれだけで身体が過剰反応するなんて、どうかしてる……！

ややもすれば唇が震えだしそうになり、奈緒は努めて口元を綻《ほころ》ばせて、にっこりする。

「そうよ。お願いできる？」

「ああ、もちろん。新商品をヒットさせるためなら、協力は惜しまないよ」

「あ……ありがとう、感謝するわ！　清道みたいな人に感想をもらえるの、すごく参考になりそう！」

喜ぶ奈緒を見て、清道がふっと笑い声を漏らした。その意味は測りかねたが、今は素直に承諾してもらった事を喜んでおく。

「俺みたいな人、か。……ところで、これはセックスをする時以外にも使えるって言ってたね。確か、パートナーがいない時や、一人でもなんとなくふわっとした気分になった時に……だったな？」

「え……ええ、そうよ」

「ふぅん。ちなみに、奈緒は自分でもこれを使ってみたか？」

「と、当然でしょ」

今はビジネスの話をしているのだから、別に恥ずかしく感じる事はない。けれど、さすがにバツが悪くて顔が赤くなるのを感じた。

「さすが、仕事熱心だな。それでこそ『ソルテア』の社長だ」

清道がおもむろに容器の蓋《ふた》を開け、ローションを掌《てのひら》に取って手の甲に塗った。そして、そこに鼻を近づけて、ゆっくりと息を吸い込む。

「すごくいい香りだ。ベースになっているのは、なんだ？」

「オレンジとベルガモット、それにクロモジがブレンドされてるの」

「なるほど……あまり聞き慣れない名前だけど、この香りはかなり気に入ったよ」

清道が奈緒の手を取り、掌《てのひら》の上にローションを垂らした。彼はそこに自分の掌《てのひら》を重ねると、ゆっくりと揉み込むように二人の手をこすり合わせる。

温まったローションから香りが立ち、辺りに広がっていく。深く息を吸い込むと、自然と口元に笑みが浮かんだ。視線を上に向けると、清道も同じように微笑んでいる。

「実はこれ、清道との事がアイデアのきっかけになっているのよ。あの日、清道と出会って一緒に夜を過ごして……。それって、私にとってすごく意味のある出来事だったの。清道との時間が、私の頭の中を活性化してくれた。そのおかげで、これを思いついたのよ」

「そうか――俺とのセックスが、新商品の開発に結びついたって事なんだな」

「そ……そうね」

あからさまな言い方をされて、奈緒はさりげなく視線を逸らした。確かに、あの時のセクシーな思い出がアイデアの源《みなもと》になっている。けれど、ただそれだけではなかった。

「それに、清道にも言ったけど、私もかなりの間レス状態だったでしょ？　上手《うま》くできるかどうか心配だったし、もしかして白けさせちゃうかもしれないって……ちゃんと濡れる自信もなかったし、内心気が気じゃなかったの。幸い清道がそんな心配を吹き飛ばしてくれたけど……」

「なるほど……そうだったのか」

目は合っていないが、二人の手はしっかりと繋がれたままだ。大きくて硬い掌《てのひら》を通して、清道の体温が奈緒の身体の中に流れ込んでくるみたいだった。

「このローションは、ほかの商品と同様、天然成分だけを使ってるから舐《な》めても害はないわ。味はしないけど、香りでリラックス効果が期待できるし、身体に塗る事で気分を盛り上げてセックスに対する不安を軽くする事もできると思うの」

「そうか。これには、誘淫効果も期待できるってわけか」

頷いた顎《あご》を指で持ち上げられ、清道と正面から目が合う。奈緒が動けずにいる間に、彼は指を首筋に移動させた。

即座に身体が反応して、一気に血流がよくなった気がする。小刻みに手が震えているのを、きっと清道も気づいているはずだ。

「人肌の温もりが香りをより際立たせるみたいだな。香水は太い血管が通っているところにつけると香りやすいが、これもそうしたほうがいいのかな？　たとえば、うなじとか」

彼の熱い視線を感じて、全身が緊張する。まるで獅子に捕らえられた獲物になったみたいに心臓がバクバクして、今にも破裂してしまいそうだ。

「そ、そうね。それだと効果が得られやすいと思う」

これ以上動揺しているのを悟られまいとして、奈緒はさりげなく清道から顔を背《そむ》けた。

「試しに塗ってみてくれるか？」

彼に頼まれ、奈緒は新たに出したローションを自分のうなじに塗った。すると、それを待っていたかのように彼が顔を近づけてくる。

「いいね……。つける部位によって香り方が違うんだな。もとの香りに、奈緒自身の香りがブレンドされて、すごくいい感じだ。時間が経つと、よりそれが顕著《けんちょ》になるようだな」

首筋に鼻をすり寄せられ、思わず身体がビクリと跳ねた。

全身から力が抜けていき、ソファの背もたれに沿って身体が横倒しになってしまう。

そのまま座面に仰向けに寝そべるような姿勢になり、上から清道がゆっくりとのしかかってきた。

「俺にモニターになって、使った感想を聞かせてほしいと言ったね。さっそく試してみようと思うけど、どうかな？」

「た、試すって……ど、どうやって――あ、んっ……！」

耳のすぐ下にチュッと吸い付かれ、思わず甘い声が漏れる。

それと同時に身体が溶けたみたいになり、全身がふにゃふにゃになった。

「塗って香りを嗅いでから、だんだん気分が高揚してきたように感じるんだが、これはローションの効果が出ているって事かな？　今、すごくセクシーな気分だ……奈緒、このまま抱いていいか？」

「ええっ？　……で、でも……」

「俺が嫌い？　俺が会いに来たのは、迷惑だったか？」

「そんな事あるわけないでしょ。でも……」

清道の彼女役を受け入れたとはいえ、実際に本当の恋人のような行為をすれば、いよいよ深みにはまってしまいそうだ。

「でも、何？」

上からじっと見据えられて、身体ばかりか心まで蕩《とろ》け始める。しかも、今の自分は強く迫られたらそれを拒絶できるほどの気持ちは持ち合わせていない。

清道にとっては、これもレンタル彼氏としての業務の一環なのだろうか？

奈緒の心が揺れている間も、二人の体温は上昇し続け、香りがさらに強くなった気がした。

「俺は無理強《じ》いはしたくない。だけど、俺と奈緒は、四カ月間は彼氏と彼女だ。セックスをするのはごく自然な事だし、二人してローションの使い心地を試せてちょうどいいだろう？」

話し終えた彼の唇から、濡れた舌先が覗いた。それが奈緒の唇に触れ、隙間をなぞるようにそろそろと動き始める。

途端に、清道に抱かれた時の記憶が、頭の中のみならず身体のいたるところに蘇《よみがえ》ってきた。

「だ……だけど……」

「今度は〝だけど〟か。迷ってるくらいなら、すぐに始めたほうがよくないか？」

「あっ！　ちょっ……」

ソファ前のラグの上に身体を移動させられ、仰向けになった奈緒の腰を挟むように清道が膝立ちになった。彼が、おもむろにシャツのボタンを外し始める。長く適度に節くれだった指が、脱ぎ終えた洋服を床に放った。すべてを脱ぎ捨てた清道が、カットソーの裾《すそ》から手を差し込んでくる。

視線を合わせながらフレアスカートをたくし上げられ、気がつけば自ら腰を浮かせてショーツを脱ぎ捨てていた。清道が鷹揚《おうよう》に微笑み、ローションをたっぷりと掌《てのひら》に出す。そしてそれを、奈緒の上半身に丁寧に塗りたくり始めた。

「ん、っ……あんっ！」

乳房の上で円を描く彼の掌《てのひら》の中で、乳嘴《にゅうし》が硬くなっていく。

肌を優しく擦られて、心地よさに唇から熱いため息が零れ落ちる。以前エステティックで、美夏にマッサージをしてもらった事があるが、あれと似ているようでまるで違う。

清道は施術のプロではないのに、彼の掌《てのひら》によって筋肉が柔らかくほぐされていくような気がした。

「奈緒、もっと身体から力を抜いてごらん」

「ぁ……ん、んっ……」

低く響く清道の声が、キスで口移しされる。早くも息が荒くなり、彼の舌に誘われて唇が半開きになった。

「奈緒のここ――もう、こんなに硬くなってる」

「ひっ……」

指先で乳嘴《にゅうし》をクニクニと捏《こ》ねられ、身体のあちこちに一瞬で火が点《つ》く。自分の身体がこれほど敏感に反応する事に驚き、奈緒は奥歯を噛みしめて込み上げる快感に耐えた。

「声、出すの恥ずかしいのか？　それとも、感じてるのを知られたくない？」

指先が乳嘴《にゅうし》を離れ、乳暈《にゅううん》の縁をそろそろとなぞり始める。

もっと、触ってほしい――もどかしさを伴う快楽が奈緒の全身の肌をぞくりと粟立《あわだ》たせる。

そんな事を願うべきではないのに、聞こえてくる清道の息遣いが、奈緒の心の予防線をいとも簡単に解除していく。

呼吸が乱れ、胸が大きく上下するたびに肌に塗られたローションが甘く匂い立つ。

（ああ……これだ……）

ローションの香りを決めるにあたり、様々なオイルを使って何度となく調整を繰り返した。最終的に、これだと決めた香りには、ぜったいの自信がある。

それを今、実際に清道と試して、やはり自分の決定は間違っていなかったと確信できた。

「あぁんっ……！」

清道の指が、突然乳嘴《にゅうし》をピンと弾いた。一度だけではなく、上下左右、あらゆる角度から。まるでそこを爪弾くように愛撫《あいぶ》され、連続で声が漏れる。

このまま流されてはいけない——頭では、わかっている。それなのに、なぜか身体が言う事を聞かない。

体温で温まったローションの芳香が奈緒の全身を甘く包む。この香りは、かつて清道とともに味わった絶頂を思い出しながら、何度も微調整を繰り返して作り上げたものだ。

こんなふうに使えば、当然彼とのセックスが頭の中にまざまざと蘇《よみがえ》ってくる。

まして、実際にキスをされ、愛撫《あいぶ》を受けているのだ。もう自分でもわかるほど、脚の間に蜜がたっぷりと溢《あふ》れている。それに気づいた様子の清道が奈緒の右の耳朶《じだ》を、そっと甘噛みしてきた。

「奈緒」

耳の中に息を吹きかけるようにして名前を呼ばれ、刹那《せつな》目の前が鮮やかな朱色に染まった。

「や……あ、んっ……」

それまで、どうにかできていた表情管理が、今の刺激でできなくなる。香り立つローションが触れ合う肌を介して、清道の手や胸にも広がっていく。

甘く濃密な香りに、彼の獰猛《どうもう》でセクシャルな雄の香りが混ざり、二人だけのアロマを作り出しているみたいだ。

「ふむ……このシチュエーションは、ヤバいくらいエロティックだな」

清道の言葉に異論はない。正直、自分で作り上げたものに、これほどの効果があるとは思わなかった。

その証拠に、すでに奈緒はこの甘いひと時に、身も心もどっぷりとはまり込んでしまっている。

(ダメなのに……)

微かに残った理性が、こうしていてはいけないと奈緒を諫《いさ》めてくる。

けれど、今さらそれがなんになるだろうか……

ツンと尖った乳嘴《にゅうし》を、清道の舌がペロペロと舐《な》め上げる。

奈緒が恍惚《こうこつ》となって喘《あえ》いでいる間も、彼は腕や腰を掌《てのひら》で撫で回し、その感触を楽しんでいる様子だ。愛撫《あいぶ》する手が奈緒の太ももの内側を擦り、脚の間にローションを擦り込んでくる。

執拗《しつよう》かつ丁寧に塗り込まれて、身体中の末端が痛いほど熱くなり始めた。

「あんっ……ダメッ……。そんなに、しちゃ……いやぁ……」

恥ずかしいほど身体が反応してしまい、奈緒は羞恥心《しゅうちしん》に囚《とら》われて身悶《もだ》えた。

どうにか上にズレて逃れようとするも、すぐに捕まって逃げられなくされる。

「こんなに濡らしておいて、ダメはないだろう？　ほら、乳首がこんなに硬くなって……どうしてだかわかるだろう？」

ニンマリと微笑みながらそう訊《たず》ねられ、奈緒はふるふると首を横に振った。

「ふぅん、わからないふりはよくないな。でも、一応教えてあげよう。ここがこんなにコリコリになってるのは、もっと触ってほしいからだ。舐《な》めて、転がされて、吸われたいから。そうだろう？」

「ひぁあぁっ！」

今言った言葉を、そっくり再現され、奈緒は身を震わせて迫りくる快楽に呑み込まれた。

前をまんべんなく揉み解されたあと、身体をゆっくり反転させられる。

うつ伏せになった身体に新たにローションを塗り込められて、あまりの心地よさに身体が勝手に震えだした。

「気持ちいいんだな？　じゃあ、もっとしてあげないと」

腰を高く突き出しているから、恥ずかしいところが丸見えになっている。

「やだっ……こんな……格好……」

奈緒は羞恥《しゅうち》に目を潤《うる》ませながらそう呟いた。けれど、自分が今の状況を悦《よろこ》んでいる事にも気づいている。

恥ずかしくて、嫌。だけど、やめたくない。

そんな奈緒の心を見透かした様子の清道が、花芽の突端から後孔までを指でそろそろとなぞる。

奈緒は膝が折れそうになるのを耐えながら、彼の指の動きに魅入られたようになってしまう。

「トロトロに濡れてるな……。指が、滑って中に入りそうだ——」

言っているそばから指を二本挿《い》れられて、ゆっくりと出したり挿《い》れたりされる。

「あ、んっ！　あ、あ……」

耐えきれずに漏れる声が、やけに甘い。ぬぷぬぷと中を掻く指が、ぐっと角度を変えて蜜壁の膨らみを探り当てる。

「ひっ……あ、あ……」

「奈緒の敏感な場所を見つけた。……ふむ……ああ、すごい……ここを刺激すると、中がうねるように動く……」

「やぁあんっ！　あ、あ……清道っ……も……挿《い》……れて……」

「いいよ」

清道はそう言うなり奈緒の腰をさらに上に引き上げた。

黒地に薔薇《ばら》模様の小袋を歯で噛みちぎるしぐさが、たまらなくセクシーでエロティックだ。

待ちきれずに彼の名前を呼ぶと、返事をする代わりに双臀《そうでん》を掌《てのひら》で左右に押し広げられる。

「んっ……ん……」

それからすぐに切っ先を蜜窟の中に、ずぷんと沈められて、身体中が快楽でいっぱいになった。

途端に愉悦《ゆえつ》の波が押し寄せてきて、身体ごとその中に巻き込まれる。

これこそが、自分がずっと求め続けていたものだ——

ギリギリまで高まっていく高揚感が、奈緒のすべてをトロトロに蕩《とろ》けさせていく。

清道とまた、淫《みだ》らでいやらしい行為をしている……

それがたまらなく嬉しくて、奈緒はいっそう息を弾ませながら声を上げた。

「こうしてると、俺のものが奈緒の中に呑み込まれているのがよく見える。すごく、健気《けなげ》だ。中が一生懸命吸い付いてきて、沸かした蜜みたいにねっとりとして熱い――」

緩く動き出した清道の腰が、奈緒の尻肉にぶつかってパンパンと音を立てる。

そんな淫《みだ》らすぎる音さえも、メロディックな旋律となって奈緒を心地よく乱れさせた。

「い……言わないで……」

無意識にそう懇願する声が、裏腹な願いを露呈《ろてい》させる。

すぐにそれを察知した清道が、ゆったりと微笑んで唇の縁を舐《な》めた。

「奈緒の胸がゆらゆら揺れて、すごくいい眺めだ……。ほら……見えるだろ？　俺のものを咥《くわ》え込んで、ここが膨らんでる」

清道に誘導され、奈緒は自分の下腹に掌《てのひら》を当てた。中から突き上げてくる先端の硬さが、皮膚を通してはっきりと伝わってくる。

「ここ……清道が……あっ……あ、あああんっ！」

ぐりぐりとそこを擦り上げられて、一瞬視界に光が走った。

もう、身体ばかりか心まで淫《みだ》らな想いでいっぱいになり、奈緒はいつしか彼を咥《くわ》え込んだまま自分からしどけないポーズを取ってしまっている。

「ああ……最高だ……奈緒。たまらなく気持ちいい……自分の身体が、こんなエッチだって知ってたか？」

言葉ではっきりと気持ちいいと伝えられ、奈緒はいっそう濡れて蜜窟の中をひくつかせる。

「清道だから……。ほかの人とじゃ……ダメ……あ、あっ……あ……」

だんだんと深くなっていく交わりのせいで、もうまともに話せなくなる。

身体のあちこちが、熱い。彼とはじめてセックスをした時も、驚くほど気持ちよかった。あれ以上の快感はないと思っていたけれど、今はそれを遥《はる》かに凌駕《りょうが》するほどの悦楽《えつらく》を感じている。

「奈緒……俺もだ……。俺も、奈緒とでなければ、これほど夢中にはなれない。……わかるか？」

見つめ合いながら問いかけられ、奈緒は朦朧《もうろう》となりながらも頷いた。

きっと彼は、あえて今のようにはっきりとした言葉で快楽を伝えてくれている――

これ以上ないほど官能的な行為をしているのに、清道はきちんとモニターとしての役割も果たそうとしてくれているのだ。

（好き……大好き……）

とことん淫《みだ》らなのに、ものすごく律儀。

思いもよらないところで、奈緒は清道の人としての魅力に改めて気づかされた。

もう、何もかも忘れて、ただ彼と交じり合いたい――

そう思った奈緒は、すでにゆるゆるになっていた箍《たが》を自ら外し、上体をひねるようにして清道と唇を合わせた。

途端に蜜窟の中のものがグッと反《そ》り返り、少しの隙間もないほど太さを増す。キスに反応してくれたのが嬉しくて、自然と腰が動き新しい快感を生じさせる。

中から押し広げられて、ぬちぬちと中の襞をめくり上げられるたびに、軽く達して膝がずるずると崩れ折れていく。しまいにはぺたんと床にへたり込んだようになり、カエルのようにうずくまった身体をうしろから抱き起こされた。

今度は正面から挿入され、臍《へそ》の裏側を切っ先で抉《えぐ》るように愛撫《あいぶ》される。

「ああんっ！　あ……あ……」

蜜窟の中がぬるぬるになり、奥を突く切っ先を感じて子宮の入口がきゅうきゅうとうねる。

そこだけまるで別の生き物になったみたいだ。

身体が前後に揺れるたびに一番奥を先端で嬲《なぶ》られ、息ができなくなる。

奈緒は両脚を高く掲《かか》げて、清道の腰の上で踵《かかと》を重ね合わせた。

「奈緒……今、奈緒とこうしているのが、これまでで一番気持ちいいよ」

絞り出すような、清道の声。それが嘘であろうはずもなくて、奈緒は歓喜で胸をいっぱいにする。

「私も……」

掠れた声でそう言ったけれど、ちゃんと彼に聞こえただろうか？

もし聞こえていなくても、ひっきりなしに屹立《きつりつ》を締め付ける隘路《あいろ》が、それを代弁してくれているに違いない。

セックスで、これほどの至福を味わえるなんて――

生まれてはじめて性愛のなんたるかを知った気分だ。これはきっと、奈緒の中に本当に彼を想う気持ちがあるからこそだろう。

これでは、なおの事清道から離れられなくなってしまう……

それがわかっていても、すでに身も心もコントロールできなくなってしまっている。

「……ぁっ……！」

声にならない叫び声を上げると、奈緒は清道の腕の中で弓のように背中を仰《の》け反《ぞ》らせた。

「奈緒っ……！」

奈緒の中で屹立《きつりつ》がグッと反《そ》り返り、ドクドクと力強く脈打ってたくさんの精を放出する。

ぐったりとして動かなくなった奈緒を、清道が優しく抱き寄せて乱れた髪の毛を指先で整えてくれた。

「すごく、気持ちよかった……。すごすぎて、心臓が止まっちゃうかと思ったくらい」

奈緒が息を弾ませながらそう話すと、清道が唇に長いキスをくれた。

「フランス人は、オーガズムの事『petite mort《プティットゥ・モール》』――『小さな死』と言ったりする。一度死んで生き返るほど気持ちよかったのなら、まさにそれだ」

「『petite mort《プティットゥ・モール》』……『小さな死』……」

まだ快楽から抜け出せないまま、奈緒はその言葉を繰り返し呟く。確かに、たった今味わった快楽を表すには、ぴったりの言葉だ。

清道は、めくるめく快感ばかりか、またしても奈緒の脳味噌を刺激する言葉をもたらしてくれた。

奈緒はその事に心から感謝しながら、清道の唇に何度となくキスをするのだった。

奈緒は新商品に、清道の言葉からヒントを得て、「petite mort《プティットウ・モール》」と命名した。

そして、そのマーケティングを「ソノダ・エージェント」に委託する事に決めた。

費用に関しては親族とも話し合ったが、彼の申し出を先行投資をして受け入れ、十分な利益が出た時点で出世払いをするという事で決着がついた。

『ただし、受け取った百万円とは別物だから、これに関してはノーカウントで』

彼がなぜ、そこまでこだわるのかはわからないが、今後はプライベートとビジネスの両方で清道と関わっていく事になる。

「ソルテア」の社長としては願ってもない申し出だが、奈緒個人としては、かなり悩ましい事態に陥《おちい》ってしまったと言える。

（レンタル彼氏相手に、セックスまで……これじゃ、本当に清道から離れられなくなりそう……）

美夏に相談したら、どうせなら目一杯楽しむべきだと言われ、十二個入りの避妊具を一ダースもプレゼントされてしまった。

（そうできるなら、とっくにそうしてるよ。でも、楽しめば楽しむほど別れるのが辛くなる……）

元カレとの別れも相当辛かったが、清道がそれを癒《いや》してくれた。それは彼にも伝えたし、そうと知って喜んでもくれた。

（だけど、清道との別れのダメージは、誰が癒《いや》してくれるの？）

清道以上にゴージャスでグッドルッキングなジェントルマンなんか、この世にいるはずがない。

下手《へた》をすると、一生心に深い傷を負ったまま生きる事になるだろう。

考えてみれば、本気で好きになりつつある人をレンタル彼氏にするなんてあり得ない。おまけに、彼女のふりまでするとか……

期間限定だし長くても四カ月の関係だけれど、どうしてそれを受け入れてしまったのだろう？

いずれにせよ、結果的に「その場の雰囲気と個人の裁量」に身を任せてしまった自分が悪い。

奈緒は公私の境目を常に意識しながら、綱渡りでもしているような心境で毎日を過ごしていた。

そして、七月最初の土曜日である今日、奈緒は事務所にやってきた清道と二人きりで新商品の販促についてミーティングを開いている。

「検索エンジンと連動して行われるリスティング広告やバナー広告、購入履歴や閲覧データを利用してのフィード広告など、昔とは違い今は様々な方法でのマーケティングが可能だ。既存のサイトに動画広告を組み込むのも効果的だし、インフルエンサーに委託するという方法もある」

これまでも自分なりに商品をアピールしてきたつもりだったが、彼の話を聞いて、実はまったくできていなかったと思い知った。

時代とともに戦術も利用できるツールも変わるのに、今までそれに気づかなかった自分は、社長として失格だ。いくら社員が身内だけとはいえ、経営者たる者、もっと周りにアンテナを張り常にアップデートしながら仕事に取り組むべきだった。

奈緒は猛省し、自分でもあれこれと知識を得る傍《かたわ》ら、清道に頼み込んで広告宣伝について質問をする時間を設《もう》けてもらった。

清道は何も知らない奈緒に、噛んで含めるようにしてデジタルマーケティングやインターネット広告について説明してくれた。

「マーケティングが成功すれば、効果は絶大だ。一気に注文が殺到するし、ある程度の在庫がなければ対応しきれなくなるぞ」

「って事は、今のままでは製造が追いつかなくなる可能性があるって事？」

「正解」

今までの販売促進は、ほとんど既存の顧客のみが対象だったし、今思えばかなり狭い範囲の宣伝しかしてこなかった。だが、デジタルマーケティングの対象は全世界に及び、今までとはまったく規模が違う。

けれど、これが成功すれば「ソルテア」が大きく飛躍するきっかけになるし、より多くの人に自社製品の良さを知ってほしいという奈緒の目的も果たせるのだ。

現在製造を請け負ってくれている叔父の会社に問い合わせたところ、今の生産ラインのままでは急な追加発注には対応できないと言われていた。

大々的に宣伝をして、本来のターゲット以外の人にも「ソルテア」の名を知ってもらいたいと思うが、当面は現状に沿った宣伝をして、今までのように実際に使った人達の口コミに期待する事にした。

「アナログな口コミって、地味だけど一番信用できるでしょ」

「それなら、既存の顧客に対しては、希望者を募《つの》って試供品を送るという方法を取ろう」

話はトントン拍子に進み、まずは既存の顧客に告知をして反応を見る事になった。

「それと、ホームページのリニューアルもしたほうがいいな。今でも閲覧しやすくはあるが、商品の説明文や掲載してる画像についてもすべて新しくしたらどうかな？　あとは、成分の一覧表や生産者の情報を入れるのも安全性を理解してもらうのに効果的かもしれない」

清道は、いろいろとアドバイスをしてくれた上に、必要ならいつでも手を貸すと言ってくれた。

奈緒は実家の親戚達に製造所や畑の写真を撮って送ってくれるよう依頼し、ホームページのリニューアルに先立って掲載されているすべての文言の見直しをした。

ローションを入れる容器も、キャップ式のボトル容器では今ひとつ使い勝手が悪い。

そこで、実際に使う時の事を考慮してポンプ式のプラスチック容器を採用した。これなら片手で扱えるし、外気に触れないので衛生的だ。

最後までどうしようか迷っていた外箱については、容器の表面と同様「ソルテア」初の華やかな色合いの箱を採用した。

デザインはいずれもシルキーピンクに白い羽が浮き上がって見えるようになっており、その真ん中に商品名が欧文書体で書かれている。

「シンプルなのもいいけど、こうして見るとやっぱりデザインって重要なんだなって思っちゃう。見るだけで気分が上がるし、すごくワクワクするもの」

「それについては、俺も同意見だ。ほかの商品はシンプルなパッケージがマッチしているけど、これは特別な時に使うものだから、見た目にもスペシャルな感じがあるほうがいいね」

「これも清道が力を貸してくれたおかげだわ。自分一人じゃ到底ここまでクオリティが高いパッケージにはできなかったもの。本当に、ありがとう。それに、商品モニターにまでなってくれて……心から感謝するわ」

礼を言っている間に、清道とローションを使った極上の一晩を思い出して、奈緒の頬にほんのりと赤味が差す。あの夜と同じくらいの効果が得られれば、きっと「petite mort《プティットゥ・モール》」はたくさんの人に受け入れてもらえる事だろう。

「どういたしまして。俺は奈緒のアイデアに興味を引かれて、それに協力しただけだ。こちらこそ、面白い商品に携わらせてくれて、ありがとう」

「ふふっ……どういたしまして」

「あとは反響を見ながらマーケティングを進めていく事になるけど、社内会議ではインフルエンサーを起用してはどうかという案が出ているんだ」

特にカップルが日常的に使っている商品として「petite mort《プティットゥ・モール》」をＳＮＳで紹介する形を取れば、広告感をさほど与える事なく商品についての情報を届ける事ができるらしい。

「それ、すごくいいアイデアだね！　カップルなら男女それぞれの目線で『petite mort《プティットゥ・モール》』の良さをアピールしてもらえるし、フォロワーからの共感を得やすいかも」

「まさに、そうだ。じゃあ、この方向で話を進めても構わないか？」

「ええ、どうぞよろしくお願いします」

奈緒は清道に向かって頭を下げた。彼はそれに応じるように鷹揚《おうよう》に頷く。

アイデアを思いついた時は、まさかこんなふうになるとは思いもよらなかった。

清道との出会いがきっかけで生まれた新商品を、彼が経営する「ソノダ・エージェント」の力を借りて世に送り出せるなんて、これほど嬉しい事はない。

想いは報われないとしても、今や二人はビジネスパートナーだ。

きっとそれこそが、自分と彼にとっての最高の立ち位置に違いなかった。

(あくまでも、ビジネス。くれぐれも、これ以上深みにはまっちゃダメだからね)

こうして清道と二人きりでいるとうっかり忘れそうになるが、彼の周りには才色兼備の女性がたくさんいる。

何より、自分と彼の関係はあくまでも期限付きのものだ。ビジネスの話をしている最中に、ついそんな事を考えていると、ふいに顎《あご》を緩く引き寄せられて彼と正面から目が合った。

「な……何?」

「何、はこっちの台詞《せりふ》だ。何か心配事でもあるのか？　やけに憂《うれ》い顔をしてたけど」

「憂《うれ》い顔？　私、そんな顔してた？」

奈緒は咄嗟《とっさ》に表情を変え、作り笑いを浮かべた。

「昨日、ちょっとだけ寝るのが遅くなったから少し寝不足なの。だからかしら？　別に心配事なんかないし、仕事もプライベートも順調そのものよ。さて、と。ミーティングも終わったし、今コーヒーを淹《い》れるわね」

奈緒はそそくさと席を立ち、キッチンに向かった。お湯を沸かしながらサーバーを用意し、ドリッパーにペーパーフィルターをセットする。

今日のために専門店で買ってきたチョコレートを皿に盛りつけていると、ポケットの中でスマートフォンがぶるぶると震えだした。

誰かと思ったら、かけてきたのは紗智の息子である智樹《ともき》だ。

「もしもし、智樹？　昨夜は、ありがとう～！　おかげで、すごく楽しかった。でも、さすがに朝から筋肉痛になっちゃったわよ。智樹は？　……ふぅん、さすが体力あるわね。……え？　今夜も相手してくれるの？　やった、嬉しい～！」

智樹は現在小学六年生で、奈緒にとっては我が子同然に可愛がっている愛しい甥《おい》だ。

姉の紗智は、智樹が一歳になる前に離婚してシングルマザーになった。当時大学生だった奈緒は二人と同居して一緒に育児をしたという経緯がある。

そもそも奈緒が今の会社を立ち上げるきっかけになったクリームは、生まれつき肌が弱い彼のために作ったものだ。自分の作ったクリームで、見事肌の改善が見られた時は天にも昇る気分になった。

そんな智樹も、ずいぶん大きくなり、成長とともに肌の調子もかなり改善されて、今はもうなんの制限もなく暮らしている。

昨夜は同じマンションの五階に住んでいる姉宅にお邪魔して、一緒に晩御飯を食べたあと智樹とテレビゲームでバトルを繰り広げた。

接戦の末に惜しくも奈緒が負けてしまい、リベンジを申し込んだところまた今夜相手をしてくれるらしい。

(智樹ったら本当にいい子に育ったわ。目に入れても痛くないとは、まさにこの事を言うのね)

奈緒は可愛い甥《おい》を思って、機嫌よく鼻歌を歌い始めた。

どんなに想っても報われない気持ちもあれば、きちんと応《こた》えてくれる愛情もある。

智樹のおかげで、今夜はあれこれと思い悩まずに済みそうだ。

奈緒は淹《い》れたてのコーヒーをトレイに載せると、足取りも軽く清道の待つ事務所へ戻るのだった。

清道と再会してちょうど二カ月が経過した日。

ついに「petite mort《プティットゥ・モール》」の販売がスタートした。

発売に先立って叔父に相談し、今後は必要に応じて製造量を増やすよう段取りも済ませてある。

既存の顧客にはメーリングリストで新商品の紹介をし、試供品の発送も完了した。

同時に「ソノダ・エージェント」の力を借りてホームページを一新し、それとは別に「ソルテア」として動画や画像が掲載できるSNSのアカウントも開設した。

各ツールからはホームページに増設した専用のショッピングページにアクセスする事が可能で、ネット注文ができるようにしてある。

それらはすべて「ソノダ・エージェント」に任せきりで、奈緒はただ清道とのミーティングで意見を言えばよかった。

さすがプロの仕事は違うと改めて思い知らされたし、おかげで自分の仕事に対するモチベーションもグンとアップした。

あとはマーケティング第一弾の反応を待つのみだ。

「奈緒、あとちょっとで販売受付開始だよ。なんだかドキドキするね」

いつもよりも早く事務所に来てくれた紗智が、ノートパソコンの前に待機している奈緒の肩をそっと掴んだ。

「うん、ドキドキする……。まあ、時間がきた途端注文が殺到――なんて事はないだろうけど」

今の時刻は午前八時五十八分。

ホームページのリニューアルに伴い、ショッピングページは一時休止しており、あと二分弱で再始動する。

「五、四、三――」

紗智がカウントダウンする声が耳元で聞こえ、いよいよその時がやってきた。

「――二、一、ゼロ――」

やってきた午前九時ジャスト。

息を潜《ひそ》めてその時を迎えたものの、注文メールは一通も届かない。

「……だよねぇ。そんなに上手《うま》くいくはずは――」

「ちょっ……ちょっと、奈緒！　来てるよ、メール！　ほら、ホームページリニューアルして、メールアドレスも新しくしたじゃないの！　それじゃなくて、こっちだよ。ほらっ！」

背中をバンバンと叩かれ、紗智が持っているスマートフォンの画面を見せられた。

そこには注文が入ると同時に自動送信されて来るメールが多数届いており、会社創設以来の一日の最高注文件数を、たった一時間で更新してしまった。

「う、嘘っ……すごっ……」

奈緒は紗智と顔を見合わせ、今起きている出来事が本当かどうか確認し合った。

「本当に注文が来てるんだよね？　これ、夢じゃないんだよね？」

「夢じゃない！　正真正銘の注文だよ〜！」

奈緒は紗智と抱き合って喜びを分かち合い、下に響かないようジャンプなしで静かに小躍りした。

それからすぐに清道に電話連絡を入れたが、あいにく彼は外出中で直接話す事は叶わなかった。

応対してくれたのは彼の秘書と名乗る島田《しまだ》という女性で、声の感じから二十代半ばの有能ではつらつとした人ではないかと思う。

これまでは清道のプライベート用の番号に連絡を入れていたのだが、たまたまその番号が転送モードになっていたみたいだった。

まさか「ソノダ・エージェント」の社長秘書が出るとは思わず、なんとか無難に挨拶《あいさつ》をして用件を伝えないまま通話を終える。

「今の島田って秘書、なんだかちょっとツンとした感じだった気がするけど」

奈緒にくっついて通話の内容を聞いていた紗智が、渋い顔をする。

「そう？　なんだか焦っちゃって、それどころじゃなかったけど」

奈緒が通話を終えて一息ついていると、紗智が口をへの字にしながら自分のデスクについてパソコンを弄《いじ》り出した。

「あ、ほら！　思ったとおり、ちょっときつそうな美人だよ」

紗智に呼ばれて示されたパソコンの画面を見ると「ソノダ・エージェント」のホームページに掲載されている社員インタビューとともに島田秘書らしき女性の写真が数枚載せられていた。

「ああ、たぶんこの人だ。声の感じがルックスとぴったり」

いかにも有能そうなその人は、目鼻立ちがはっきりとした美人だ。ややウェーブのかかったロングヘアに、濃紺のスーツがよく似合っている。彼女のインタビュー記事に目を通してみると、自分の持てる力を引き出してくれた社長に対する感謝の言葉が綴《つづ》られていた。

「これって、恋愛ドラマで言うところのライバル登場ってやつなんじゃないの？　奈緒、油断大敵だよ」

「ゆ、油断大敵って何よ。それに、私は別に清——じゃなくて、園田社長とはなんでもないって言ってるでしょっ」

うっかり名前を呼びそうになり、あわてて誤魔化してセーフ——と思っていたら、ニヤついた顔をした紗智がドンと体当たりしてきた。

「だーかーらー、もう誤魔化さなくてもいいってば。だいたい、はじめてここに来た時から、園田社長の事を『清道』って呼んでたでしょ。私が気づかないとでも思ってたの？」

「えっ!?　聞こえてたの？」

確かに事務所の玄関で清道を見た時、思わず名前を叫んでいた。けれど、その時紗智は、すでに事務所の奥に引っ込んでおり、聞かれていないと思い込んでいたのだが……

「とにかく、私はいつだって奈緒の味方よ。だから、思い切ってドーンと体当たりしてみなさいな。もしダメだったら、智樹と一緒に全力で慰《なぐさ》めてあげる。美夏ちゃんもそう言ってるわよ。園田社長の事が好きなんでしょ？　今動かなきゃ、おばあちゃんになってから後悔するわよ」

いつになく真面目な顔でそう言われて、奈緒は無言で頷き姉の顔を見つめた。

「ちなみに、いつから気づいてたの？」

「うーん、まぁ名前呼びしてる時点で、あれっと思ったわね。確信したのは、それからすぐだったかな。だって奈緒ったら園田社長から連絡がくるとあからさまに嬉しそうな顔をするし、会ったあとは顔つきからして違ったもの」

どうやら気づかないうちに、紗智の前で清道への想いをだだ漏れさせていたみたいだ。

「もしかして、清道にも気づかれてるかな？　もしそうなら、どうしよう……。もう恥ずかしくて顔を合わせられないよ〜！」

奈緒が一人あたふたしていると、紗智が両手で肩をグッと押さえてきた。

「落ち着きなさいって。私の勘だけど、たぶん園田社長にはバレてないと思うよ。だから安心して」

紗智がニンマリと笑い、奈緒の顔をまじまじと見つめてくる。

紗智は奈緒と同じで、決して美人顔ではない。けれど、昔から面倒見がよく姉御肌であるせいか男性にはモテていたし、恋愛に関しては奈緒が逆立ちしても追いつかないほど経験豊富だ。その姉が言うくらいだから、きっとそうなのだろう。

「そ、そう？　ならいいけど……。さて、とにかく今は仕事仕事！」

奈緒は自分のデスクに戻って、早々に仕事に取りかかった。話をしている間に、また新たに注文が来ている。午前中の受注分については、今日中に発送を終えてしまいたい。

奈緒は顧客の住所データの抽出を始めながら、頭の隅で清道の顔をチラリと思い浮かべた。姉の言うように、このままレンタル彼氏で終わったら、後悔するに違いない。けれど、もし告白するにしても、今はそのタイミングではないような気がする。

（だって、もし拒絶されたら今の関係まで壊れちゃうし……）

最悪、そこでビジネスの繋がりも切れて、今度こそもう二度と会えなくなるだろう。

それだけは、ぜったいに避けたいし、もう少しだけ夢を見ていたい。

少なくとも、レンタル彼氏の期間を終えるまでは――

そう心に決めると、奈緒は脳裏にチラつく清道の顔を押しやり、やるべき仕事に没頭するのだった。

その日の終業時刻を一時間ほどオーバーした午後七時。

奈緒は紗智の手を借りて、ようやく明日発送する注文品の梱包作業を完了させた。

「信じられない……。さすが『ソノダ・エージェント』ね。っていうか、これってまだマーケティングの第一弾でしょ？　もしこれ以上の事をやるなら、早急に対策を取ったほうがよくない？」

今日の注文件数は、夕方四時の時点で百件近くあった。

そのうちのほとんどが「petite mort《プティットゥ・モール》」の注文であり、発送準備をするだけでも目が回るほどの忙しさだった。

これまでは一日十件程度あればいいほうだったのだから驚きの件数だし、明日以降もこの調子で売れるようなら早々に追加製造を依頼しなければあっという間に在庫不足に陥《おちい》ってしまう。

「これでも、かなり多めに作ってもらったのに……。マーケティングの力って恐ろしいね。この先も注文が殺到するようなら、叔父さんにもう一度連絡して今空《あ》いている製造レーンをうち専用にしてもらわないと――」

必要に応じて増産できるよう話はつけてあるが、このままの勢いが続けば製造が追いつかなくなる恐れがある。

「そうね。頑張ってよ、社長さん」

午後七時過ぎに紗智が帰り、事務所には奈緒一人になった。

一人になって、以前清道が提案してくれた今後行う予定のマーケティングスケジュールについて考えてみる。

（商品の品質については自信があるけど、会社経営についてももっと勉強しなきゃダメね）

清道に出会ってからというもの、奈緒は自分がいかに無知であったかを思い知ったし、利益追求の重要性についても考えるきっかけをもらった。

今となっては、もっと「ソルテア」を大きくしたいと思っているし、それを実現させたい気持ちでいっぱいだ。

幸い、今は清道がサポートを申し出てくれているけれど、それがいつまでも続くわけではない。今後は、これまで以上に努力する必要があるし、自分一人の力でも「ソルテア」を背負《しょ》って立てるようになりたいと思う。

(やれる事はぜんぶやらなきゃ。親族経営だからって、もう甘えてなんかいられない。もっと自分に厳しくして胸を張って「ソルテア」の社長だって言えるようにならないと)

それには、もっと自分を磨かなければ——

清道と出会い、今のような関係になったのをきっかけに、奈緒は公私ともに自分の中で大きな意識改革が起きているのを感じていた。

彼という超一流のビジネスパーソンを知り、自分ももっと社長として成長したい。同時に、一人の女性としてもっと自分を誇れるようになりたいと思うようにもなった。

いつまでも、仕事一辺倒のアラサー女のままではいられない。

期間限定ではあるけれど、奈緒は仮にも清道の彼女なのだ。

彼の隣にいてもおかしくないほどの存在になり、できる事なら少しでも長く清道と関わりを持っていたい——

(そのためには、どうしたらいい？　とりあえず、女磨きをしなきゃだよね。だけど、自力でやるには限度があるし……そうだ、美夏！)

忙しさもあって連絡は取り合っていても実際に会ったのは、もうかなり前だ。

エステティシャンとしても一流の腕を持っている美夏のサロンには、お忍びで来る芸能人もいるらしい。

清道とのあれこれを知ってくれている彼女だ。きっといいアドバイスをしてくれるに違いない。

「よし、そうと決まれば善は急げだ！」

奈緒は、さっそくバッグにしまいっぱなしだったスマートフォンを取り出した。そして、電話に出た美夏に開口一番「女磨きをしたいの！」と訴えるのだった。

◇ ◇ ◇

「俺とした事が、なんてザマだ」

近所にある小学校が一学期の終業式を迎えた日の夜、清道は自宅で翔と日本酒を酌《く》み交わしていた。

「前に奈緒さんに会ったのは、いつだったたって？」

「今月の始めだ」

「それ以来、会わずじまいか。なんで？　会いたかったら会いに行けばいいだろう」

「それができないから、こうしてイライラを募《つの》らせてお前相手に愚痴りながら飲んでるんじゃないか」

「ははっ、そうだったな」

翔とは仕事の関わりもあって月に一度は会っているが、今はプライベートであり、久々に宅飲みをしようと連絡を入れてきたのは翔のほうだ。

「お前、面白がってるだろう」

「当たり前だろ？　まさかお前が恋煩《こいわずら》いをするとはなぁ」

翔がニヤニヤと笑いながら、グラスに入った日本酒を呷《あお》った。彼とは中学が一緒で、引っ越しや留学で離れている間も連絡を取り合っていた仲だ。

「なんとでも言え」

言われっぱなしは癪《しゃく》だが、本当の事だから反論のしようがない。

実際、どうしたらいいのかわからず、翔がここへ来るなり奈緒の事で相談を持ち掛けたのだ。

「仕事で関わりがあるんだろう？　電話くらいはしてるのか？」

「してる。多い時は日に五、六回してる。彼女は大事なクライアントでもあるからな」

「ソルテア」のホームページには計測ツールが導入されており、売上データをリアルタイムに確認する事ができる。

新商品の「petite mort《プティットゥ・モール》」は、発売当初から注文が殺到し、奈緒はもとより「ソルテア」社員一同嬉しい悲鳴を上げている様子だ。

商品の使い心地は身をもって知っていたし、マーケティングさえ上手《うま》くいけばヒットすると確信していた。だからこそ、事前に大幅な売り上げ増を予測して、それに対応できるよう準備を進めておくよう強く進言したのだ。

「ソノダ・エージェント」として「ソルテア」と関わると決まったあと、清道は奈緒を介して製造を担当しているという彼女の叔父とコンタクトを取った。

幸い彼は革新的な考えを理解してくれる人で、「ソルテア」のためになるなら、とこちらの提案をすべて受け入れてくれた。

まずは「ソルテア」の商品の受注や在庫が一括管理できる管理システムを導入し、事務作業の簡素化と効率化を図った。

次に専門の業者に必要な数量の商品製造を委託し、それらを保管する倉庫も確保した。あとは商品を発送するための人員を補充し、それらと並行して次なるマーケティングに取り掛かる準備をしていた。

そうするにあたって相応の費用はかかるが、さほど時間をかけずに回収できる算段もついている。

「じゃあ、業務連絡をするついでに、ひと言会いたいって言えばいいだろう。もしくは、前みたいに突然事務所を訪ねるとか」

翔は唯一、清道と奈緒の出会いのいきさつを知る人物であり、再会してからの経緯も大まかに話してある。

「行けるか！　智樹ってやつの正体がわかるまでは、迂闊《うかつ》に動けないんだ」

先日「ソルテア」の事務所で奈緒とミーティングをしたあと、彼女はコーヒーを淹《い》れにキッチンに向かった。

その日の夜は、奈緒さえよければディナーに誘うつもりだったけれど、清道が持参したノートパソコンに打ち合わせの内容をまとめていると、彼女が誰かと電話をする声が聞こえてきた。

『もしもし、智樹？　昨夜は、ありがとう～！　おかげで、すごく楽しかった』

『でも、さすがに朝から筋肉痛になっちゃったわよ』

『今夜も相手してくれるの？　やった、嬉しい～！』

かなりはしゃいだ声だったし、二人が親密な関係にあるのは容易に想像できた。

いや――それは勘繰りすぎかもしれないが、今ざっと思い出しただけでも、痛くなるほど眉間に縦皺《たてじわ》が寄る。

あの時の奈緒の声は、今まで聞いた事もないほど甘ったるく、ウキウキした感じだった。

元カレと破局して、てっきり親しく付き合う男などいないと油断していた。

少なくとも再会した日の夜にこの家で彼女と抱き合い、新しい商品の名前を「petite mort《プティットゥ・モール》」に決めた時は一人だったはずだ。

そこからおよそひと月半が経ったのち、奈緒は「智樹」なる男と夜を過ごしメロメロになっており――

「もっと自分の気持ちに正直になれよ。ほら、会いたいなら、会いたいって今すぐに電話しろ」

翔が、テーブルの上に置きっぱなしになっている清道のスマートフォンをつつく。

「そんな事できるか」

「何かっこつけてんだか～。お前って、昔からそういうところあるよな。素直じゃないっていうか、めんどくさいっていうか……。だいたい、レンタル彼氏とか言わないで、ただ付き合おうでよかったただろ？　なんでそう言わなかったんだ？　もしかして、断られるのが怖かったのか？」

「うるさいな！」

翔を怒鳴りつけたものの、実のところぜんぶ当たっている。

今となっては後悔する事ばかりだし、なぜもっと上手《うま》く立ち回らなかったのかと思う。

「くそっ！」

目を離したひと月半の間は、いつも以上に忙しくしており、奈緒とじっくり話す時間がどうしても取れなかった。

こんな事になるくらいなら、どうにかして時間を作り彼女に会いに行けばよかった。

たとえ五分でも奈緒と面と向かって話をして、よそ見などできないようにキスをすればよかったのだ。そして、あわよくばベッドに引きずり込んで、奈緒を快楽に溺《おぼ》れさせていたら――

今までこれほど誰かに焦《こ》がれた事がなかったせいか、せっかくのチャンスを逃し、ほかの男にさらわれてしまった。

翔の言うとおり、すべては素直になれなかった自分自身のせいだ。

恋愛経験は少なからずあっても、思いの丈《たけ》をぶつける方法がわからない。

レンタル彼氏を持ち出したのも、そのほうがＯＫしてもらいやすいと思ったからであり、決して気軽な感じで付き合いたいという気持ちからではなかった。

そこから徐々に本当の恋人同士になれたら――と目論《もくろ》んでいたが、思いがけないライバルの登場に、身動きが取れなくなってしまっている。

(俺とした事が、やる事なす事愚かすぎる……)

これほどややこしい事になってしまうなんて、我ながら情けない。すべては奈緒に対してストレートに想いを伝えられなかった自分が悪い。

明らかに判断ミスをしてしまっているし、もしこれが企業案件なら倒産の危機に陥《おちい》っていてもおかしくないだろう。

「悪態をつくなんて、らしくないな。けど、そういうお前も嫌いじゃないぞ〜」

翔がますます調子に乗って、歌うようにそんな事を言ってくる。

確かに、今の自分は自分らしくない。

今まで女性関係で悩んだ事と言えば、向こうからの執着や束縛に関するものばかりだった。

しかし、今回はまるで違う。

むしろ執着をする側になっているし、束縛できるものなら今すぐにでもそうしたいくらいだ。

奈緒と会ってからというもの、それまでに抱いた事のない感情に囚《とら》われている。

今までの恋愛スタイルが崩壊し、どう対処すればいいのかわからずイレギュラーな事ばかりしてしまう。

それでも奈緒を想う気持ちは、会うたびに強くなるばかりだ。

彼女ほど、一生懸命でまっすぐな女性を自分はほかに知らない。それは、これまで同じ時間を過ごす中で、十分すぎるほど理解できた。

誰がなんと言おうと、奈緒は最高の女性だ。愛おしいと思うし、どこか危なっかしいところのある奈緒のそばにいて、一生彼女を守り続けたいと思う。

「しかし、お前ほどの男がそこまで本気になるとは、奈緒さんはすごいな。なんにしろ、めでたいよ。せいぜいはじめての本気の恋を満喫してくれ。俺もサポートは惜しまないぞ」

酔っているのか、今夜の翔はやけにゴキゲンで、さっきからずっと目尻を下げて笑っていた。

何はともあれ、このまま放置しておくわけにはいかない。

なんとしてでも「智樹」なる男から奈緒を奪い返し、一生この腕から逃げられなくする。

まさか、自分がこれほど嫉妬深く独占欲の強い男とは思わなかった。

奈緒をサポートするのはもちろん、常に彼女のそばにいるのは自分でなければならないし、ほかの男にその権利を譲るわけにはいかない。

まだ二回しか身体を重ねていないけれど、二人が迎えたのは間違いなく「petite mort《プティットゥ・モール》」だったし、そこには本物の愛が存在していたと信じている。

(少なくとも、俺のほうにはあった。……俺は奈緒を愛してる。それだけは確かだ)

かくなる上は、翔の言うとおり多少強引でも彼女と直接話す機会を持つべきだろう。そして、この気持ちを受け入れてもらわなければならない。

「電話するよ。彼女と話して、必ず本当の恋人同士になってみせる」

清道は、そう固く決心して、勢いよく立ち上がった。

「おお、頑張れ。っつーか、実質これがお前の初恋だな。くれぐれも焦るなよ。作戦を練って、じっくり攻めろ。そうでなきゃ、俺みたいに――」

翔が急に沈んだ顔をして、自身の失恋の思い出に浸《ひた》り始める。

少し前に、そうとは知らずに恋人のいる女性を好きになってしまった彼は、勢いのままに告白してあえなく玉砕してしまったのだ。

清道は背中を丸くしてしょげている翔の背中を擦り、彼の忠告を胸に刻んだ。

翔の言うとおり、決して焦ってはいけない。

少なくとも、智樹という男は奈緒と知り合ってまださほど日が経っていないはずだ。

誠心誠意想いをぶつければ、こちらに振り向いてくれる可能性はゼロではない。

初恋は叶わないという俗説など、身をもって覆《くつがえ》してやる――

清道はグラスの中の日本酒をすべて飲み干すと、奈緒に電話をかけるべくスマートフォンを握り締めるのだった。

◇　◇　◇

七月最後の金曜日の夜、奈緒は清道から連絡をもらって彼と会う約束をした。

場所は「ソノダ・エージェント」からさほど遠くない位置に建つマンションの一室。

時刻は午後九時。目的は今後のマーケティング戦略についてと、ハウスデートだ。

清道は帰宅時刻がはっきりとわからないとの事で、中で待っていてほしいと言われている。

さっき来たメッセージには、午後九時半には帰宅できると書いてあった。

教えられた住所からわかったのは、そこが高層マンションの最上階であり、いわゆるタワーマンションのペントハウスだという事だ。玄関の鍵はスマートロックで、事前に教えられた専用のアプリをスマートフォンにインストールして合鍵を共有している。

(さすがデジタル派……。っていうか、今時は鍵も持ち歩かなくてすむのね)

もともと機械や今時のツールには疎《うと》い奈緒だが、これには心底驚いてしまった。

乗ってきたタクシーを降り、コンシェルジュ付きのロビーラウンジを経て最上階行きのエレベーターに乗り込む。

中には地下駐車場から乗ってきた二人組がおり、軽く会釈《えしゃく》して挨拶《あいさつ》をする。

(あれ？　この人達、なんだか見覚えがあるような……。そうだ、ちょっと前にネットニュースになってた人達だ！)

先に降りていった二人は、夫婦揃って芸能界の大物であり、不倫だの略奪だので話題になっていたお騒がせカップルだ。

さすが高級マンション！

住んでいる人もかなりハイクラスのようだ。

芸能ゴシップには興味のない奈緒だが、清道と付き合うようになってからはニュースサイトの芸能記事はかかさずチェックしている。

清道に関しては、先日の若手女優との記事を最後に、今のところ怪しげな記事は上がっていないようだ。

たかがゴシップ記事——

そうは思うものの、つい気になってしまい、ネット検索をしてしまう。

清道はきちんと否定してくれたのに、どうしても調べずにはいられない……

要するに、不安なのだ。せめて今の関係の間だけでも、邪魔をされたくない。

（そう……一分、一秒だって嫌……）

けれど、必要以上に親しくなるわけにもいかない。期間限定の関係である以上、そこはわきまえておかなければ……

そうとわかっていても、ますます強くなる清道への想いが、奈緒の決心を揺るがせている。

（たとえ、都合のいい遊び相手だったとしてもいい……。苦しいけど、一緒にいると幸せだし、もっと親しくなりたい……）

いったい自分は彼とどうなりたいのだろう？

それを考えるたびに、自分の気持ちの曖昧《あいまい》さが嫌になる。

仮に、期限が切れたあとで彼に想いを告げたとしたら？　——そんな事を思ったりもするが、到底受け入れられるとは思えない。

（だって彼は、最初から本気の付き合いなんか望んでいないもの）

やはり一番いいのは、このままビジネスパートナーでいる事なのだろう。

（我ながら、めんどくさい……。好きなら好きってストレートに言えたら、どんなにいいか……）

いつも正直でありたいと思い、そう心掛けている奈緒だが、こと恋愛に関してはちっともそうできなかった。

エレベーターが最上階に到着し、廊下に出た。案内図に従って左方向に進み、玄関ドアのロックを解除して中に入る。

ゆったりとした玄関をまっすぐ進み、廊下の右手にあるドアから順に開けていった。

てっきりリビングかと思いきや、二部屋続けて十四帖はありそうな部屋で、二つ目の部屋はベッドルームだった。

きっと今朝もこの部屋から起きて出勤していったのだろう。

キングサイズのベッドの片側に寄せられたブランケットや、シーツの皺《しわ》。枕がひとつしかないのを確認してホッと安堵のため息を吐く。

そそくさとドアを閉め、玄関前を通り過ぎて左手にある洒落《しゃれ》たデザインの引き戸を開ける。

中は五十帖はあろうかと思われるリビングダイニングで、前面の窓からは煌《きら》びやかな都会の夜景が見えた。

「わぁ……」

これまで何度か夜景が楽しめる建物を訪れた事があるが、ここほど開放的で遠くまで見える場所ははじめてだ。

部屋の奥にはアイランド型のキッチンがあり、どっしりとしたソファが置かれているリビングの天井《てんじょう》にはプロジェクターらしきものがついている。

清道のもう一軒の自宅同様、照明は自動で点灯するし、部屋の温度も快適に保たれているみたいだ。デジタル方面はもとより、住宅関連の進化には完全についていけていない。

もっとも、庶民にはこんな生活自体無縁のものなのだが……

（そうだ。せっかくだから夜景を楽しんじゃおう）

奈緒はそう思い立ってテーブルの上に置かれたリモコンを手に取り、リビングの照明を消した。

部屋の中は真っ暗になり、窓の外の景色が足元の暗さと混ざり合う。

「わっ……怖っ！　なんだか遊園地のアトラクションみたい」

高所恐怖症ではないが、さすがにこの高さから下を見ると足がすくむ。

「すごい……うっかりすると、本当に落っこちそう……」

はじめて見るタワーマンションからの景色に、奈緒は驚きすぎて言葉もない。

驚きついでに、窓に近づいたり遠ざかったりして、ペントハウスからの夜景を満喫する。そうしながら、窓に映る自分を見て軽くポーズを取ってみた。

奈緒が着ているラップワンピースは深みのある濃紺色で、Vラインの胸元は若干広めに開いている。身体に巻きつけるデザインであるため、スタイルがよく見えるし、何よりとても女性らしい。

（今夜の私、なかなかいい感じだよね）

それにしても、毎日こんな絶景を見ながら暮らすのは、いったいどんな気分だろう。

美人は三日で飽きると言うが、これほどの絶景もそんな感じで慣れてしまうのだろうか？

（それはないかもね。だって天気や季節によって毎日風景は変わるんだし——）

そんな事を考えながら窓ガラスにギリギリまで近づいて夜景に見入っていると、ふいに肩をトンと突かれて仰天する。

「きゃあああっ！」

驚きすぎて、振り向きざまに窓に体当たりをしたような格好になった。

部屋の向こうに見える廊下の灯りが、真っ黒な人影を浮かび上がらせている。

奈緒が恐怖に目を閉じて身を縮こまらせていると、突然閉じた目蓋《まぶた》の向こうが明るくなった。

「奈緒、びっくりさせてごめん！　俺だ。清道だよ」

聞こえてきた声に目を開けると、清道が上から覗き込むようにして奈緒を見ている。

「き……清っ……」

驚きすぎて声が出ず、そのままヘナヘナと座り込みそうになった。

すかさず背中と腕を支えられ、どうにかまっすぐに立って清道と顔を見合わせる。互いに目を大きく見開いて、しばらくの間そのまま見つめ合った。

夜景を満喫する事に集中しすぎて、うっかりみっともない姿を晒《さら》してしまうなんて……

だが、今さら取り繕《つくろ》っても遅い。奈緒は小さく咳払いをして、背筋をシャンと伸ばした。

「いつ帰ってきたの？」

「二、三分前かな」

「……もしかして、私の事ずっとうしろから見てたとか？」

「まあ、そうなるかな。帰ってきたらリビングの灯りだけ消えてたから、どうしたのかと思って」

大声を上げて驚いた姿ばかりか、子供みたいに窓の前で一人遊びをしているところまで見られた！

奈緒は恥じ入って頬を赤く染めると、拳《こぶし》で彼の胸をドンと叩いた。

「もう！　帰ったなら帰ったって言ってよ。本気で驚いたし、変なとこ見られちゃったし――」

気恥ずかしさに耐えかねてプイと顔を背《そむ》け、そのまま窓を向いた。

窓に映る彼が、クスクスと笑っているのが見える。

（やだ……ぜったいに、こいつ幼稚すぎるとか思われたよね）

奈緒は自分の愚行を後悔しつつ、そろそろと清道を振り返った。

「とりあえず、おかえりなさい」

まだ恥ずかしさが残っているせいで、やけに素っ気ない言い方になってしまった。

こういうところが、可愛げがないと言われる所以《ゆえん》なのだろう。

「ただいま。勝手に冷蔵庫を開けていいって言ったのに、何も飲んでないみたいだな。何か飲む？

あっちの家同様、たいていのものは揃ってるよ」

「じゃあ……ワインをもらってもいい？」

「了解。少し待ってて」

清道が去り、また奈緒一人だけになる。

灯《つ》りが点いた広々とした部屋を改めて見回し、そのシックな豪華さに少しだけ気後れする。

（とにかく、落ち着かなきゃ。せっかく来たんだから、最低限の雰囲気だけは保たないと……）

日頃から清道との関係について、あれこれと悩んでいた奈緒だ。最近では悩みすぎて、もう流れに身を任せようという気になっていた。

どのみち、自分一人の気持ちだけで決められる事ではないのだ。

それなら、彼と過ごす限られた時間を大切にするほうがいいのではなかろうか。

曲がりなりにも、二十九歳の女だ。

ヘンに純情ぶったり、取り繕《つくろ》ったりせずに、できるだけ正直に振る舞いたい。

そう決めて、奈緒は今夜ここに来ているのだ。

「お待たせ」

戻ってきた清道が、ワインを載せたトレイを窓際の丸テーブルの上に置いた。

手渡されたグラスには、深みのある赤紫色のワインが注《つ》がれている。軽くグラスを合わせてひと口飲むと、まろやかで芳醇《ほうじゅん》な香りが喉元を通り過ぎた。

「ふむ……今夜は、ずいぶん雰囲気が違うね」

清道が後ずさり、奈緒を少し離れた位置から見つめてくる。

彼の視線が奈緒の頭のてっぺんから爪先まで行き渡り、まるで洋服の中を見透かされているような気分になった。

「恥ずかしいから、そんなにジロジロ見ないで」

「何がどう恥ずかしいんだ？　今夜の奈緒は、とても綺麗だ」

まるで恋愛ドラマのワンシーンみたいだ。

褒《ほ》められた奈緒は、照れながら清道を見てにっこりする。

「ありがとう」

女磨きをすると決めて以来、奈緒は美夏に教えを請《こ》い、暇を見つけては同年代のインフルエンサー達のおしゃれを研究した。

けれど、まだまだ磨き足りないし、今ひとつ自信が持てない。

そこで、今日もここへ来る前に美夏の店に行って、メイクとファッションの最終チェックをしてもらった。

『今着てるワンピース、奈緒らしいし、ハウスデートにぴったりって感じ。メイクもばっちり似合ってるから、ビビらずに行っておいで！』

いつもの二倍以上時間をかけてメイクをした甲斐あって、美夏はそう言って奈緒を送り出してくれた。

今まで自分にこれほど多くの労力を使った事はなかった。けれど、清道に褒《ほ》められた事で努力が報われたような気がしている。

「私、曲がりなりにも清道の彼女でしょ？　せめて隣にいてもおかしく見えないようにならないとって思って、ちょっとだけ努力してみたの。なんて……本当はかなり努力してるかな」

奈緒はやや茶化した感じでそう言い、小さく肩をすくめた。

「そうか。そんなふうに言ってくれて嬉しいよ。そういう考え方、すごく可愛いし抱きしめたくなる」

「えっ……そ、そう？　私こそ、そんなふうに言ってくれて嬉しいわ。ありがとう」

今にも抱きしめてくるような目で見つめられ、奈緒は咄嗟《とっさ》に丸テーブルに手を伸ばしてワイングラスを持った。

頬が火照《ほて》るのを感じながらグラスの縁に口をつけ、ワインをひと口飲む。思いのほかゴクリと喉が鳴ってしまい、びっくりしてむせそうになった。

（もう……せっかくいい雰囲気になってるのに、何してんのよ……）

美夏にも太鼓判《たいこばん》を押され、装《よそお》いには自信が持てたものの、清道を前にするとやはり平常心ではいられない。

彼とは、もう何度となくキスをして身体の関係まである。今さら狼狽《うろた》えるなんて変かもしれないが、片想いをしているせいで、心が初心《うぶ》な少女のようになってしまう。

（ビビるな、奈緒。アラサーの落ち着きを見せるのよ！）

そう自分に言い聞かせながらまたひと口ワインを飲み、少しだけ冷静さを取り戻す。

「可愛いって言われるのって、なんだかこそばゆい感じ。私、昔から、家族や親戚、友達や元カ……とにかく、いろいろな人から、可愛げがないって言われてきたから、可愛いって褒《ほ》められるとなんだかソワソワしちゃうの」

「なるほどね」

清道がうっすらと眉間に縦皺《たてじわ》を寄せる。何気なくネクタイを緩める指がセクシーだし、より見えやすくなった喉ぼとけが、たまらなくそそる。

今の彼はかなり強い男性的魅力を放っており、油断すると腰砕けになってしまいそうだ。

奈緒は極力清道を見ないように、窓の外に視線を逃がした。

けれど、今こうして彼と一緒にいるだけでジリジリと崖っぷちまで追い込まれていくような感じがする。そして、そんな感覚がたまらなく刺激的に思えてしまう。

「確かに、褒《ほ》められ慣れていない感じがするな」

「やっぱり？」

「だけど、もう心配いらない。慣れて、しまいにはうるさいと思うくらい、俺が奈緒を目一杯褒《ほ》めてやる」

「そんな……私、うるさいと思うほど褒《ほ》めるところなんかないし」

「俺はそう思わない。奈緒は褒《ほ》めるところだらけだし、だからこそ俺と今こうしているんじゃないか？」

甘い言葉をかけられ、奈緒はにわかに息が苦しくなる。清道ほどゴージャスでハイクラスの男性に褒《ほ》められるなんて、慣れていなさすぎて今にも脳味噌が茹《ゆ》だってしまいそうだ。

「ほら、口を開けて」

清道が小皿からトリュフチョコレートを取り、奈緒の口元に近づけてきた。

柔らかなそれを齧《かじ》る時、唇に清道の指が触れた。途端に全身の血の巡《めぐ》りがよくなり、頬が熱く火照《ほて》り出す。だが幸いにも、部屋はそれがバレるほど明るくはない。

奈緒は微かにうつむきながらチョコレートを咀嚼《そしゃく》し、ワインを飲み進めた。

「このチョコレート、すごく美味《おい》しいわね」

「それはよかった」

清道が言い、奈緒が半分ほど齧《かじ》ったチョコレートを自分の口に入れる。

(あ、間接キス)

もっと大胆な事をする仲ではあるけれど、そんな小さな出来事が胸を騒《ざわ》めかせる。

ココアパウダーでコーティングされているそれは、甘いだけではなく適度なほろ苦さもある。

「ちなみに、最近はいつどんな理由で可愛げがないと言われたんだ?」

「えっと……確か、清道がはじめてうちの事務所を訪ねてきた時だったかな。清道が食事に誘ってくれたでしょ? あのあと、姉から言われたの。『可愛げがなさすぎる』って——」

「ああ、あの時か」

清道が、すぐに思い当たったような表情を浮かべる。

「同じ事を言うにしても、せめてもっと愛想よく言ったらどうなのって怒られちゃった。だけど、そういうの昔から苦手だし、やったところで大して可愛くないと思うし。第一、もう可愛い子ぶるような年齢じゃないもの……」

ワインを飲んで、多少気持ちがほぐれたのかもしれない。

奈緒は、紗智がお手本として大袈裟《おおげさ》に可愛い子ぶって見せてくれた時の事を、身振りを交えて話した。

清道が声を上げて笑い、ワイングラスを傾ける。

綺麗に尖った喉ぼとけが上下し、奈緒はついそれに見惚れてしまい、知らぬ間に口が半開きになっていた。ハタと気づいて口を閉じ、それからすぐに清道に詰め寄る。

「私、ほかにもまだ可愛げのない事をした？　もし覚えてたら、教えて。今後の参考にしたいの」

奈緒が訊《たず》ねると、清道は少しの間、微笑みながら目を閉じて黙っていた。

そして、ゆっくりと目を開けると、奈緒を見てふっと笑う。

「たぶん、奈緒が言うところの〝可愛げがない〟の定義と、それに対する俺の認識や感じ方には、多少ズレがあるんだろうな」

「ズレ？」

「奈緒は、さっき可愛らしく言うのが苦手だと言ったけど、それと同じ理由で必要以上に媚《こ》びたりおべっかを使ったりするのも苦手――そうじゃないか？」

「確かに。私、昔から正直すぎるところがあって……。そのせいで営業が上手《うま》くいかなかったりする事もあるもの。でも、その時だけ我慢して媚《こ》びて仕事をもらえても、あとでぜったいに自己嫌悪に陥《おちい》るのよ。社長兼営業なら、そのあたりは器用に立ち回らなきゃいけないんだけど、なかなかそうできなくって――」

「なるほどね。思っていたとおりだ」

話すうちに、今よりも、もっと馬鹿正直だった昔の自分を思い出した。まだ会社を設立したばかりの時は、かなりそれで苦労したものだ。

「たまに、私が女性だからっていう理由だけで軽んじた態度を取る人もいたし、話をろくに聞かないまま『続きは、食事でもしながら』とか言って、ホテルのキーを渡してきたり――」

「は？　そんなやつがいたのか」

清道が急に真顔になり、怒りの表情を浮かべた。

「いた。結構いるのよね、そういう人……。私って舐《な》められやすいのかな。もちろん、その場で断って仕事は白紙に戻っちゃうんだけど」

無理をしようとすれば顔に出るし、結果的に話はいい方向には進まない。

何度かそんな空《から》振りの努力を続けてみたものの、結局は無理をせず商品の良さだけをアピールする営業方針にシフトチェンジしたのだ。

「営業は人や会社に対して行うものだけに、感情に訴えたほうが効果的な時もあるし、相手を持ち上げたほうがやりやすい場合もある。それはそれでひとつの方法だし、それが得意であればそうすればいい。だが、無理をしてまでやる必要はない」

「そう思う？」

清道が頷き、ワイングラスをテーブルの上に戻した。

「それぞれに合った仕事の仕方を模索して、それを得意にすればいい。もしどうしてもそれが上手《うま》くいかないなら、その時はまた別のアプローチを考えたらいいだけの話だ。とにかく、無理はよくない。ぜったいにダメだ」

清道にじっと見つめられ、奈緒は深く頷いて微笑みを浮かべた。

「うん、ぜったいに無理はしない。……ありがとう、清道。清道はいつも私に的確なアドバイスをくれるね。優しいし知的だし、かっこいいし……」

言っている間に、だんだんと鼓動が速くなっていく。うっかり油断して、彼の男性的な魅力に注目してしまっている。

期間限定のかりそめの恋人関係だからこそ、今この時を大切にしたい——

そう思う気持ちが、奈緒の胸をどんどん高鳴らせる。頬がジンジンするほど熱くなり、自分でもわかるほど視線が落ち着かない。

このままでは、清道に対する想いが溢《あふ》れて、本当の気持ちがバレてしまいそうだ。

危機感を覚えた奈緒は、ワイングラスを傾けたあと無理に微笑みを浮かべた。

「それにしても、清道って最高の彼氏ね。女性にモテるのもわかるし、清道ほど理想的な男性っていないんじゃないかな。清道のせいで理想が高くなりすぎて、次の相手を見つけるのに苦労しそう」

ふと清道を見ると、彼の顔がはっきりと引き攣《つ》っている。

（あれっ……私、何かマズい事を言った……？）

奈緒は、たった今自分が言った言葉を頭の中で精査してみる。けれど、清道の表情をこれほど歪《ゆが》ませるような事は、言っていないように思うが……

しかし、せっかくの雰囲気が台無しになってしまったのは確かだ。

（ああ、そっか……！　デート中なのに、次の相手とか言ったのがいけなかったのかも——）

そう気づいた奈緒は、しまったとばかりに肩をすくめて居住まいを正した。

「ごめんなさいっ！　今のって失言だったよね。私、こんなんだからダメなのよね、きっと……これじゃいつまでも――あっ……」

ふいにワイングラスを持つ手首を掴まれ、もう一方の手にグラスを取られてテーブルの上に置かれた。

清道の視線は、奈緒の空《から》っぽになった掌《てのひら》を見つめている。

もしかして、ものすごく機嫌を悪くしたのかも――

そう思うと、心臓がギュッと縮こまって豆粒ほどの大きさになったような気がした。

「今言った、次の相手だが、もしかしてもう候補がいるのか？」

ふいにそんな質問をされて、奈緒は少なからず動揺した。

「い……いないわよ」

奈緒の返事を聞いて、清道がふっと表情を緩めた。

その顔を見て、奈緒は少しだけ安堵する。けれど、失言したのには変わりない。

（せっかくの夜が、これで台無しになってしまいませんように……！）

そんな願いが通じたのか、清道が奈緒の顔を両手で挟み、そっと唇を合わせてきた。身体が若干うしろ向きに傾き、そのまま窓に背を預けてキスを続ける。

いつの間にか、うっとりと目を閉じた目蓋《まぶた》の裏に、さっき見た夜景が広がる。

まるで都会の夜空に二人して浮いているような気持ちになり、奈緒は無意識に清道の背中に腕を回していた。

長いキスのあと、清道が奈緒の腰を引き寄せ、目をじっと見つめてくる。何かしら言いたげな彼の目に映るのは、紛れもなく自分だ。

「今は俺が奈緒の彼氏だ。冗談でも、そういう事は言わないでほしいな」

「わ……わかった……。ごめんなさい……」

「いや、謝らなくていいよ。むしろ、謝らなきゃいけないのは俺のほうだ」

「えっ……それは、どうして――ん、っ……」

再びキスで唇を塞がれ、窓を背に清道と身体が密着する。温かな体温と逞《たくま》しい筋肉を感じると同時に、ワンピースの生地《きじ》を通して彼のものが硬く猛《たけ》っているのがわかった。

「奈緒がそういう事を言うのは、俺がちゃんと奈緒を捕まえていないからだ。これからは、もっと奈緒に執着して、俺以外の男なんか目に入らないようにするよ――」

キスがだんだんと熱を帯び、絡み合う舌の動きがあからさまに性的なものに変わる。

ベルトのバックルを外す音を耳にしながら、奈緒は自らワンピースの腰ひもを解き、前を開けた。

次々に聞こえてくる衣擦れの音とともに、二人の息遣いが荒くなっていく。

「奈緒……」

清道の右手が、奈緒の左腿を持ち上げる。上向いた秘裂に、熱い屹立《きつりつ》の先端が触れた。

奈緒は爪先立って彼の腰に左脚を絡め、身体を擦りつけるようにしながら、清道の唇を緩く噛んだ。

「……清道っ……」

彼の左手が、窓ガラスで冷えた奈緒の尻肉を強く掴む。

「あぁっ……！」

口づけたままの唇から嬌声《きょうせい》が零れ、蜜窟の中に先端が浅く沈む。

奈緒は、まさに清道が自分の中に入って来る瞬間に彼と見つめ合った。互いを見る目の中には、はっきりとした欲望が見える。

この上なく自然で、これ以上ないというほど官能的――

奈緒は少しずつ深くなっていく挿入に身を震わせると同時に、清道への想いが抑えがたいほど大きくなっていくのを感じる。

「ぁ……きよ……み……ち……。あっ……あ、あっ……」

まだ半分も入っておらず、腰を動かしてもいない。それなのに、もう達してしまうのは、彼を心から愛しているからにほかならない。

恍惚《こうこつ》となって目を閉じた耳元に、清道の熱い吐息を感じた。まさかとは思ったが、彼のものが奈緒の中で繰り返し爆《は》ぜるのがわかる。

これほど早い段階で吐精するなんて……

もしかして、清道を本気で想う気持ちが、ほんの少しでも彼に伝わった結果だろうか。

「奈緒、愛してる」

止まらない絶頂の中で、清道がそう言ったような気がする。

それが本当の事なのか確認する余裕もないままに、奈緒は繰り返しやってくる絶頂の波に何度となく呑み込まれるのだった。

八月になっても、「petite mort《プティットゥ・モール》」の売り上げは落ちる事なく、順調に伸び続けている。

清道の采配により製造量も増え、それに伴ってマーケティングも次の段階に入った。

以前清道から提案を受けていたデジタル広告を出すと同時に、希望者に少額で試せるミニサイズの「petite mort《プティットゥ・モール》」を送るようにした。

これだけでもかなりの反応があり、ネット販売のラインナップに新しく「petite mort《プティットゥ・モール》」を加えたいという申し込みを何件かもらった。

それらの店は主にラブグッズを扱うインターネットショップで、準備が整い次第順次パートナーショップとして契約を結ぶ予定だ。

そのほかに、実際に商品を使ってみて気に入ってくれたカップルや個人のインフルエンサーに写真付きの記事を投稿してもらうと、思いのほか反応があり各サイト経由で注文が殺到した。

相乗効果で、既存の商品も販売数を伸ばしており、現在は委託業者に発送を依頼して事務所での煩雑《はんざつ》な作業からは解放されている。

奈緒にしてみれば嬉しい誤算だったが、清道曰《いわ》くこれは想定内であるらしい。

急な売上増に戸惑う奈緒達に寄り添いつつ、清道はすべての業務が滞《とどこお》らないよう適切なアドバイスを提示してくれている。

それはまるでビジネスのやり方をレクチャーしてくれているようでもあり、奈緒はその都度新しい事を学び、吸収していった。

「それにしても、すっごいわねぇ～。園田社長のおかげで売上があっという間に二十倍近くなっちゃうんだもの」

紗智が売り上げデータを見ながら感嘆の声を上げる。

その日の業務をすべて終えて、奈緒はまだデスクに頬杖をついたまま上《うわ》の空で頷く。

「どうしたのよ。園田社長と喧嘩でもしたの？」

紗智が何事かとやってきて顔を覗き込んできた。

「別に、そういうわけじゃないけど……」

これまで、二人が親密な関係にある事は、紗智には秘密にしたままだった。けれど、奈緒の清道を見る目を見咎《みとが》めたのをきっかけに、紗智は奈緒と清道がただならぬ仲である事を見抜いてしまっている。

そうでなくても、この頃の清道の奈緒に対する態度は、明らかに前と違う。

それはもう、誰が見ても恋人同士の接し方であり、人目を憚《はばか》らず話しかけてくるばかりか、遠慮なく顔を近づけてきたりする。

もちろん、まっとうにビジネスの話をしている時は別だが、それ以外の時は片時も奈緒のそばを離れないいし、明らかに恋人モードなのだ。

紗智にあれこれと勘繰られるのも当然で、奈緒は清道と恋人関係にある事を認めざるを得なくなってしまった。

「やっぱり！　なんで早くそう言ってくれなかったのよ」

「だって、まだ付き合い始めだし……。それに、相手が相手だから、これから先どうなるかわからないでしょ」

「何言ってんのよ！　そんな弱気でどうするの？　園田社長の事、本気で好きなんでしょ？　だったら頑張りなさいよ。私、全力で応援するから。智樹もそうよね？」

紗智が、学校帰りに事務所に立ち寄っていた智樹の肩をポンと叩く。宿題のドリルに取り組んでいた智樹が、鉛筆を置いて顔を上げる。

「俺はそう思わない。だって、なんだか怪しいもん！」

普段は明るくにこやかな智樹が、めずらしく声を荒らげる。

「怪しいって、どこがよ？」

「ぜんぶ！　きっと何か企《たくら》んでるんだよ。そうでなきゃ、こんなに親切にしてくれるはずがないじゃん！」

智樹が食べかけのフルーツタルトを指差す。それは、昨日清道が来た時にくれた、人気スイーツショップの期間限定商品だ。

厳選されたスイーツに、新鮮なフルーツ。花束や有名店のランチボックスなど、清道はここに来る時、必ず何かしら手土産《てみやげ》を持ってきてくれる。

「企《たくら》むだなんて、大袈裟《おおげさ》ねぇ」

呆れ顔の紗智が、智樹の額を指でチョンとつついた。

小学六年生ではあるが、智樹は男である自分が、母親の紗智や叔母の奈緒を守らねばらならないと思っている節がある。清道に不信感を抱いているのは、おそらくそういった気持ちが働いているからだろう。

「園田社長は何も企《たくら》んでなんかないわよ。彼は『ソルテア』を、もっと大きくしてくれる大切なビジネスパートナーだし、人としても尊敬できるいい人だわ。特に奈緒にとっては特別に……なぁんて、智樹にはまだわからないか」

紗智が智樹に笑いかけると、彼はムッとしたような表情をして口をへの字にする。そして、憤然《ふんぜん》として奈緒を振り返った。

「ねえ。奈緒ちゃんって、園田社長と結婚するの？」

「へ？　え……っと……」

小学六年生に突然そんな事を聞かれ、奈緒はどう返事をしていいか迷った。

智樹と清道は、まだきちんと会った事はない。けれど、母親から話は聞かされているだろうし、清道が事務所に出入りする際に何度か見かけた事はあるようだ。

「違うの？」

「そ、そんなのまだわからないよ～」

「じゃあ、もし結婚したら園田社長と一緒に住むの？」

「まあ……もし結婚したらそうなるんだろうけど……。智樹ったら、どうしてそんな事を聞くの？」

「別に。ちょっと、そう思っただけ」

「大丈夫よぉ。もし結婚しても、会えなくなるわけじゃないんだし」

紗智が口を挟むと、智樹がプイとそっぽを向く。

「それくらい、わかってるよ！」

まだ小さい頃に両親の離婚を経験した彼は、時折我慢強すぎる事がある。

膨れっ面《つら》をする智樹を眺めながら、奈緒は甥《おい》に対する愛情で胸が熱くなるのを感じた。

（確かに、この頃の清道は前にも増して親切だし、私に対して格段に優しくなったもんね）

彼は少しの暇を見つけてはここを訪れ、奈緒を恋人扱いしてくれる。

つい先日など、はじめて「ソノダ・エージェント」で開かれたミーティングに呼ばれ、社員の前でいきなり恋人として紹介されたのだ。

『もしかして、社長同士付き合ってる感じですか？』

ミーティングが終わったあと、一人の男性社員が清道にそう訊《たず》ねた。彼はきっと、冗談半分で言ったのだと思う。

けれど、清道は事もなげにそれを肯定して、『もちろん、付き合ってる』と言い放ったのだ。

同席していた社員達は、皆一様に絶句して目が点になっていた。

当日は以前電話で話した事がある島田秘書も同席しており、ものすごい顔で睨《にら》まれたのは言うまでもない。

『どうして、あんな事を言ったの？』

ミーティングが終わったあと、奈緒は清道を問いただした。

すると、清道は涼しい顔で、それもレンタル彼氏の役割のうちだと言ったのだ。

『近頃の奈緒は、前よりもずっと魅力的になったし、いつ悪い虫に目を付けられるかわからない。でも、俺が恋人としてそばにいれば、誰も奈緒に手を出したりしないいし、万が一いてもすぐに蹴散らす事ができるだろ？』

いったいどこの誰が、絶世の美女でもない自分に目を付けるというのか……

ひょんな事から始まった清道との恋人関係は、あくまでも期間限定のものであるはずだ。

しかし、奈緒は気がつけばそんな関係に、どっぷりとはまり込んでしまっている。

（清道と本当の恋人同士なら、どんなにいいか……。でも、そんなの夢でしかないよね）

奈緒は、先日彼のマンションでデートをした時の事を、ぼんやりと思い出す。

『奈緒、愛してる』

窓辺でのセックスに夢中になっている時に聞いた言葉は、自分が彼を深く愛してしまったゆえの幻聴だろうか。

あれはやけにリアルだった。

仮に幻聴でなかったとしても、それはきっと彼の優しさから出たリップサービスに違いない。

宿題をやり終えた智樹が、自宅へと帰っていく。

ぼんやりと眺めていた窓の外が、いつの間にか茜色《あかね》に染まっていた。

さっさと片付けを済ませなければ――そう思いながらも、頭の中は未だ清道の事でいっぱいだ。

この頃の清道は奈緒に期待を抱かせるほど優しくて甘い。ややもすれば、このまま本当の恋人同士になれるのではないかと錯覚を起こしてしまいそうなほどだ。

今の二人の関係は、ビジネスパートナーとしても恋人としても、上手《うま》くいきすぎている。

それだけに、日々近づいてくる別れの日を思うと怖くてたまらなくなる。

「ねえ、お姉ちゃん。恋をすると頭で考える事よりも、心で思う事が優先されちゃうのね」

「当然でしょ。それが恋なのよ」

奈緒の呟きに対して、紗智が呆れたようにそう言って笑った。

四カ月の期限まで、あと少し――

その時自分は、何を思うのだろう?

きっと、とてつもなく心が痛くなるに違いない。

そしてそれは、はじめて知る本気の恋の痛みなのだ。

奈緒は無意識に胸を押さえながら、それでもなお清道の顔を思い浮かべずにはいられないのだった。


事務所近くにある公園に蝉時雨《せみしぐれ》が降り注《そそ》ぐ夏の日の土曜日。

奈緒はキッチンでいろいろな植物を使っての精油作りに没頭していた。

百パーセント植物由来の精油は、天然の有効成分を高濃度に含有しており、鎮静作用や抗菌・抗ウイルス作用など心身に様々な恩恵をもたらしてくれる。

使っているのは家庭用蒸留器で、つい先日専門の業者から取り寄せたばかりだ。

これまでは製造に関する事はすべて叔父に任せきりで、詳しい工程はよく知らないままだった。

けれど「petite mort《プティットゥ・モール》」の発売をきっかけに、商品のアイデアを考えて世に出すまでの流れをすべて把握しておきたくなったのだ。

奈緒が「petite mort《プティットゥ・モール》」のシリーズ第二弾に考えているオイルについては、ローションの時と同様「ソルテア」に在籍してもらっている実家の親戚達と相談しながら話を進めていた。

これについても、ほかの商品同様全身に使えるものとして開発するつもりでいる。

「うーん、ラベンダーって本当にいい香り……。でも、男性からすると甘すぎるかな？　ううん、盛り上がってる時に使うものだし、これくらいの甘さなら、むしろちょうどいいよね？」

「petite mort《プティットゥ・モール》」のローション同様、オイルもカップルだけではなく、一人でも使える。もちろん性別や年齢は関係ないし、安全性が高いから、ただ単に肌を手入れするものとして使用しても構わない。

用途は人それぞれだし、自分なりに新しい使い方を編み出す事だってできるだろう。

たとえば、どんなふうに？　――そう考えた時、新たに単独での使用法を思いついた。

「別に、一人エッチだけに限らないよね。たとえば、膣トレーニングとか。最近、密かに話題になってるって記事を見た事があるし」

膣トレーニングとは、膣や子宮周りの筋肉を鍛《きた》えて膣圧を上げるトレーニングの事だ。方法は様々だが、効果としては冷え性や生理痛が改善されたり、性交渉時の感度がよくなると言われている。それに加えて、骨盤底筋の衰弱予防にもなるのだ。

なかなか大っぴらに口にできるものではないが、昨今はそれ専用のグッズも出ているらしい。使うには潤滑油《じゅんかつ》的なものが必要な場合が多く、「petite mort《プティットゥ・モール》」のオイルなら十分にその役割を果たせるに違いない。

そんな事を考えているうちに、ふと以前美夏からもらったプレゼントの事を思い出した。

「そうだ……あれ、せっかくもらったのに、一度も使った事なかったよね」

奈緒は大きな独り言を言いながら、作業を一時中断して座っていた椅子から立ち上がった。そして、クローゼットのドアを開けて中からショルダーバッグを取り出す。

やや大きめのそれはデザインがシンプルで、使い勝手がいい。気がつけば、出かける時はいつもそれを持ち歩いており、そのせいで余計中がゴチャゴチャになってしまっていた。

(あれ？　ない……)

中をごそごそと探るけれど、目当てのものが見つからない。

奈緒は仕方なく、バッグの中に入っているものをすべて床に出してみた。けれど、入れておいたはずの美夏からのプレゼントは入っていない。

「え……どこに行ったの？」

美夏からプレゼントされたのは一般的にラブグッズとかセルフプレジャーアイテムなどと呼ばれるものだ。丸っこいウサギの頭の形をしており、大きさは握った掌《てのひら》の中に納まるくらい。

一応説明書には全身用のマッサージ機と書いてあったが、要は一人エッチをするためのバイブレーターだ。

（膣トレーニングで思い出したけど、あれってあからさまに一人エッチ用のグッズだよね。でも、目的はともかく、使い方はそれほど大差ないと言えば、そうだし……）

『一度使ってみて。結構ハマるから』

美夏がそう言って渡してきた箱は綺麗な紫色をしており、中に入っていた品も同色で銀色のチェーンがついていた。

はじめて見た時はチャームか何かだと思ったが、美夏が電源を入れた上で説明をしてくれた時に、はじめてそれがなんであるかを理解した。

けれど、結局使わないまま付属のきんちゃく袋に収納した状態でバッグの中に入れっぱなしにして、今の今まで忘れていたのだ。

念のためほかのバッグも探ってみたけれど、やはり見つからなくて途方に暮れる。

（せっかく美夏がくれたのに……。別のところに置いた覚えはないし、もしかしてどこかに落としたのかも……）

別に今すぐに使おうとしたわけではない。それをデスクの上に置いておけば、何かしら新しいインスピレーションが湧いてくるかもしれないと思ったのだ。

今思うと、かなりタイムリーなプレゼントだったのに……

（美夏、本当にごめん！）

奈緒が頭の中の美夏に平謝りしていると、スマートフォンがメッセージの到着を知らせた。

誰かと思えば、清道だ。

『今から、事務所に行っていいか？』

（えっ、今から⁉）

今日は特に外出する予定もなかったし、一日中精油作りに励《はげ》むつもりだった。

用事と言えば実家からの宅配便を受け取る事くらいだから、顔はすっぴんだし髪の毛も軽く梳《と》かしてまとめただけのお団子ヘアだ。

（確か、明日まで出張で東京にいないはずだったよね？）

先日話した時に、そう言っていたが急な変更でもあったのだろうか？

どうであれ、今日は誰も訪ねてくる予定がなかったから、完全に油断していた！

会いたい。でも、さすがにこのままじゃマズい！

「いいわよ、でも、今、すっぴんだから、ちょっと待ってね、っと……これでよし！」

呟きながらメッセージの返事をして、急いで椅子から立ち上がった。

とりあえず身だしなみを整えなければ！

そう思い、下の階に響かないよう爪先立ちで洗面所に急いだ。

焦る気持ちを落ち着かせようと水でバシャバシャと顔を洗っていると、インターフォンが鳴った。

タイミング悪く、宅配便が来たようだ。

奈緒は急いでタオルで顔を拭き、インターフォンよりも近い玄関のドアの前に立ち「はい」と返事をした。

「コバト運輸でーす！」

思ったとおり、宅配業者だ。

奈緒は念のためドアスコープから外を覗き、会社のユニフォーム姿の男性がいるのを確認してドアを開けた。受取伝票に判を押し、荷物の受け渡しを済ませる。

「ご苦労様です」と言って中に入ろうとした時、ドアの向こうから清道がひょっこり顔を覗かせて仰天する。

「わあっ！　びっくりしたっ！　な、な……なんでいるの⁉」

「たまたま宅配業者の人と一緒になってね。どの部屋に行くのかと思っていたら、行き先が同じだったんだ」

顔を合わせてしまった以上、もう取り繕《つくろ》っている暇はない。

奈緒はなるべく顔を見られないように、うつむきながら清道を中に招き入れた。

「もう！　待っててって言ったのに！」

奈緒が口を尖らせて抗議すると、清道がうしろから抱きついてきた。

「奈緒のすっぴん、俺は大好きだよ。可愛いし、もともと素肌美人だから、むしろそっちのほうがいいくらいだ」

首筋に唇を寄せられ、そのまま耳朶《じだ》やこめかみにまでキスをされる。うっかり腰が砕けそうになり、奈緒はどうにか気力を振り絞って歩き進めた。

「なんだか、すごくいい香りがするね」

キッチンに入るなり、清道がクンと鼻を鳴らした。

「今、精油を作ってたの。この香りは、ラベンダー。『petite mort《プティットゥ・モール》』の第二弾にする予定のオイルはこれをメインにしようと思ってるの」

奈緒は家庭用蒸留器の前に彼を連れて行き、並んで椅子に腰かけた。そして、さっきまで精油作りに没頭していた事を話した。そのついでに、「petite mort《プティットゥ・モール》」の第二弾として考えているオイルを、膣トレーニングに使う事を思いついた事も付け加える。

仕事だと割り切ってはいるけれど、「petite mort《プティットゥ・モール》」の話をする時は、内容的にどうしても恥ずかしさが伴ってしまう。

今の話は特に、そうだ。

いつも以上の気恥ずかしさを感じつつ話し終え、清道の意見を聞かせてくれるよう頼んだ。

「『petite mort《プティットゥ・モール》』に携わるようになってから、俺も自分なりに同様の商品について調べたりしていたんだが、なるほど、その発想はなかったな」

清道が興味深そうに、身を乗り出してくる。

「それでね――」

オイルに限定されるわけではないが、よくある潤滑《じゅんかつ》系の商品は成分によっては肌荒れに繋がる事がある。調べてみると、中には男女のデリケートゾーンには使用できないものも少なくない。

作るからには安全性が最優先だし、使う場所に配慮して極力刺激を与えない原材料を選ぶ必要がある。

「せっかくだから、成分的にはそれに特化してもいいのかなって」

世の中には潤《うるお》い不足に悩む女性は少なくないし、出産後の会陰《えいん》ケアは母体の回復を早めるのに効果的だ。それらにプラスして、日常的に行う女性器のマッサージや膣トレーニングに使えると謳《うた》えば、興味を持ってくれる女性がもっと増えるのではないだろうか。

以前と比べるとドラッグストアなどでデリケートゾーンのケア用品を目にする機会も増えたし、上手《うま》くいけばそこに自社の商品を並べられる日がくるかもしれない。

「もちろん、男性が使ってもいいわけだし」

小さな声でそう付け加えると、奈緒は努めてビジネスパーソンとしての顔をして居住まいを正した。

「ラベンダーをメインに考えてたけど、ほかにジャスミンや無臭のものも作ってもいいし、これについては好みの問題だと思うの」

「ああ、なるほど」

清道が感心したように、ポンと膝を打った。

「すごくいいと思うよ」

「ほんとに？」

「本当だ。もし何か俺にできる事があったら、なんでも言ってくれ。喜んで協力するよ」

「ありがとう。……そう言ってくれて嬉しい。じゃあ、さっそくだけど一緒に探してほしいものがあるの」

奈緒がほしいのは、杏子《あんず》だ。その種から採れる精油は、皮膚を柔らかくしたり水分蒸散を抑えて潤《うるお》いを保ったりしてくれる。

「でも、うちの実家は杏子《あんず》を育ててないの。だから、国内でオーガニックの杏子《あんず》を作っているところがあるなら、そこを訪ねてみたいと思って」

「それなら、一カ所思い当たる場所がある。車で三時間もあれば着くし、よかったらこれから行ってみるか？　今からだと時間的に泊まりになるけど、明日は休みだし、特に用事がないなら――」

「行く！　すごい……清道に相談してよかった！」

嬉しくて思わず抱きつきそうになるが、理性でそれを押し留める。

(でも、今泊まりって言った？)

目的は杏子《あんず》だが、清道と二人きりで泊まりがけの旅に出るという事だろうか。

仕事の一環とはいえ、ものすごく緊張する……。

「さあ、行くと決まったら、急いで出発しよう」

「わ、わかったわ。すぐに用意するね！」

いきなり決まった旅の準備をすべく、奈緒はバタバタとバッグに必要なものを詰め込み始める。

その間に、清道が先方に連絡を入れてアポイントを取ってくれた。

間もなく、二人は清道の運転する車で出発し、信州方面に向かった。彼曰《いわ》く、そこは昔から杏子《あんず》の栽培が盛んで、春には花を見るために大勢の観光客が集まるほどであるらしい。

「収穫は少し前に終わってしまったけど、時期が合えば杏子《あんず》狩りを楽しんだりもできる。杏子《あんず》を使った特産品もいろいろあるし、今の時期ならソフトクリームやかき氷が絶品だ」

「わぁ……美味《おい》しそう！　それ、ぜったいに食べる！　……って、清道って、どうしてそんなに詳しいの？」

奈緒が訊《たず》ねると、清道の顔にいつにも増して優しい笑顔が広がった。

「そこは俺の祖父母が生まれ育ったところで、今も親戚がたくさんいるんだ」

「そうだったのね」

道理で詳しいはずだし、話している彼の顔はとても嬉しそうだ。そういえば、今まで清道の親族に関する話はほとんど聞いた事がなかった。

高速に乗り、車がスピードをアップする。

奈緒は彼の事をより深く知るいい機会だとばかりに、質問を投げかけた。

「じゃあ、今もよくそこに行ったりしてるの？」

「祖父母はもう二十年前に亡くなっている。従兄《いとこ》とは頻繁《ひんぱん》に連絡を取り合っているけど、もうずいぶん行ってないな……。あそこにはいろいろと楽しい思い出がたくさんある。なんせ、小学校の三年間は祖父母と一緒に、そこで暮らしていたから」

「そうなの？　てっきり生まれも育ちも東京だと思ってた」

「生まれは東京だけど、小学三年生になった年に俺だけ祖父母のもとに引っ越したんだ。だけど、小学校を卒業する年に相次いで祖父母が亡くなってしまって、両親のもとに戻って東京の中学に進学した。高校はアメリカの学校に進んで、大学入学時に帰国して在学中に今の会社を興《おこ》したんだ」

なんでもないふうに話しているが、かなり目まぐるしい暮らしぶりだ。

それに比べたら奈緒のこれまでの生活は、ずいぶんのんびりでのほほんとしたもののように思える。

「今住んでる一軒家に、前はご両親と住んでたんだよね？」

「そうだ。だけど、二人ともほとんど家にはいなかったな。俺自身もそうだし、中学生の時も食事や身の回りの世話をしてくれたのは、通いのお手伝いさんだった。うちの家族は、昔から皆それぞれに疎遠でね。今もよほどの事がない限りは連絡なんかしてないんだ」

清道によると、彼の実家は代々続く名家で、両親は各自会社を経営しており、忙しさを理由にほとんど家にいなかったようだ。二人は現在それぞれの愛人と暮らしており、離婚こそしていないが別々の人生を歩んでいるらしい。

「かなり余裕ある暮らしをさせてもらってたけど、実際は一人暮らしをしているようなものだったし、たまに自宅で顔を合わせても、両親は喧嘩ばかりしてたな」

その状態は清道が物心ついた頃からのもので、それが幼い彼にとっては相当のストレスだったようだ。

「今でこそ丈夫になったけど、俺は昔、すごく身体が弱かったんだ。特に肌がひどくて、病院に行ったら精神的なものも原因になっていると言われてね。それもあって、俺は父方の祖父母のもとに預けられた。結果的にそれがよかったようで、引っ越して間もなくしたら嘘のように健康になったんだ」

「そうだったの……」

まさか清道がそんな人生を送ってきたなんて思ってもみなかった。

すべてにおいて順風満帆《じゅんぷうまんぱん》で、悩みなどひとつもないまま大人になったものだと思っていたが、そうじゃなかった。きっと彼は、孤独に耐えながらも、計り知れない努力をして今の成功を勝ち得たのだろう。

「幸い田舎《いなか》の親戚は皆いい人ばかりだったし、友達にも恵まれた。仕事は順調でやり甲斐があるし、今は奈緒という魅力的でいろんな意味でものすごくそそられる彼女もいる」

「えっ……」

急にそんな事を言われ、奈緒は不意打ちを食らって真っ赤になる。

「奈緒のおかげで、いろいろと気が楽になったよ。以前は恋愛に対してネガティブな感情しかなかったけど、今はそうじゃない。奈緒と付き合うようになってから、人を本気で好きになるっていうのがどんなものか理解したような気がする」

しみじみとそう語る清道の口元には、柔らかな笑みが浮かんでいる。

「俺が過去にしてきた恋愛は、今思えばすべて上辺だけの薄っぺらいものだったたって思うよ。だけど、奈緒との関係はそうじゃない。予測不可能だし、考えるよりも心が先に動き出す感じだ」

つい最近、奈緒もそれと似たような事を思った覚えがある。

清道とは育った環境も生活のレベルも違うのに、なぜか波長が合う。ドキドキして落ち着かないけれど、抱き合っていると心からリラックスできた。

今だって彼と一緒にいられるだけで、こんなにも嬉しい。まるではじめて恋を知る少女みたいに、苦しいほど胸が躍っている。

『当然でしょ。それが恋なのよ』

頭の隅で紗智がそう言って笑うのが聞こえた。なんでもないひと時が、キラキラと輝き、心は喜びでいっぱいだ。

これは間違いなく恋だし、もはや疑う余地がないほど清道の事を想っている。

車窓から見える木々の緑を眺めながら、奈緒は彼に対する恋心を潔《いさぎよ》く認めた。

傷つくのが怖くて、認めるまでにかなり時間がかかってしまったが、一度受け入れてしまったら急に心が軽くなった気がする。

むろん、別れの時が来れば相応にダメージを食らうだろうけれど、もはやどうやっても止められないほど清道の事を愛している。

（清道……好き。大好き。ものすごく、愛してる……）

それからも、清道と他愛ない話をしながら過ごした。高速を降りてしばらく行くと、自分の田舎《いなか》と同じような風景が見え始める。

「うちの実家の景色とそっくり。なんだか懐《なつ》かしい感じがするな」

「山や川があって畑がたくさんあって。空気は澄んでるし、当たり前だけど都会とはまるで違うな」

「うん、ほんとに」

他愛ない話をしながら車を走らせていると、前方に見える立て看板の前に杏子《あんず》色のソフトクリームのオブジェが見えた。

「あ！　杏子《あんず》のソフトクリーム！」

思わず指差して叫ぶと、図らずもそこは清道が立ち寄ろうとしていた彼の親戚が営んでいる土産《みやげ》物屋だった。

奈緒は清道とともに、はじめて食べる杏子《あんず》のソフトクリームに舌鼓《したつづみ》を打つ。それを食べているうちに清道の親戚達が集まってきて、彼らから大いに歓迎された。

「まさか、清ちゃんと杏子《あんず》の話で盛り上がるとは思わなかったよ」

親戚の何人かは杏子《あんず》畑を所有しており、以前から種を低温圧搾して得られたオイルを製造しているらしい。

その後、仕事の話をしながら杏子《あんず》畑や加工工場などを見せてもらい、改めて商談を進めて無事話をまとめる事ができた。

まさかこれほどトントン拍子に話が進むとは——

皆に見送られて、その日宿泊する歴史ある旅館に到着する。

そこは温泉街の端にある宿で、全室に源泉かけ流しの部屋風呂がついていた。料理は旬の素材をふんだんに使った懐石《かいせき》料理で、二人して杏子《あんず》酒を飲みながら出されたものをすべて平らげた。

そして今、それぞれがゆっくりと風呂に入ったあと、奈緒は浴衣《ゆかた》の上に羽織を着た姿で窓辺の椅子に座り、今日一日の出来事を振り返っている。

清道は、少し前にこの旅館の経営者である叔父に呼ばれて部屋を出て行った。奈緒はなんでもないふうを装《よそお》っていたが、実のところ自宅を出て以来ずっと胸がときめきっぱなしだ。

（素敵な場所に、素敵な料理。素敵な宿に、素敵すぎる清道……）

清道はここでも奈緒を恋人として紹介してくれた。それもあったからこそ、あんなに熱烈な歓迎を受けたのだと思う。

『いい結婚相手が見つかってよかったねぇ』

『清ちゃん、式はいつ挙げるの？』

いささか気が早すぎる言葉をかけられ、若干清道も戸惑っているように見えた。

一応彼氏彼女ではあるが、親戚の前でまでその設定を守らなくてもよかったのでは……

もっとも、皆の話から想像すると、清道は親戚から早く結婚しろとせっつかれていた様子で、便宜上恋人設定でいこうと決めたのだろうが。

（まあ、私はぜんぜん構わないけど）

すっかり婚約者の気分になり、奈緒は密かにそれを満喫する。用意された部屋は当然一部屋で、奥の部屋にはすでに布団が二組ぴったりとくっついた状態で敷かれていた。

（さすがにあれは、ちょっとマズいよね……）

結婚を約束した恋人同士だと思われているのだから、こんなふうにされるのも当然かもしれない。

せっかく二人きりの夜を過ごすのだから、清道と思いきり甘い時間を共有したい気持ちはある。

けれど、ここは彼の叔父が経営する旅館だ。身体を重ねる仲ではあっても、かりそめの関係である自分達が結婚する事はないし、それを思うと多少なりとも後ろめたさを感じてしまう。

時計を見ると、すでに午後十時を過ぎている。

時間も時間だし、ここはもう先に寝るのが得策では？

そう考えた奈緒は、椅子から立ち上がって寝る準備に取り掛かった。

どうせなら、清道が帰ってくる前に布団に入っていたほうがいい。

（きっと運転で疲れているだろうし、先に寝ちゃえば、お互いに余計な気を遣わずに済むし）

それに、これ以上起きているのは危険だ。

極力見ないようにしていても、もうすっかり浴衣《ゆかた》姿の清道に魅了され、さっきから彼の事ばかり考えてしまっている。

羽織を脱いで早足で部屋の中を歩き、歯磨きを済ませた。あとはもう奥の部屋に行って寝るだけ。

そのタイミングで、部屋の引き戸が開いて清道が帰ってきた。

「お、おかえり」

「ただいま。ん？　もう寝るつもりだったのか？」

「ええ……。今日は何かと忙しかったし、清道も疲れてるでしょ？」

「そうだな。じゃ、俺も寝るとするか」

「え？　……そうね。それがいいわ」

意識しないまでも、きっと清道との甘い時間を期待してしまっていたのだろう。

奈緒は若干肩透かしを食らったような気分になり、そんな自分を密かに叱り飛ばしながら奥の部屋に入った。

それはともかく、くっついたままの布団を、どうしよう？

布団は二人が夕涼みがてら旅館の庭園と建物の周辺を散歩している間に敷かれており、部屋に帰ってきた時に清道もこの状態を見ている。

布団を離せば動かしたのがバレるし、そうかといってくっついたままにしておくのもどうかと思う。

迷っているうちに背後からそっと肩を叩かれ、びっくりして文字どおり飛び上がった。

「ひゃっ！」

振り向くと、すぐうしろに清道が立っている。

すでに、さっきまでいた十帖の部屋は薄暗くなっており、明るいのは今いる奥の間だけだ。

「き……清道って、よく私を驚かせるわよね」

目前に清道。背後には布団で、前にもうしろにも進めない。横にズレようにも、急にカニ歩きをするのも変だ。

「そう言われれば、そうかもな」

「もしかして、人を驚かせるのが趣味なの？」

「いや、そんな趣味はない。――それに、俺に言わせれば奈緒のほうが、よっぽど俺を驚かせてる。今だって、そうだ」

清道の右手が奈緒の顎《あご》に触れ、ゆっくりと上向かせてくる。

もしや、寝ようとしていたのを、誘っていると勘違いされたのでは？

本当は疲れているのに、気を遣わせているかもしれない。

もしそうなら、今すぐに誤解を解いて、無理にしなくてもいいと言わなければ――

そう思うのに、見つめてくる彼の瞳がそうさせてくれない。

キスをされるかも――

そう期待する心が、拒《こば》む気持ちを余計萎《な》えさせてくる。

「浴衣《ゆかた》、すごく似合ってるよ。風呂上がりの時から、ずっとそう思ってた。羽織を脱ぐと、また格別だな。とても艶《つや》っぽいし、奈緒の色香に惑わされてクラクラする」

「艶《つや》っぽいって……いったい、どこが？」

「もちろん、奈緒のぜんぶがだ」

「ん、っ……ふ……」

いきなり濃厚なキスをされ、瞬時に脳天が痺《しび》れ、いっさいの思考が停止する。

わかるのは、重ねられた唇の柔らかな感触だけ。早くも息が弾み、開いた唇の間から清道の舌が入ってきた。

自然に包まれた温泉旅館での夜は、この上なくロマンチックで官能的だ。

濃紺の浴衣《ゆかた》を着た清道こそ、艶《つや》めいて男性的な魅力がだだ漏れになっている。

彼を本気で想いそれを認めた今、求められたら最後、とことん流されてしまいそうだ。

いっそ、そうできたらどんなにいいだろう？

清道への気持ちが心の箍《たが》を外そうとする。けれど、その一方で、その後に来る辛すぎる別れの予感が、熱く燃え上がる想いを無理矢理抑え込もうとしている。

「ま……待って！」

気がつくと、奈緒はそう言って清道のキスから顔を背《そむ》けていた。

本当は抵抗するつもりなんてないのに、この先の不安が奈緒の心を拒絶する方向に押しやってしまう。

「待つって、どのくらい？　最長でも一分……いや、三十秒くらいなら待てない事もないが……」

清道が、言っているそばから閉じた浴衣《ゆかた》の膝をそっと開いてくる。

ただ、脚を開くという動作をしただけなのに、身体のあちこちが熱く火照《ほて》り始めた。

「こ……これじゃ、待ってるって言わないわよ……。清道っ……！」

抱き寄せてくる彼の手から逃げようとして、奈緒の肘がテーブルの縁に当たった。

その拍子に、漆《うるし》塗りの茶櫃《ちゃひつ》の中で茶器がガチャンと音を立てる。

「あっ」

「大丈夫か？」

驚いて声を出すと、清道が奈緒の肘を心配するようなしぐさをする。

奈緒は、その隙に彼の手を逃れてテーブルの角まで後ずさった。奈緒に逃げられた清道が、ふっと小さく笑う。

「仕方ないな。じゃあ、精一杯譲歩して五分待つ。それが過ぎたら、もう待ったはなしだ」

「そ、そんな……」

待ったをかけたのは、そもそもそういう行為をストップさせるためだ。五分過ぎたら待ったなしだなんて、それではまったく意味がないのだが……

奈緒の反応を見て、清道がすっと表情を曇らせる。そんな顔も、震えるほど素敵だ。

「どうした？　もしかして、俺の親戚の旅館だから気兼ねしてるのか？」

「それもある……」

「それも？　って事は、ほかにも何か俺を拒《こば》む理由があるんだな？」

清道がそう訊《たず》ねながら奈緒のすぐ近くまでにじり寄って来る。部屋は広く、逃げようと思えばそうできた。けれど、すでに魅惑的な猛獣に魅入られたようになっている今、身体が勝手に動く事を拒《こば》んでいる。

いったい、いつからこれほど意志が弱くなってしまったのか……

理由も言えないまま黙り込んでいる奈緒の顎《あご》を、清道がクイと上向かせる。

上から見据えてくる視線に囚《とら》われ、奈緒は中腰になっていた姿勢を崩した。そして、畳の上にぺたんと横座りになり、上目遣いに清道の目を見つめる。

「ああ、もう……」

奈緒を上から見据えていた清道が、眉間に深い皺《しわ》を刻む。悩まし気にため息を吐いている彼を見て、奈緒は自分のどっちつかずの行動を悔やんだ。

「清道、ごめん――」

「違う。奈緒は謝らなきゃいけないような事はしていない」

彼の顔に、何かしら思い煩《わずら》い逡巡《しゅんじゅん》しているような表情が浮かぶ。いつになく深刻な様子の清道を前にして、奈緒は自分がどうすべきなのかわからなくなった。

「でも……」

「奈緒、この際だからはっきりさせておく。俺は、奈緒ともっと親密な関係になりたいと思ってる。奈緒を俺だけのものにしたいし、ほかの男に渡したくない。――こうなったらもうストレートに聞くが、奈緒が俺を拒《こば》むのは『智樹』ってやつのせいか？」

思いつめた目で見つめられ、奈緒はキョトンとして返事に窮《きゅう》した。

「……へ？」

どうしてここで甥《おい》の名前が出てくるのだろう？

わけがわからず、奈緒は清道の目をまじまじと見つめ返した。

「前に俺が事務所を訪ねた時、奈緒が電話で話すのが聞こえたんだ。智樹って人と、一緒に夜を過ごしたとか、楽しくて筋肉痛になったとか……。当日の夜も、相手をしてくれるとか話していただろう？」

「……ああ、あの時の電話……！」

奈緒はその時の事を頭に思い浮かべながら、大きく頷いた。

「確かに、前の晩も当日の夜も智樹に相手をしてもらったわ。私が向こうの家に行って、結局そのまま泊まった」

「そうか」

清道が口を一文字に結び、眉根を寄せる。彼の手は、まだ奈緒の手を握ったままだ。

怒っているわけではないようだが、とても辛そうな顔だ。彼を苦しめているものがあるなら、それをすぐに取り除いてあげたい――

そう思い、今一度智樹の事を考えてみるも、どうして直接会った事もない甥《おい》が清道を悩ませる原因になっているのだろう……？

「え……ちょっと待って……。今の話、なんだか変なんだけど……」

見つめ合ったまま清道の言葉を整理しているうちに、奈緒はようやく彼が大きな勘違いをしている事に気づいた。

「ち、違うわよ？　智樹と夜を過ごしたって言っても、まったく違う意味だから！　だいたい、智樹は私の小学六年生になる甥《おい》っ子よ？　姉の子供で、前に一緒に住んでいた事もあるし、同じマンションにいるから、毎日のように顔を合わせてて」

「……は？」

奈緒の手首を握っていた清道の手の力が緩くなり、眉間の縦皺《たてじわ》が消える。

「あの時の電話の内容は……前の晩にやってたバトルゲームの事で、当日の夜はリベンジの相手をしてあげてもいいよって話で。とにかく、清道が言っているのとはぜんぜん違うから！」

どうにかわかってもらおうと、奈緒は必死になって清道に訴えた。

刹那《せつな》、二人の間に沈黙が流れ、ふいに背中を抱き寄せられて彼の腕に身体を包み込まれる。

「甥《おい》っ子か！　……そうか！　ごめん、完全に勘違いしてた……！」

清道がホッとしたような声で呟き、奈緒の耳元で深い安堵のため息を吐く。

「てっきり、次の男ができたんだと思ってた……。いや、もしそうでも、どうにかして阻止しようと……。とにかく、よかったよ。奈緒……！」

強く抱き寄せられ、そのまま何度となく唇にキスをされる。

今の一連の話は、いったいなんだったのだろう？

それに、誤解だとわかった時の清道の喜びようときたら、まるでヤキモチを焼いていたように思える。

（まさか……ね？）

けれど、清道が自分に対して独占欲を持ってくれているのは確かだ。しかも、かなり強い感情のようだし、それがわかっただけで嬉しくてたまらなくなる。

「――って事は、奈緒に俺を拒《こば》む理由はないって事だよな？　おっと、もうとっくに五分経ってるな。時間オーバーした分、たっぷりと奈緒を堪能させてもらうぞ」

そう言うなり、清道が部屋の灯りを消した。縦長の行燈《あんどん》の光に照らされて、部屋の中が蜜蝋《みつろう》色に染まる。

「え？　あ、ちょっ……きゃあっ！」

それからすぐに背中と膝裏を彼の腕にすくわれ、あっという間に布団の上に仰向けに押し倒される。

強引なのに、ものすごく優しい。ふかふかの掛け布団の上で繰り返し唇にキスをされ、心身ともに腑抜《ふぬ》けた。もう抵抗するどころか、一秒でも速く清道とひとつになりたいという思いに駆られる。

レンタルでも期間限定でもいい――

ここまで深い想いを抱いてしまったからには、のちに来る別れがどんなに辛かろうと、清道とできる限り交じり合い、少しでも思い出を増やしたい。

奈緒は、清道と過ごすこれからを思い、うっとりと自分を見下ろしてくる彼の顔に見入った。

「奈緒……好きだよ……」

これまでも、服装や外見に関して「好き」と言われた事があった。

けれど、今のは明らかに前に聞いたそれとは声のトーンやニュアンスが違う。

「私も……」

話す唇にキスをされ、すぐに舌が口の中に入ってくる。きっとこれから、二人してめくるめく夜を過ごす――

奈緒が淫《みだ》らな期待で胸をいっぱいにしていると、清道が枕の下から何かを取り出して、手の中に握った。よく見ると、人差し指に銀色のチェーンが掛かっている。

「何？」

小さな声で訊《たず》ねると、清道が握った手をほんの少し開いた。そのまま彼の手を見ていると、指がさらに開いて見覚えのある紫色のウサギが現れた。

「……あっ！　そ、そ、それっ……！」

清道が持っているのは、美夏がくれたバイブレーターだ。

いったい、いつ、どこでそれを⁉

驚きすぎて、何か言おうにも声が出せない。

清道が、にんまりと口元を綻《ほころ》ばせる。彼はやや目を細めながら奈緒を見つめ、おもむろにバイブレーターのスイッチを入れた。

「これ、奈緒が今つけてくれているネックレスを買った店で拾ったんだ。紫色のきんちゃく袋に入ってたけど、奈緒のもので間違いないか？」

ウサギの形をしたそれが、清道の手の中で微かな音を立ててブルブルと震える。

奈緒の頭の中に、店内でバッグを落して中身を床にぶちまけた事が思い浮かぶ。

あの時に落としたのを、清道が拾ってくれていたに違いない。拾ったのが滝井ではなかったのが、せめてもの救いだが……

しかし、絶対的ピンチなのには変わりない。自分が唾を飲み込むゴクリという音が、やたらと大きく聞こえた。

「すぐに返そうと思ったんだけど、返しそびれてしまってね。あの時は、もう『petite mort《プティットウ・モール》』に携わっていたから、知識としてこういう商品や製造元の情報は頭に入れていた。だから、袋についてたメーカーのロゴマークで、中に何が入っているか、だいたい想像ができたんだ」

万事休《ばんじきゅう》す。

これはもう誤魔化しようがないし、今さら何を言っても言い訳にしか聞こえないだろう。恥ずかしくて穴があったら入りたい気分だ。できる事なら、煙のようにこの場から消えてしまいたい。

逃げ出そうにも袋のネズミ状態だし、ここは自宅から遥《はる》か遠い温泉街だ。

奈緒はすっかり諦めて、無の境地になった。

そのまま目を閉じて動かずにいると、ぷっと噴き出す声が聞こえた。それからすぐに唇にチュッと音を立ててキスをされる。

「やけに大人しいな。俺に好きにされてもいいっていうアピールか？」

のしかかってくる清道の体重が、奈緒の身体を圧迫する。彼の重みを感じて、それまで以上に強い情欲を感じた。

彼になら何をされてもいい。好き放題にしてくれて構わないし、むしろ思いきり卑猥《ひわい》で淫靡《いんび》な弄《もてあそ》ばれ方をされたいと思う。

「その顔……何も言わないなら、都合よく解釈するぞ。ところで、奈緒はこれを普段使いしてるのか？」

清道がバイブレーターを手の中で弄《もてあそ》びながら、そう訊《たず》ねてきた。

「まさか……！　それは、美夏がプレゼントしてくれたもので、まだ一度も使った事ないから」

「ふぅん……でも、バッグに入れて持ち歩いてたんだろう？　興味がなければ、そんな事しないよな？」

「興味というか……ちょうど今日、オイルの事を考えている時に、たまたまこれの事を思い出したの。そばに置いておけば、何かしらインスピレーションが湧くかもしれないと思って……」

それは本当で、嘘ではない。けれど、まさかそれを落としていたなんて完全に想定外だ。

「なるほど……。さすが奈緒だな。仕事熱心で、頭が下がるよ。人一倍頑張り屋で、芯が強い。なのに、奥ゆかしくて欲がない。たおやかで、可愛げもあるし、おまけにものすごくエッチだ——」

チュッチュッと立て続けにキスをされ、頬がチリチリと焼けるほど熱くなった。

その熱がじわじわと全身に広がっていくのがわかる。花芽はもう、パンパンに腫《は》れ上がっているだろう。

「以前、奈緒と俺が思う〝可愛げがない〟にはズレがあると話したけど、奈緒の言う可愛げのなさは、俺にとっては奈緒にハマるツボでしかない。奈緒は外見だけじゃなく、中身でまで俺をとことん欲情させる……」

キスが首筋に下り、緩んだ襟《えり》元に唇を押し当てられる。浴衣《ゆかた》の前を広げられ、ブラジャーのカップを上にずらされた。零れ出た乳房に吸い付かれ、先端を甘噛みされる。

「あんっ……！　あ、あっ……」

身体がビクビクと震え、余計浴衣《ゆかた》がはだけて両肩がすっかりあらわになる。

豊かな自然の中の旅館という日常では味わえない特別なシチュエーションが、淫靡《いんび》さに拍車をかけているみたいだった。

「声、遠慮なく出していいよ。この部屋は建物の一番奥にあるから、よほど大声を出さない限り誰にも聞かれる心配はない」

「ひぁっ！　あんっ！　あ……ああっ！」

もう片方の乳房を掌《てのひら》で揉み込まれ、指の間で乳嘴《にゅうし》をクニクニと弄《もてあそ》ばれた。

「き……もち、い……あっ……あああんっ！」

早くも清道の愛撫《あいぶ》に夢中になり、顎《あご》が震え涙目になる。

もう、今にもイッてしまいそうだ……。

「奈緒は、どんどん感じやすくなるね。こんなグッズは必要ないくらいだけど、せっかくだから使ってみようか」

振動するウサギの耳が、清道が舐《な》めたばかりの乳嘴《にゅうし》を挟み込んだ。小刻みにブルブルと動く二本の耳が、いきなり強い快楽を引き起こしてくる。

「あああっ！　やぁんっ……！　き……清……あああんっ！」

じっとしていられないほどの快感に突き動かされ、奈緒は身をよじって小さな叫び声を上げた。喘《あえ》ぎながらもがいていると、いつの間にか浴衣《ゆかた》の前がすべて開いている。

唇をキスで塞がれている間に、ウサギの耳が乳嘴《にゅうし》を離れて恥骨の上に移動した。何をされるのか予測して、もう花芽の先が切なくなる。

視界がぼやけ、まるで湯に浸《つ》かっているように身体がふわふわと浮き上がっているみたいだ。

「期待してる？　これで、ここを虐《いじ》められたくて仕方ない？」

言いながら、ウサギの耳の先端が花芽をかすめるように行きつ戻りつする。甘く虐《いじ》められて、奈緒は堪《こら》えきれずに声を上げながら身悶《もだ》えた。

「ちょっと妬けるな。もしかして俺よりもウサギのほうが気持ちよかったりするのか？」

「ひぁっ……!!」

花芽に長い耳を押し当てられ、振動が中に潜《ひそ》む花芯を震わせてきた。

腰がガクガクと揺れ、それが止まらなくなる。

さざ波のようなオーガズムが連続してやってきて、刺激に耐えきれなくなった奈緒は夢中で清道の首に腕を回した。

すぐに唇が重なってきて、まるで宥《なだ》めるかのように隙間をそろそろと舐《な》められる。

ウサギが花芽を離れ、その代わりに清道の指がそこをそっと撫でさすってきた。

「ほら……わかるだろう？　ここがコリコリに硬くなってる」

いつの間にか閉じていた目蓋《まぶた》を開けると、清道が目を細めて鷹揚《おうよう》に微笑んでいるのが見えた。

その顔を見ただけで胸が痛いほどキュンキュンして、奈緒は彼のふくらはぎに脚を絡みつかせた。

「イヤ……ウサギよりも、清道のほうがいい……。清道の指のほうが好きなの……だから……」

「だから……？」

細くなった目で、問いかけるように見つめられる。もしかして、ちゃんと言うまでは触ってくれないつもりなのかも……

奈緒は我慢しきれなくなって、自分から清道にキスをして全身で彼の身体に縋《すが》り付いた。けれど、奈緒がその先を言うまでもなく、身体をすくい上げるようにして抱き寄せられる。

「奈緒を気持ちよくするのは、俺だけの特権だ。今ので、よくわかったよ。俺の身体以外で奈緒を乱れさせるのは、あれで終わりだ」

清道が手にしていたウサギが、畳の上を転がる音が聞こえる。

乱れた浴衣《ゆかた》が押しのけられた掛け布団の外に散らばり、脱いだばかりの下着が少し遠くにある座椅子の上に落ちた。

長いキスをしている間に、清道の手が奈緒の乳房を愛撫《あいぶ》し、双臀《そうでん》を撫で回す。

緩く開いていた両脚を膝で割られて、右の踵《かかと》を彼の腰に引っかけるような体勢になる。

これでもう、いつでも交じり合える――

唇を貪《むさぼ》り合う水音に酔いしれていると、彼の指が蜜窟の入口を緩く引っ掻いてきた。

「……あ、んっ……！」

ねだるまでもなく深々と中に指を入れられ、奥を捏《こ》ねるように掻き回される。同時に熱く腫《は》れ上がっている花芽を親指で押し潰されて、ガクンと腰が跳ねた。

「気持ち……い……」

無意識にそう口にする唇にキスをもらい、嬉しさに歯の根が合わなくなる。

「可愛いな、奈緒……。思いきり気持ちよくしてあげるから、途中で音《ね》を上げないようにな」

避妊具の小袋が畳の上に落ちる音を聞いて、胸の先がキュッと尖る。

そこを舐《な》めたり弄《いじ》ったりしてほしいし、蜜窟の奥を思う存分突き上げてもらいたい。

ぜったいに、音《ね》を上げたりなんかしないし、清道とこのままずっとともにいられるなら、どんな事でもする。

「清道……」

もう待ってなんかいられなくなり、奈緒は清道の腰に脚を巻き付けるようにして、そそり立つ熱塊に溢《あふ》れ出る愛液を塗りたくった。

硬い切っ先が花芽の包皮をめくり、ぷっくりと膨らんだ花芯を露出させる。淫欲を感じ取った清道が、奈緒の両方の太ももを肘の内側に抱え込んだ。

清道が荒い息を吐きながら、濡れた秘裂をじっと見つめる。そして、ゆっくりと時間をかけながら、奈緒の中に屹立《きつりつ》を沈み込ませた。

もうすっかり清道を覚え込んだそこが、途端にヒクヒクと痙攣《けいれん》する。より深い挿入を欲しがって、中の襞が蠢《うごめ》くのがわかった。

ズン、と腰を入れられ、瞬時に目の前で白光が弾け飛ぶ。

ずっとこれが欲しかったし、もう我慢なんかしない――

奈緒は両脚を高く持ち上げると、清道の背中の上で踵《かかと》を重ね合わせた。腰の位置が高くなり、より強い突き上げを感じられるようになる。

手脚を使って彼の身体にぶら下がるような体勢になり、そのまま前後に強く揺すぶってもらう。

振り子のように揺れる奈緒の身体に、屹立《きつりつ》が深く浅く――角度を変えながら出たり入ったりする。

何度も奥を貫かれ、奈緒は背中を仰《の》け反《ぞ》らせて嬌声《きょうせい》を上げた。

「あぁっ……あああぁっ……！」

先端が最奥《さいおう》を押し上げ、肉茎が蜜窟の中で緩いカーブを描く。ずっしりと太く硬い清道のものが、さらに容量を増して奈緒を内側から押し広げてくる。

ゆっくりと動き出した腰のリズムが、言葉に尽くせないほど甘美だ。それがだんだんと速くなり、あっという間に昇りつめて清道の背中に指を食い込ませる。

きっと、もう今の感覚を忘れる事はない――

そう思えるほどに、全身が清道とのセックスに集中し、のめり込んでいる。

「奈緒っ……」

隘路《あいろ》に締め付けられた屹立《きつりつ》が跳ね、何度となく脈打って奈緒の中をいっぱいにする。絶頂の余韻に浸《ひた》る間もなく背中を抱き起こされて、清道の腰の上に跨《また》がるような姿勢になった。

清道の腰の上にしゃがむような格好になり、同じ目の高さで見つめ合ったまま、キスをして舌を絡め合う。

たった今絶頂を迎えたばかりなのに、それはまだ硬さを保ち奈緒を深々と貫いたままだ。

「奈緒……」

繰り返し名前を呼ばれ、何度となく唇にキスをされる。

一度終わったのに、まだ終わりじゃない。

満足したと思っていたけれど、心も身体も新しく欲望を感じてじっとしていられなくなった。

見つめ合いながらキスを重ね、奈緒は自ら緩く腰を振り始める。

子猫のような啼《な》き声が漏れ、前後だけではなく、膝立ちになって上下にも動いた。

清道が呻《うめ》き、快楽を堪《こら》えるような表情を浮かべる。動いているところを下からズンズンと突き上げられ、思わずうしろに倒れて身をよじった。

「ぁあああんっ！　あっ……あ……」

それでも、まだ清道が欲しくてたまらない。

仰向けになって手を伸ばすと、清道が奈緒の両肩を下から抱え込んだ。

そして、奈緒の身体をしっかりと固定させると、唇を合わせながらリズミカルに腰を振り始める。

「んっ……！　ん……！」

間近で見つめ合いながら奥を突かれ、腰をグラインドさせて中を掻き回される。

泣きたくなるほどの悦楽《えつらく》が押し寄せ、奈緒は涙目になって清道を見つめ続けた。

淫《みだ》らに感じているところを、清道に見られている。それがまた悦《よろこ》びに繋がり、奈緒をもっと淫奔《いんぽん》に乱れさせた。

息が乱れキスをするのもままならなくなっても、互いを欲する気持ちは衰《おとろ》えるどころか、さらに高まっていくみたいだった。

「奈緒……！」

ググッと押し込むように切っ先をねじ込まれ、子宮の入口が歓喜に打ち震える。

もう何度達したか、わからない――

それでもまだ清道と離れがたくて、奈緒は彼の身体に強く抱きつき、自分から唇にキスをするのだった。

旅館での一夜を過ごしてからというもの、奈緒は清道とそれまで以上に近い関係になった。

彼は相変わらず忙しい合間を縫って「ソルテア」に顔を出し、手土産《てみやげ》を持ち込んでいる。

それが若干面白くない様子の智樹だが、美味《おい》しいスイーツには抗《あらが》えない様子だ。

清道のプロデュースのもと、引き続きインフルエンサーによる記事の掲載は続けられ、とあるファッション誌の特集記事に「petite mort《プティットゥ・モール》」が紹介された。

それによって売り上げはさらにアップし、次なる新商品としてオイルを発売するという話も本格化し始めている。

効果的な広告宣伝により、売り上げは思った以上に好調だ。

購入者による感想も、続々と集まってきているし、中には熟考すべき要望なども含まれていた。

どうせ出すなら、より良いものを――と思うのは当然だ。

清道との話し合いにより、オイルについては、企画段階から「ソノダ・エージェント」が深く関わり協力してくれる事になった。

それ以来、奈緒は足繁く同社のミーティングルームを訪れ、清道の立ち合いのもと担当者達と話し合いを重ねている。

個人的な付き合いがあるとはいえ、仕事で来ているのだからビジネスに徹した振る舞いをして当たり前だ。その点は二人とも徹底しているが、それがまたスパイスとなって二人きりの時間を熱くさせたりしている。

「petite mort《プティットゥ・モール》」が発売されてから、もうじき二カ月が経とうとしていた。

マーケティング戦略のおかげで売れ行きは上々で、つい先日とある女性用のライフスタイル系ウェブサイトから取材の申し込みが入った。

先方の希望もあり、奈緒は「ソルテア」の社長として取材を受ける事になり、今日はインタビュアー役を務めてくれる戸田美月《とだみつき》という二十一歳の女性と事前に打ち合わせをする予定だ。

美月は「ソノダ・エージェント」から依頼されて「petite mort《プティットゥ・モール》」を取り上げてくれた人気インフルエンサーの一人でもある。

事前の打ち合わせは美月からの申し出で、昨日直接会社に電話連絡があって急遽今日の午後に彼女が事務所を訪ねてくる事になった。

約束の時間ちょうどにインターフォンが鳴り、美月が手土産《てみやげ》持参でやってきた。

「こんにちは、原田社長。はじめまして、美月です。今日はよろしくお願いします」

美月はインフルエンサーの中でもトップクラスの人気を誇っており、ＳＮＳのフォロワー数も三十万人近くいる。

にこやかに挨拶《あいさつ》をする彼女は、明るいオレンジ色のサマーニットに白いミニスカート姿だ。

目はパッチリとして大きく、睫毛《まつげ》は完璧な曲線を描いてチョコレート色の瞳を際立たせている。

肌はきめが細かく唇はふっくらとして艶《つや》めいており、同年代の女性が彼女に憧れるのも当然の美貌だ。

「petite mort《プティットゥ・モール》」の記事に対する反応も断トツに多く、注文時のアンケートによると彼女の投稿を見て商品の購入を決めた人が大勢いる事がわかっている。

「はじめまして、原田です。こちらこそ、どうぞよろしくお願いします。今日はわざわざ足を運んでくださってありがとうございます。美月さんのおかげで『petite mort《プティットゥ・モール》』をたくさんの人にお求めいただいているんですよ」

奈緒は美月とテーブルを挟んで向かい合わせに座ると、改めて彼女に礼を言った。

「どういたしまして～。何せ、園田社長が自ら指揮を取るって事だったから、これは引き受けなきゃって思ったんです。サンプルでいただいた『petite mort《プティットゥ・モール》』、実際に園田社長と一緒に使ったんですけど、もうメチャクチャよくって～」

（えっ……？）

美月が機嫌よく話すのを見つめながら、奈緒は微笑んだまま表情を強張《こわば》らせた。

（今、『園田社長と一緒に使った』って言った……？）

美月が言った言葉が、頭の中をぐるぐる回り始める。平静を装《よそお》っているが、一瞬にして全身の血が凍りつき、産毛が逆立つほどの衝撃を覚えていた。

「原田社長って……あ、よければ奈緒さんって呼んでいいですか？」

「ええ、もちろんです」

「うふっ、よかった。ところで、社長秘書の島田さんに聞きましたよぉ。園田社長ったら会社で奈緒さんと交際宣言したんですって？　あれって嘘ですよね？　ほら、よくある彼女がいるって事にして面倒な女を寄せ付けないようにする、ってやつ？」

「あ……そ、それは――」

それこそが、まさに奈緒が清道の彼女役を務めている理由だ。いきなり本当の事を言われ、奈緒は言葉に詰まりどう答えたらいいのかわからなくなる。

「その様子だと、やっぱり嘘なんですね。よかったぁ～。それにしても、よりによってなんで奈緒さんを防波堤役にしたのかしら？　今まで美女とばかり噂になってたから、奇をてらった感じ？でも、不釣り合いすぎて嘘だってすぐにバレちゃうんだから、作戦失敗ですよねぇ」

美月が可笑《おか》しそうに笑い声を上げたところで、紗智がハーブティーを持ってきてテーブルの上に置いてくれた。

「いただきます。うーん、いい香り……。『petite mort《プティットゥ・モール》』もすごくいい香りがしますよね。すごく気に入ったから、今度個人的に注文させてもらいますね」

「それはどうも、ありがとうございます」

奈緒の受け答えが相当ぎこちなかったのか、紗智が立ち去りながら気遣わしげな表情を浮かべている。

「それはそうと、園田社長って普段自分がリーダーになってマーケティングをしたりしないのに、どうして『ソルテア』さんの案件は特別扱いしてるんですか？　おまけに、今新しく新商品を企画してるんですってね。しかも、企画段階から園田社長が関わってるんでしょう？　何か秘密の事情でもあるんじゃないかって『ソノダ・エージェント』の皆さんが、勘繰ってますよ」

持っていたカップを皿に戻すと、美月がにっこりと微笑みを浮かべる。

「もしかして、何かしら園田社長の弱みを握ってるとか？　それをネタにして園田社長を困らせてるなら、もうやめてあげてくださいね」

無邪気そうな表情を浮かべているが、明らかに目は笑っていない。

どうであれ、そんな質問に答える理由はないし、直接関わってもいないのに仕事上の事に口を出すなんて、さすがに失礼すぎて呆れてしまう。

「私、別に園田社長のオンリーワンになろうとか思ってないんですよ。今時の恋愛って、そんな感じが多いし、好きになったらとりあえずベッドインするって事でいいと思います。だから、もしその人に彼女がいても関係ないし、それを浮気だって騒ぐ女にはなりたくないなぁって」

何を意図しているのか、美月が聞きもしないのに自身の恋愛観を披露《ひろう》する。

個人の恋愛観をどうこう言うつもりはない。けれど、自分がそうだからといって、人の道徳心を否定するような発言は不快でしかなかった。

「園田社長も、どうせなら私と付き合ってるって事にしたらよかったのに……奈緒さんも、そう思いませんか？　だって、実際にセックスしてるならまだしも、ヤッてもない地味なアラサー社長と付き合ってるとか、誰が本気にします？　誰もしませんよね？」

美月が小馬鹿にしたような態度でそう言った時、奈緒の堪忍袋《かんにんぶくろ》の緒がブツンと切れた。

「ヤッてますけど。私が地味なアラサーなのは間違いないですが、園田社長とはきちんとお付き合いさせていただいてます」

奈緒は、そう言い切ると、まだ少し湯気の立っているハーブティーのカップを手にした。

柔らかなオレンジ色のお茶に息を吹きかけ、ゆっくりとカップを傾けてひと口飲む。

「……は？　何言ってんの？」

聞こえてくる美月の声は、さっきまでの甲高い声とはまるで違う低い声だ。

奈緒はカップを皿に戻すと、まっすぐ美月を見た。

「ですから、私と園田社長は、実際に恋愛関係にあると言っているんです。あなたがなんと言おうと、それが事実ですし、嘘をついているのはあなたのほうですよね？　あなたの恋愛観はともかく、彼は私に夢中なので、浮気とかあり得ませんから」

そう言ってにっこり微笑むと、美月がいきなり立ち上がってスリッパを履いた足でドスンと床を踏み鳴らした。

「嘘つき！　三十路《みそじ》ババアが苦し紛れについた嘘なんか、誰が信じるのよ！」

美月が怒りに任せた声を張り上げ、顔を真っ赤にして頬を引き攣《つ》らせる。

「仮にそうだとしても、園田社長は付き合う相手を一人に絞ったりしない。いつだって不特定多数で、相手は私みたいなインフルエンサーや美人社員、噂にはならなかったけどデビュー前の女優だっているわ！」

バッグの中を探っていた美月が、いきなり床に何かをばらまいた。

何かと思って見てみたら、それは以前清道が使っていたのと同じ黒地に赤い薔薇《ばら》模様がついている避妊具のパッケージだ。

「これさえ持ち歩いていたら、いつどこでも園田社長に抱いてもらえる。知ってた？　彼、オフィスにもこれを大量にストックしてるのよ。ただし、相手できるのは園田社長のお眼鏡に叶った選《え》りすぐりの美人だけ。そんな美食家が、あんたに夢中とか、笑わせないでよ！」

美月はそう叫ぶと、足音も高らかに玄関に向かい、ドアをバタンと開けて帰っていってしまった。

「ちょっと！　何今の音？　何かあったの？」

キッチンにいた紗智が、音を聞きつけて事務所に飛び込んできた。

「ううん、別に何もないよ。でも、たぶん下の人が怒ってるかもしれないから、ちょっとお詫びに行ってくるね」

「そ、そう？　じゃあ、いってらっしゃい」

紗智に見送られて、奈緒は一呼吸おいて立ち上がり、玄関を出て廊下を歩く。

平静を装《よそお》ってはいるが、今にも叫び出しそうになっている。

しかし、廊下を歩くうちに、だんだんと怒りが収まってきて、自分がやらかしてしまった事の大きさに気づき、エレベーターの前で呆然として立ち尽くした。

売り言葉に買い言葉。されど、ものには限度がある。

（……私、もしかして、ものすごくヤバい事を口走っちゃったかも……）

もしかしてではなく、実際に言ってしまった。

奈緒は、よろよろと非常階段に移動すると、踊り場の隅で頭を抱えてしまった。

（どうしよう……あんな事言って、清道にどう説明するつもり？）

いい年をして、怒りのあまり、言わなくていい事を口にしてしまった。

嘘ではないし、清道に言えば気にするなと言ってくれるだろう。

けれど、彼は期間限定の恋人であると同時に、ビジネスパートナーでもあるのだ。

美月は、「petite mort《プティットウ・モール》」のマーケティングの関係者である上に、記事をアップする事で売上にも貢献してくれている。

何より彼女は、「ソノダ・エージェント」とは以前からビジネス上の関わりがある人気インフルエンサーだ。いくら失礼な言い方をされたとはいえ、いい大人が感情に任せて言い返すなんて、あってはならない事だったのに……

（いい年をして、恥ずかしい——）

今後の対応として、奈緒はとり急ぎ、美月とのやり取りを清道に報告しておくべきだと判断する。

しかし、彼の個人の電話番号にかけても繋がらず、社長室直通の番号も同様だった。

（あ……そうだ。清道は、日曜日まで出張だった……）

テンパって頭から抜け落ちていたが、彼は今週の月曜日から海外出張に出かけている。

（ダメだ……完全に狼狽《うろた》えてる。とりあえず、落ち着かないと……！）

明らかに動揺しているし、そうなっている一番の理由は、美月が清道と関係していると言った事だ。

あれは、本当だろうか？

清道ほどの男だ。彼女の言うような、気軽な恋愛を楽しんでいたとしも不思議はない。もしそうであれば、二人で過ごした時間が、ぜんぶ嘘だったという事になってしまう……

そう思った途端、身体が急にふらついてしまい、階段の手すりに寄りかかるようにして、その場にしゃがみ込んだ。

視線がうつろい、頭の中がゴチャゴチャになる中、奈緒は清道が自分を好きだと言ってくれた時の事を思い出した。

(清道はそんな人じゃない！　少なくとも、私が知る清道は違う……！)

この数カ月、仮にも奈緒は恋人として清道と付き合ってきたのだ。彼の過去の女性関係がどうだったかは知らないが、短い付き合いの中でもわかる事がある。

美月がなんと言おうと、清道は心から信頼を寄せている人を、裏切ったりしない。そう確信できる理由ならいくらだってあるし、自分はただ自身が知る清道を信じるまでだ。

奈緒は大きく深呼吸をして、どうにか自分を落ち着かせた。そして、うつむいたままだった顔を上げて正面を見る。

とにかく、今はやるべき事をやるだけ。

あとは、清道が帰国するまでの間に、じっくり考えればいい。

奈緒は立ち上がり、背筋をシャンと伸ばした。そして、自分を鼓舞《こぶ》しながら、しっかりとした足取りで階段を下りていくのだった。

◇　◇　◇

一週間にわたるニューヨーク出張を無事終えた清道は、つい今しがた帰国して空港から都内に向かうタクシーに乗り込んだ。

およそ十四時間のフライトは、連日の睡眠不足を解消するために、ほぼ睡眠に当てた。

それほど今回の出張は過密スケジュールで、さすがに機内でまで仕事をする気にはなれなかった。

そのおかげで飛行機を降りる頃には頭がスッキリしていたし、今すぐにでも仕事ができるくらいには気力と体力が回復していた。

夕食をとるにはまだ少し早いが、ちょうど日曜日でもあり、奈緒を誘ってホテルで泊まりがけのディナーデートをしたい気分だ。

(よし、そうしよう)

ニューヨーク滞在中も、奈緒とは連絡を取り合っていた。

だが、仕事や時差の関係で直接通話はできなかったし、急遽現地の友人経由でイレギュラーな仕事を頼まれたせいで、いつもより連絡頻度《ひんど》が減っていたのも確かだ。

こちらが忙しくしているのを気を遣ってか、奈緒からの連絡も二日前から途絶えている。

(とりあえず、会社に着いたらすぐに電話だ)

たった一週間離れていただけなのに、こんなにも奈緒が恋しい。

目を閉じれば彼女の顔が思い浮かぶし、こうしている今も奈緒に触れたくてたまらなかった。

今後は仕事がもっと忙しくなるだろうし、おそらく出張も増える。

そのたびに今のような状態になるのなら、いっそさっさと結婚して同居したほうが落ち着いて仕事に専念できるのではないか。

もともと、奈緒への愛を確信した時から、彼女と結婚すると決めていた。あとは奈緒の承諾を得るだけだが、こうなったら一日でも早く話をしたほうがいいだろう。

到着まで、あと少し——

清道は目を閉じると、シートにゆったりともたれながら今後の計画を頭の中で練るのだった。

◇　◇　◇

「どうしてこんな事に？　園田社長とは、あんなに上手《うま》くいってたじゃないの」

事務所に美月が訊《たず》ねてきた二日後の日曜日の朝。

奈緒は、事務所のテーブルに両肘をついて項垂《うなだ》れていた。

昨夜、一人で悩みに悩んだ挙句、朝一で紗智に電話をしてここに来てもらったのだ。

「上手《うま》くいってた……。少なくとも私の中では上手《うま》くやってたつもりだった。でも、もうおしまい」

それもこれも、自分のせい——

美月に対して、余計な事を言ってしまった自分が招いた結果だ。

彼女とここで対峙した日の夜、奈緒は美月から電話をもらった。かかってきたのは事務所の番号で、奈緒が出た途端、彼女はたったひと言告げただけで、電話を切ってしまった。

『覚えときなさいよ』

それが何を意味するのかわかったのは、次の日の夕方――つまり、昨日の夜だ。

その日、奈緒はいつもどおりの休日を過ごしていた。

出張中も、清道は忙しい合間を縫ってこまめに連絡をくれる。奈緒もその都度メッセージを返しているが、まさか次に送るメッセージが決別のものになるとは思わずにいた。

「――で、どうするの？」

紗智に問われ、奈緒はため息を吐きながら、少しだけ顔を上げた。

「別れるしかないわ……。会社同士の関係も終わりにして、またもとに戻る。それしかない……」

昨日の夕方、奈緒は美月から再度連絡をもらった。

今度はSNSを通じてであり、それにはいくつかの画像が添付されていた。

『嘘つきババアへ　あんたのせいで、園田社長に大迷惑がかかる事になったわよ』

いきなりそんな文面を目にして、奈緒は大急ぎで内容を確認した。

それは、ひと言でいえば、清道に関するゴシップ記事だ。

しかも、これまでのような熱愛報道とは違い、彼の品位を貶《おとし》めるような内容だった。

曰《いわ》く――

園田清道は日常的に都内某所に気に入った女性達を集め、違法な行為を繰り返している。

しかも、そのうちの何名かは被害者として彼を訴える準備をしているというものだ。

そのほかにも、違法行為の際に「petite mort《プティットゥ・モール》」が使われている——などなど、到底あり得ない嘘が並べ立ててあった。

『これは、今月中にマスコミに流す予定』

記事の最後には、そんなひと言が添えられていた。

奈緒は記事を見てすぐに美月に電話をかけた。すると、受電した彼女は待ってましたとばかりに、奈緒に清道との縁をすべて断ち切るよう迫ってきたのだ。

『そうしたら、この記事は出さないでおいてあげる。言っとくけど、表面だけじゃダメだから。いいわね？　約束を破ろうなんて思わないでよ』

美月が言うには、彼女はインフルエンサーの仕事を通して各マスコミ関係者との繋がりがあり、件《くだん》の記事はそのうちの一人が書いたものらしい。

言っている事がいちいち胡散臭《うさんくさ》いし、記事の内容が真実でないのは明らかだ。

どう考えてもでっち上げだし、記事を出す目的は、おそらく自分と清道の仲を裂く事だ。

しかも、今までのゴシップとは違い、今回の内容は清道が犯罪行為をしたと明言している。

むろん、根も葉もない大嘘だから、名誉棄損《めいよきそん》で訴える事も可能だろう。しかし、記事を読む人の中には、内容の正否など関係なく騒ぎ立てる者が多くいるのも確かだ。

こんなくだらない記事に振り回されるのは本意ではない。けれど、清道は「ソノダ・エージェント」の社長であり、ワイドショーを賑《にぎ》わせた事があるほどの有名人だ。それだけに世間の注目度は高く、彼と会社の名前に傷がつく可能性が高い。

（とりあえず、清道に連絡をしないと――）

そう思い、急ぎ連絡をするも、彼はちょうど帰国中で日本に向かう飛行機の中だった。美月が事務所を訪ねてきた時と同様、清道と連絡が取れない。

会社絡みの事でもあるため、社長秘書の島田にも電話をしてみた。すると、ワンコールで彼女が出て、奈緒の話を聞くなり、電話口で大きなため息を吐く。

『いったい、どうしてこんな事に？　そんな記事が出たら、今度の株主総会が大荒れになりますよ！』

島田が言うには、記事が世に出れば、今後行われる株主総会で、清道が糾弾されるのは間違いない。そうなると、最悪彼は社長を解任される事になるかもしれない――

そうでなくても、犯罪絡みの記事が出た清道の経営者としての名声は地に落ちる。それに伴って会社への社会的信頼もゼロになるだろう、と。

『ヤッてますけど』

あんな事を言ったせいで、美月の怒りを買い、こんな事態を引き起こす事になるとは……

どうにか対応策を考えようとするも、島田は電話の向こうでイライラを募《つの》らせるばかりだ。

『そうでなくても、『ソルテア』に関しては以前から社内のあちこちで不満の声が上がっていたんです。常に公正な社長が、明らかに『ソルテア』だけを特別扱いしていると……。失礼ですが、原田社長と関わって以来、我が社の団結力は確実に落ちています。その理由、わかりますよね？』

遠回しではあるが、島田ははっきりと奈緒の存在を疎《うと》んじている。

最初こそ彼女の個人的な感情からだと思っていたが、今の話だと「ソノダ・エージェント」全体の総意なのかもしれない……。

奈緒は、今さらながら自分がいかに清道と彼の会社にとってマイナスの存在であるかを悟った。

もし、今後も自分がいるせいで彼や「ソノダ・エージェント」の足を引っ張る事になるなら、一刻も早く身を引くべきだろう。

「それで、園田社長には、どう伝えるの？」

「迷惑をかけた事への謝罪と、けじめとして公私ともに関係を終わらせたいと伝えようと思ってる」

そう言うなり、心が押し潰されそうになる。事あるごとに、期間限定の関係だと自分に言い聞かせてきたのに、別れは思っていた以上に辛く、胸を抉《えぐ》られるような痛みすら感じる。けれど、清道にこれ以上の迷惑をかけないためにも、きっぱりと関係を終わらせるしかなかった。

「そんなんで、園田社長が納得するとは思えないけど」

「納得してもらえなくても、私の気持ちは変わらないから」

今までいろいろと尽力してくれた清道や「ソノダ・エージェント」の人達には心から申し訳なく思う。個人的な繋がりはともかく、仕事が絡んでいるだけに会社同士の関係をいきなり終わらせるわけにはいかない。しかし、この先もまた、自分のせいで問題が起こったらと思うと、できるだけ早く契約を解除するよりほかに選択肢がなかった。

「ほんっと、腹立つわ！　あんな小娘に振り回されるなんて！」

紗智が、悔しそうにテーブルを思いきり叩いた。確かに、彼女の言いなりになんかなりたくないし、ものすごく悔しい。

だが、多くのフォロワーがいる美月の影響力は、決して小さくはなかった。

清道を、心から愛している。けれど、どのみち彼とは四カ月の期限付きで付き合っていたのだ。

いずれにせよ、あと二日で清道との関係は終わってしまう。

それが少しだけ早まっただけ――今となっては、彼の名誉や名声を守るために、一日でも早く身を引くのが一番いい方法だった。


奈緒は、その日の午後に清道へSNSを通じてメッセージを送った。

送信したのは、ちょうど彼がニューヨークから東京に向かっている時であり、おそらく彼がそれを見るのは夕方過ぎになるだろう。

紗智が言うように、清道は納得せずに、連絡をしてくるかもしれない。

いや――きっと、してくる。

けれど、奈緒は、今は直接清道と話したくなかった。話せば、ぜったいに感情的になってしまうだろうし、多少なりとも本音が出てしまうに違いないからだ。

幸い、今週は「ソノダ・エージェント」に出向く予定はなかったし、契約の解除に必要な手続きには、まだ少し時間がかかるはずだ。

未だ清道への想いは募《つの》る一方だが、こればかりは仕方がない。

「このまま失恋の旅に出ちゃおうかな……」

そんなできもしない戯言《ざれごと》を呟きながら、奈緒は今晩泊めてもらう約束を取り付けた美夏が待つ居酒屋に向かった。

そして、席に着くなり一連の出来事を美夏に打ち明け、今日何十回目かのため息を吐く。

「そんな事になってたなんて……。美月って子、とんだ食わせ者ね！」

美夏がビールジョッキを片手に、怒りの表情を浮かべる。彼女は清道との事を相談できる唯一の人であり、すべてのいきさつを詳しく知ってくれているのも美夏だけだ。

「どのみち終わる関係だったし、その時が早く来ちゃったのは、自分のせいだから仕方ないよ」

「でも、本気で好きなんでしょ？　話を聞く限り、園田社長も奈緒に本気なのかなって思ってたんだけどなぁ」

美夏が腕を組み、左右に首を傾げる。

「忙しいのに奈緒の事務所にお土産《みやげ》を持って顔を出したり、わざわざ自分の身内に紹介して生産ルートの確保を手伝ったり……。普通に考えて、個人的な好意がなきゃ、そこまでしないでしょ。それに、なんてったってセックスまでしちゃってるんだし——」

「ちょっ……美夏っ……！」

美夏の直接的な言い回しに驚き、奈緒は辺りをキョロキョロと見回した。

「てっきり、奈緒の運命の相手だと思ってたのに……。ねえ、奈緒。もう一度聞くけど、園田社長との事は、本当にもういいの？」

「うん、いい」

反射的にそう答えて、それでいいのだと自分に言い聞かせる。

もともと不釣り合いな相手だったのだし、ここまで親密な関係になれた事自体奇跡だったのだ。

「ええ～本当にぃ？」

美夏に探るような目で見つめられたが、奈緒はそれでもひるまずに彼女を見つめ返した。

「うん、本当に」

「ふぅん、わかった。……よし、じゃあもう次に行こう！」

突然拳《こぶし》を突き上げる美夏に、奈緒は驚いてたじろぐ。

「つ、次って、何よ」

「いいから、私に任せといて！　せっかく奈緒が『petite mort《プティットゥ・モール》』の新作を出す気になってるんだもの。こうなったら、私が園田社長に代わって、バックアップさせてもらうわ！」

力強くそう話す美夏は、「ソルテア」設立当初から商品を愛用してくれており、パートナーショップとして自身のサロンでも使ったり宣伝したりしてくれている。

「petite mort《プティットゥ・モール》」に関しても個人的に愛用してくれているし、オイルについては、奈緒が推奨したのもあってかねてから実践している膣トレーニングをする時に使うつもりでいるらしい。

「ありがとう、美夏。なんだかわかんないけど、新たな気持ちで頑張ってみるかな」

「そうそう、その意気だよ～」

美夏がお手洗いに行くと言って席を立ち、奈緒は飲みかけのグラスワインを傾ける。

（少し前まで、ここに来たら、とりあえずビールだったのにな）

意識してそうしたわけではないが、ついメニューの中にワインを探して頼んでいた。

もちろん、清道と飲んだ高級ワインと同じとはいかないが、彼と過ごした時間を思い出すには十分だ。

我ながら未練がましい。

奈緒は残りのワインをすべて飲み干し、通りすがりの店員にビールの大ジョッキを頼んだ。

すぐに運ばれてきたそれは、片手で持てないほどの重量がある。

奈緒は両手でジョッキを持って、立て続けに五回喉を鳴らしてビールを飲んだ。

「ふーっ、美味《うま》っ！」

久しぶりに外で飲むビールは、やけに胃袋に染みる。

奈緒はさらにジョッキを傾けてビールを飲み、口の周りについた泡を拭った。残り半分になったビールを眺めているうちに、清道と最初の夜に飲んだシャンパンを思い出す。

同じ泡でも、ビールとはまるで違う。

きっと自分は、これからシャンパンを見るたびに清道を思い出すのだろう。

いや、シャンパンだけじゃない。

彼と一緒に見たり味わったりしたものは、すべて清道との記憶に繋がっている。この先事あるごとに彼を懐《なつ》かしみ、思い出に浸《ひた》るに違いなかった。

（これが三十路《みそじ》前にしてはじめて知った、本気の恋の名残《なごり》かぁ……）

元カレと破局した時とは、何もかもが違う。

思い返してみれば、前の失恋で味わった辛さは、ただただ裏切られた事への驚きと悔しさだけだった。その証拠に、別れたあとも特別元カレが恋しかったわけでもないし、もうすでに顔の印象すら曖昧《あいまい》になっているくらいだ。

それに比べて、今、胸にある清道を恋しいと想う気持ちは、一生続きそうなくらい深く激しい。きっと死ぬまで忘れないだろうし、今後彼以上に愛せる人に出会う事はないだろう。

彼と別れた事実が悲しくて、辛い。

しかし、同時に、清道という唯一無二の男性と知り合えた幸運を心の底から嬉しく思う。

（だって、清道に出会ったおかげで、いろいろと前向きになれたんだもの）

彼の隣にいてもおかしくないようにと女磨きを始めて、以前に比べメイクやファッションにかなり気を遣うようになった。

おかげで、自分に自信がついてきたし、美夏にも「だいぶいい女になった」と褒《ほ》められた。

仕事に対する知識欲やモチベーションも上がり、新しい事にチャレンジしてみたくなったのも清道との出会いがあったからだ。

彼には感謝しかないし、二人の関係は終わっても、清道を愛する気持ちはなくなるどころか大きくなる一方だった。

（もう今までのように会えないってわかってるから、余計恋しく思うんだろうな）

これればかりはもう、時間薬が効くのを待つしかない。けれど、どれだけ時が流れようと、今抱えている心の痛みが完全に消える事はないだろう。

(だって、まだこんなに愛してる……。それに、そもそも清道の外見って私の理想の男性そのものなんだもの)

見た目がゴージャスで、手足が長く適度にガタイのいい人。

そんな人は世の中に大勢いるけれど、清道ほど完璧な男性はほかにいるはずもなく——

「こんばんは」

彼がいかに素晴らしいか考えていると、いきなり前の席に見知らぬ男性が腰を下ろし、奈緒ににっこり微笑みかけてきた。

わけもわからず挨拶《あいさつ》を返し、席を間違えていないかと周囲を見回してみる。

見えたのは、店の入口付近でこちらに向かって手を振る美夏だ。彼女の隣には若くて背の高い男性がいる。

「美夏さんが、詳細はスマホに送ったメッセージを読んでくれって言ってましたよ」

目の前の男性にそう言われ、奈緒は急いでバッグからスマートフォンを取り出して、美夏のメッセージを開いた。

『VIP会員用のレンタル彼氏第二弾の佐竹健次郎《さたけけんじろう》さんよ。ダブルデート用に頼んだの。あとはよしなに~』

「はあ?」

奈緒が思わず声を上げて再度入口のほうを見ると、もうすでに美夏の姿は消えていた。

前を見ると、男性がにこやかな顔で手を差し伸べてくる。

「はじめまして、健次郎です。僕達、ついさっきここに着いたんですよ。店の前で美夏さんと合流したんですけど、彼女、さっそく二人きりになりたくなったみたいで」

健次郎によれば、美夏は事前に二名のレンタル彼氏を手配しており、ここで落ち合う段取りになっていたようだ。

美夏の隣にいた男性は、彼女のお気に入りであるらしい。

一方の健次郎は、年齢は奈緒と同じか少し上くらい。いずれにせよ、奈緒の理想とする男性像にかなり近い印象だ。

きっと、美夏は良かれと思って二人目のレンタル彼氏をセッティングしてくれたに違いない。

長年親友をやっているから、それはわかる。しかし、如何《いかん》せん突然すぎて対処に困ってしまう。

「そ、そうですか。じゃあ、私達も出ましょうか」

店内はほぼ満席で、周りには人が大勢いる。

ここであれこれと話すわけにもいかず、奈緒はとりあえず健次郎を急《せ》き立てて店の外に出た。

建物の前は緩い坂道になっており、かなり賑《にぎ》わっている。念のため、美夏を捜して辺りを見回してみるも、やはりとっくに姿を消してしまっていた。

奈緒が諦めて健次郎のほうに向き直ろうとした時、ちょうどやってきた団体客の流れに巻き込まれ、店内に押し戻されそうになる。

なんとか自力でそこから抜け出すと、健次郎が足早にやってきて気遣わしげな表情を向けてきた。

「奈緒さん、大丈夫でしたか？」

「はい、私は大丈夫です」

「そうですか。よかった……ここは混み合いますから、とりあえず大通りまで行きましょうか」

「そうね」

健次郎の掌《てのひら》に歩く方向を示され、奈緒は彼とともに坂道を下り始めた。健次郎は歩く際も奈緒を常に気遣ってくれるし、すれ違う女性達の大半が彼を見てなんらかの反応を見せる。

さすが美夏が選んでくれたレンタル彼氏だ。かなり気づまりだが、健次郎はそれを紛らわせるように他愛ない話題を提供し、にこやかに笑いかけてくれた。

（健次郎さん、かっこいい人だけど、やっぱり清道じゃなきゃときめかない……）

それどころか、清道以外の男性とこうして歩いているだけで、ものすごく後ろめたい気持ちになる。

別れたのだから気にする事はないのだが、彼を想い続ける心が、そうさせてしまうに違いなかった。

坂道を下りきり、大通りに出た。

ここも人は多いけれど、道幅があるし大声を出している酔っ払いもいない。

「あの……美夏は今日、どういうオーダーで健次郎さん達をレンタルしたんでしょうか？」

「今日は二人とも朝までコースでご予約いただいてます。あとこれ、美夏さんから奈緒さんに渡すよう言われたメッセージカードです」

健次郎が手渡してきたのは「GJ倶楽部」と印字された名刺大のカードだ。

奈緒は人の邪魔にならないよう道の端に寄ると、渡されたカードに目を通した。

『健次郎君は「GJ倶楽部」ではトップクラスの癒《いや》し系だから、心ゆくまで癒《いや》されちゃって。今回も、その場の雰囲気と個人の裁量って事でヨ・ロ・シ・ク　——美夏——』

なんだか読むだけで力が抜けそうな軽い文面だが、これが美香なりの気遣いなのはわかっている。

(ありがとね、美夏)

健次郎は店の名に恥じない外見をしており、言動も申し分ない。

あれから自分でも「GJ倶楽部」の規約に目を通してみたが、レンタル彼氏を利用する目的は、何も疑似恋愛を楽しむためだけではない事がわかった。

たとえば、両親や友達に彼氏がいるとカムフラージュするため、もしくは男目線での仕事のアドバイスをもらうために利用する男性会員も少なくないようだ。

(そうだ……私もそういう利用の仕方をすればいいんだよね)

ちょうど「petite mort《プティットウ・モール》」の第二弾について悩んでいたところだ。試作品の前段階ではあるが、バッグの中には新商品になる予定のオイルが入っている。せっかくだから健次郎に香りや着け心地の感想を聞かせてもらおう。

奈緒が名刺を渡してその旨を健次郎に話すと、彼は快《こころよ》く協力を承諾してくれた。

「いいですよ。喜んで協力します。でも、僕の意見なんて参考になりますか？」

「もちろんです！　……実は最近いろいろあって、ちょっと行き詰まっていたところなんです」

奈緒はかいつまんで企画中の新商品について説明し、健次郎の理解を得た。

「よくわかりました。というか、奈緒さんって『ソルテア』の社長さんだったんですね！　実は僕、前から『ソルテア』のクリームを愛用しているんですよ」

「え……ほんとですか？」

まさか健次郎が、「ソルテア」の顧客だったとは！

奈緒は改めて健次郎に礼を言った。

「僕達レンタル彼氏は、求められたらある程度のスキンシップをするでしょう？　相手に触れるのに自分の肌が荒れていたらプロとして失格ですからね」

「嬉しいです！　きっかけは、やっぱり美夏ですか？」

「いいえ、まったく別のところで――」

話を聞くと、健次郎が「ソルテア」の商品を使い始めたきっかけは、都内の老舗《しにせ》百貨店内の健康雑貨売り場でサンプルを試した事だったらしい。

そこは奈緒が何度となく通い詰め、ようやくパートナーショップになってもらったところだった。

「一度使ったら、すっかり気に入ってしまって。それ以来、ずっと使い続けていて、うちの実家の両親や親戚に頼まれて、ネットショップで三ダースまとめ買いをした事もあります」

健次郎曰《いわ》く、彼の実家は美容院を営んでおり、親戚には床屋など手を使う職業に就いている人が多くいるのだという。

そのほかにも農業を生業《なりわい》としている人も大勢おり、もれなく手荒れに悩まされているらしい。

「ネットで一度に三ダースのお買い上げ……それ、覚えてます！　通信欄に、配るための小袋があればつけてほしいって書き添えてくれた方ですよね？」

「そうそう、それです」

奈緒の言葉に、健次郎が嬉しそうに頷く。彼は同封されていた布製のきんちゃく袋にクリームを入れ、親戚が集まった際に配ってくれたようだ。

「あの袋、結構便利なんですよ。母は飴玉入れ、従妹《いとこ》はコスメポーチ代わりに使ってるって言ってました。結構しっかりした作りだったし、かなりコストがかかったんじゃないですか？」

「うちはもともと家族経営で、あの袋は裁縫が趣味の叔母の手作りなんです。小袋については前からあればつけてほしいって要望があって、健次郎さんからまとめ買いの注文が入ったのを機に、お試しでつけてみようって事になって」

布はリネン製で、作っているのは親戚の縫製工場だ。もともとほかの品を作るための布の余りで作られており、コストはかなり抑えられている。

「そうなんですね。デザインもシンプルでいいし、あれなら袋だけでもほしいくらいです。母なんか、袋だけ売ってないのかって聞いてきたくらいなんですよ」

まさかそんなに喜んでもらえているとは思わなかった。せっかくいい話を聞けたのだから、今度帰省した時に、みんなで話し合ってみようと思う。

（こうして仕事に打ち込んでいれば、いつかは清道の事を思い出しても辛くなくなるのかな……）

今は辛くても、清道のおかげで新しく得たものがたくさんある。彼と出会って愛した経験は、これからの人生において生きる糧《かて》になっていくはずだ。

(大丈夫。清道との思い出だけで、前向きに生きていける！)

あれこれと話しながら通りすがりのオープンカフェに入り、道路に面したテラス席に腰を据える。道を歩く人達を横目に会話を続け、ようやくオイルの話になってサンプルを取り出そうとバッグを探った。

中の整理整頓を心掛けるようになってから、以前よりかなり物を探しやすくなっている。けれど、照明がさほど明るくないせいか中がよく見えない。仕方なくバッグに手を突っ込んで探り、ようやくサンプルが入ったミニボトルを見つけだした。

「あった！」

バッグから取り出したプラスチック製のミニボトルをテーブルの上に置く。

しかし、バッグの持ち手が当たってしまい、円柱形のそれがテーブルから落ちてしまった。

急いで追いかけるが、ミニボトルはテラスの縁を超えて歩道に転がっていく。あわや誰かの足に踏みつけにされると思った時、ちょうど通りかかった人がそれを拾い上げてくれた。

「ああ、よかった！　どうもありがとうございま——えっ……き、清道……!?」

煌《きら》びやかな夜の街並みの中に立っているのは、間違いなく彼その人だ——

「どうしてここに……？」

「ようやく見つけ出せた……。メッセージを読んだよ」

ここまで走って来たのか、清道が無造作に前髪を掻き上げる。

「悪いが、奈緒の居場所を知っていそうな人に片っ端から連絡を入れて探らせてもらった。無理矢理聞き出したのは俺だから、紗智さんを責めないでくれよ。美夏さんもね」

清道は、メッセージを読んでからずっと奈緒に連絡を取ろうとしていたらしい。

彼は紗智ばかりか、ついさっきまで一緒にいた美夏にも連絡して、奈緒の居場所を聞き出したようだ。

「美夏さんが、奈緒は今『GJ倶楽部』の人と一緒にいると教えてくれた。だから、こうしてなりふり構わず、すっ飛んできたんだ。奈緒、いったいなぜ俺の前からいなくなろうとしたんだ？　それをきちんと話してくれるまで、帰さないからそのつもりで」

奈緒があぜんとしている間に、清道が健次郎と何かしら話し始めた。健次郎がどこかに電話をかけている様子からして、きっと美夏に確認しているのだろう。

ほどなくして健次郎が去り、奈緒は清道と二人きりになった。すると、彼がいきなり距離を縮め手を強く握ってくる。

「じゃあ、行こうか」

「で、でも……」

「大丈夫だ。奈緒のバッグなら俺が持ってる」

「そ、そうじゃなくて……」

強制的に歩かされ、テラスをあとにして歩道に出る。

「清道、いったいどこへ行くつもりなの？」

「俺の家だ」

「ダメッ……私、行けない！」

「どうしてだ？」

「だって、もう終わりにしたから——」

「終わってない。メッセージは読んだが、俺は納得していないし、同意もしていない」

思いのほかしっかりと手を握られており、振り切る事ができなかった。いっその事、立ち止まって強引に手を振り解けばいい。それを実行に移さないのは、本当は自分がそうしたくないからだ。

（清道っ……）

重なった掌《てのひら》からは、包み込んでくるような優しさを感じる。抑え込んでいた想いが込み上げ、思わず手を握り返したくなってしまう。

「本当は、もっと早く動くつもりだったんだが、仕事が立て込んでいてそうできなかった。とにかく、俺の家に来てくれ。話はそれからだ」

掌《てのひら》から伝わってくる温もりが、清道への恋慕を掻き立ててくる。

彼は、一方的に別れを告げた奈緒を追いかけ、きちんと話をしようとしてくれている。

それなのに、自分は——

理由があったにせよ、逃げ出すような行動を取るべきではなかった。もっと落ち着いて考えて、何かしら対策を講じればよかった。

もっともっと努力すべきだった――

奈緒が己の自分勝手な行動を反省している間に、清道が通りすがりのタクシーを停めた。

二人してそれに乗り込む際に自然と手が離れる。

しかし、それも束の間、運転手に行き先を告げた清道が、膝に置いた奈緒の手の上に掌《てのひら》を重ねてきた。

ものの数十分で清道の自宅に到着し、彼と手を繋いだまま玄関を通り抜けてリビングに入る。

先を歩いていた清道が突然部屋の真ん中で立ち止まり、勢いのまま彼の胸にぶつかった奈緒の身体を強く抱きしめてきた。

「奈緒っ……、奈緒……」

「……清道――」

下ろしていた手が彼の背中に回り、掌《てのひら》に力がこもる。一度触れ合ってしまったら感情がセーブできなくなり、キスを拒《こば》むどころかそれに応《こた》えてしまっている。

しかし、このまま彼とのキスに溺《おぼ》れるわけにはいかない。まずは、きちんと話さなければ――

離れがたく思いながらキスを終わらせると、奈緒は清道に連れられてソファに腰を下ろした。

彼は二人の膝を突き合わせるようにして、奈緒の両手を掌《てのひら》で包み込んだ。

「奈緒、まずは謝らせてくれ。今回の件は、すべて俺の監督不行き届きが原因だ。本当に申し訳ない事をした。戸田美月と秘書の島田については、すでに相応の処分を下すべく、動いている」

「えっ？　ええっ!?」

突然謝罪され、奈緒は仰天して目を瞬《またた》かせる。

「どうして清道が謝るの？　……処分って――もしかして、記事の事も知ってるの？　私、また何か清道に迷惑をかけたんじゃ――」

彼が何を言わんとしているか半分もわからない。けれど、今の様子からして新たな問題が起きたのだけは確かだ。

自分の存在が、清道の足を引っ張ってしまう！

そう思った奈緒は、即座にソファから腰を浮かせて、その場から立ち去ろうとした。けれど、すぐに清道に腕を掴まれ、果たせないまま、また座面に腰を下ろす。

「奈緒、落ち着いてくれ。記事の事は大丈夫だ！　あれが世に出る事は、ぜったいにないし、そもそもすべてが俺と奈緒を別れさせるための大嘘だって、奈緒もわかっているだろう？」

訊《たず》ねられて、奈緒は首を縦に振った。けれど、それと二人の関係を終わらせるのは、また別の話だ。

「戸田美月が、日頃からなんとか俺に取り入ろうとしてたのは、わかってた。だけど、まさかここまでするとは思わずにいたんだ。それに、秘書の島田までそれに加担していたとは――」

「えっ？　それって、二人がグルだったって事？」

清道が頷き、奈緒の肩をそっと抱き寄せる。

「奈緒から、すべてを終わらせたいというメッセージをもらって、心底驚いた。俺達は上手《うま》くいっていると思っていたし、まさか、こんな展開になるとは思っていなかったから――」

奈緒が彼に別れのメッセージを送った数時間後、清道は帰国してすぐに乗り込んだタクシーの中で、スマートフォンの機内モードを解除した。

突然の決別宣言に驚いた彼は、すぐに奈緒に連絡を入れたが、一向に返事がない。

留守中に連絡がなかったか島田に確認してみると、彼女の言動に違和感があった。

不審に思い、人を使って自分の不在中に起きた出来事を探ったところ、島田と美月がいろいろと問題行動を起こしているのがわかった。

清道が渋い顔をして言う事には、美月が奈緒の事務所を訪れたあと、彼女は「petite mort《プティットゥ・モール》」についての中傷記事をアップしたらしい。

幸い、すぐに気づいたため、閲覧したのはごく僅《わず》かの人達で、大事には至らなかったようだ。その件でいろいろと問い詰められた美月は、自分に指示を出したのは島田だと暴露し、その証拠まで披露《ひろう》してどうにか契約解除を逃れようとした。

個別に事情聴取したところ、二人は互いの問題行動を暴露し合い、結果的に仲良く自滅の道を辿《たど》る事になったそうだ。

「事の発端は、俺と奈緒の仲を裂く事だったようだが、インフルエンサーが嘘をつくなんて、言語道断だ。彼女は自分に寄せられていた信頼をドブに捨てた。所属事務所からも見放されたようだし、今後はもう、まともに活動できる事はないだろうな」

清道がそう言い切り、重大な契約違反により美月との契約はすでに解除したと話した。

島田についても、虚偽の報告や情報漏洩《ろうえい》などの就業規約違反が発覚しており、解雇の方向で話が進んでいるらしい。

「そうだったのね……」

一連の話を聞き終えて、奈緒はようやく張り詰めていた緊張を少しだけ解いた。

二人には激しく疎《うと》んじられているとは思っていたが、まさか裏で結託していたとは思わなかった。

話を聞くと、島田が株主総会云々《うんぬん》と騒ぎ立てたのも、奈緒を脅《おど》すための狂言に近いものだったようだ。

「うちの総務部は優秀な社員が揃ってる。嘘のゴシップ記事ごときで、総会を台無しにしたりしないよ。とにかく、もう何も心配はいらないから安心していい」

清道が、奈緒を安心させるように微笑みを浮かべる。

奈緒は彼の見事な采配に恐れ入って、尊敬のまなざしを送った。そして、彼のためを思ってした自分の行動が、却《かえ》って清道を傷つけてしまった事を心から詫びた。

「本当に、ごめんなさい……！」

「謝らなくていい。奈緒が俺を想ってそうしてくれたのはわかってる。それに、二人に何を言われても俺を信じ続けてくれてたんだろう？」

女性に対する違法行為や、避妊具に関する馬鹿げた定説など――

清道が、改めてすべて捏造《ねつぞう》であると断言する。

「会社に避妊具が大量に置かれているのは事実だ。だけど、それは去年これを作ってる会社とマネージメント契約をした時に先方から送られてきたからであって、俺が会社で使うためでもなければ、持ち歩くよう指示したわけでもない」

清道曰《いわ》く、避妊具の製造会社との契約は去年の春からで、新発売された同商品のコンセプトは「女性でもおしゃれに携帯できる避妊具」

それを前面に打ち出した「ソノダ・エージェント」のマーケティングが功を奏し、見事大ヒットして製造元に莫大な利益をもたらした。

「それで、そこの社長が是非使ってほしいと言って、商品を俺が出張している間に大量にうちの会社に送りつけてきたんだ。ちなみに、はじめて会った時にそれを持ってたのは、出張に行くと知った翔に無理矢理持たされたからだ――」

段ボール箱十箱分の避妊具は、希望する社員が随時持ち帰り、その一部が清道を介して翔に渡った。

奈緒は、清道の手に避妊具をねじ込む翔を想像して、少しだけ心を和《なご》ませる。

「親友って、ありがたいわね」

「そうだな」

額にそっと唇を押し当てられ、奈緒はゆっくりと顔を上げて清道の目を見つめた。

「あんな記事、信じてなかったけど、それが世に出る事で、万が一清道や『ソノダ・エージェント』の名に傷がついたらって……。私のせいで清道や会社のイメージが悪くなるのは嫌だったの。そもそも私達は、期間限定のかりそめの恋人だもの。どうせ終わるのだから少しくらい早くても一緒だと思って……」

奈緒がそう話すと同時に、清道の顔に苦悶《くもん》の表情が浮かんだ。彼はいったん口を噤《つぐ》み、言葉を選ぶように、ゆっくりと口を開く。

「終わらせるのはダメだ……！　奈緒が俺を拒絶しても、ぜったいに手放す事はできない！」

上から屈《かが》み込むようにして唇を重ねられ、自然と背中が仰《の》け反《ぞ》った姿勢になる。身体がどんどんうしろに倒れていき、脚からいっさいの力が抜けていく。

「……ちょっ……待って……！」

うっかり、そのままキスに溺《おぼ》れそうになったが、まだ話は終わっていない。

今の言葉とキスの意味をきちんと確認しなければ、また誤解してしまいそうだ。

「清道、聞いてもいい？」

奈緒が訊《たず》ねると、清道が抱きしめる腕を解いて正面から視線を合わせてくる。

「もちろん。なんでも聞いてくれ。ぜんぶ正直に答えるから」

二人同時に頷き、改めてじっと見つめ合う。

奈緒もまた、清道に倣《なら》っていったん口を噤《つぐ》み、言葉を選ぶように、ゆっくりと口を開く。

「清道は、もうとっくに百万円分のレンタル彼氏としての役割を果たしてくれたと思う。私が清道の彼女役をきちんと果たせたかどうかは、正直わからないけど……、約束の期限もきたし、もう十分でしょう？」

別れが来るのを考えたくなくて、普段はあえて気に留めないようにしていた。けれど、約束の期限は、清道が帰国した二日後だったのは彼も承知していたはずだ。

「期限がなんだ。俺は奈緒との関係を終わらせるつもりはない。誤解が解けた今、関係を諦めるつもりもない。そもそも、百万円だのレンタル彼氏だのを持ち出したのは、どうにかして奈緒との関係を続けたいがための、言い訳にすぎなかったんだから」

「い……言い訳……？」

レンタル彼氏、百万円――その言葉に、これまでどれだけ頭を悩ませてきたと思っているのだ。

清道の真意がわからず、奈緒はさらに問いかけた。

「ちょっと待って。それって、どういう意味？　どうしてそんな事をしたの？」

まっすぐに疑問をぶつけたのに、清道は若干訝《いぶか》しそうな顔で奈緒の手を取り強く握り締める。

「もちろん、奈緒が好きだからだ。はじめて会った時から興味を引かれたし、知れば知るほど好きになって、どうにかして奈緒の心を俺のものにしたいと思ったからだ」

「……え？」

思いがけない事を聞かされ、奈緒は首を傾げながら戸惑いの表情を浮かべる。

「俺は本気で奈緒と付き合いたいと思ってる。だからこそ奈緒を探し当てて、事務所を訪ねたんだ」

そう話す清道の様子は、今までに見た事もないほど不安げだ。

そんな彼を見て、奈緒は心臓を鷲掴《わしづか》みにされる。

「俺にとって奈緒は、はじめて本気で好きになって、心からの愛を感じさせてくれた女性だ」

「清道……今言った言葉……本当なの？」

「ああ、本当だ」

まっすぐな目で見つめられ、それが本当である事を悟った。

奈緒は信じられない思いで、彼の顔に見入った。

「奈緒が俺から逃げ出したのは、奈緒にきちんと気持ちを伝えていなかった俺のせいだ。キスをしたり抱き合ったりしているうちに、てっきり想いは伝わっていると思い込んでいた。だけど、そうじゃなかったんだな。ごめん、奈緒……もっと早く、もっとはっきりと自分の気持ちを伝えるべきだったのに――」

「ううん。今回の事は、そもそも私が余計な事を言ったのが原因だし……」

それを聞いた清道が、小さく含み笑いをする。

「俺とセックスしてるって大々的に宣言した事か？　それなら、弁護士同席の上で戸田美月に事実確認をしていた時に聞いたよ」

やはり美月を激怒させたのは、奈緒の迂闊《うかつ》な発言だったようだ。

奈緒は猛省し、清道に改めて謝罪した。

「重ね重ね、ごめんなさい……！　本当に、子供じみた事をしたと思ってる」

「いや、奈緒は事実を言ったまでだし、謝る事はない。俺だって、そんなふうに言われたら、間違いなく『奈緒とセックスしてる』って言い返しただろうからね。ああ……正しくは『ヤってますけど』――だったね？」

清道が、いたずらっぽく笑う。奈緒は自分の暴言を思い出して、小さくなる。

「謝るべきなのは、俺のほうだ。もともと、俺がレンタル彼氏だのなんだのと言ったのが悪い。最初から、正直な気持ちを奈緒に伝えていればよかったんだ。改めて言う……奈緒、俺と正式に付き合ってくれないか？」

「もちろん、喜んで……！」

奈緒がそう言って微笑むと、清道が嬉しそうに笑い声をあげて唇にキスをしてきた。

奈緒は彼の背中に手を回し、自分を見るやや緑がかった焦《こ》げ茶色の目をじっと見つめる。

「清道に出会えたおかげで、私、ずいぶん変わる事ができたの。清道と一緒にいる時間は、私にとってすごく貴重で……会えない時もずっと清道を想って、少しでも清道に近づきたい一心で、いろいろな事を頑張ろうと思えた。清道がいたから、ここまでこれたの。——清道、本当にありがとう」

「俺こそ、奈緒に出会えてよかったよ。もっと早く言えばよかったんだが、奈緒に関しては、どんな難しい案件よりも慎重にならざるを得なかった。それだけ深く想っていたし、どんな事をしてでも、奈緒と一生をともにしたいと思っていたんだ」

改めて想いを告げられ、奈緒は嬉しさのあまり言葉をなくした。

自分からも気持ちを伝えようと思うのに、金魚のように口をパクパクと動かす事しかできない。

「奈緒、好きだ。はじめて会った時から、もうずっと愛してる。これからも奈緒と一緒にいたい……心の底からそう思ってるよ。奈緒……俺と結婚してくれ」

告白を受けた直後にプロポーズをされて、奈緒は目を剥《む》いて絶句した。口はあんぐりと開いたままだし、およそこの場にふさわしい顔ではない。

けれど、天にも昇る喜びを感じている今、表情管理する余裕などあるはずもなかった。

「はいっ……！」

奈緒はそう答えるなり、清道に飛びついて彼の首に腕を回した。同時に、彼に強く抱きしめられて、互いに気が済むまで何度となくキスを繰り返す。

「清道……愛してる。私だって、もうずっと前から清道を愛してたの――。もう、清道なしじゃいられない……。一生私と一緒にいて。お願い――」

「もちろん、いいよ」

気持ちを確かめ合った今、二人の関係は、かりそめではなく本物になった。これからは、いたずらに想像を膨らませて不安にならなくていいし、ストレートに気持ちを伝え合って、好きなだけ愛し合えるのだ。

唇がくっついたり離れたりしている間に、呼吸が吐息に変わり始める。キスが熱っぽくなればなるほど、二人の情欲は抑えきれないほど高まっていく。

薄く開いた唇の隙間に、清道の舌が滑り込んできた。熱く柔らかなそれが、奈緒の唇を何度となく出たり入ったりする。その動きは、蜜窟を抜き差しする屹立《きつりつ》そのものだ。

奈緒は堪《こら》えきれずに喘《あえ》ぎ声を漏らし、ソファ前のラグに爪先を這《は》わせる。浮き上がった身体を腕にすくい上げられ、ラグの上に仰向けに寝かされた。

目の前に見える清道の顔には、切羽詰《せっぱつ》まったような表情が浮かんでいる。

激しく貪《むさぼ》るようなキスをされ、奈緒もそれに夢中で応《こた》えながら着ているものをそこら中に脱ぎ散らしていく。明るい照明の下で全裸になり、無我夢中でキスをしながら身を寄せ合って互いの熱を感じ取る。

キスの合間に、清道が奈緒の腰を跨《また》いで膝立ちになった。

キラキラと輝くクリスタルのシーリングライトを背にした彼は、たとえようもないくらいセクシーで煽情的《せんじょうてき》だ。

彼の右手にはオイルが入ったミニボトルが握られており、左手の指先には薔薇《ばら》模様の避妊具の小袋が挟まれている。

「これは、どっちを先に使うのが正しいのかな？　もっとも、片方だけしか使わないっていう選択肢もあるけど」

上からじっと見据えられ、奈緒は自分がトロトロに溶けた蜂蜜になったような気分になる。

どうせなら、清道とも溶け合ってひとつになりたい。そして、細胞レベルで交じり合って二人の絆《きずな》をさらに強めたいと思う。

「こっち……だけ」

奈緒が清道の右手からミニボトルを取り上げると、彼は左手で持っていた避妊具の小袋をうしろに放り投げた。

「いいよ。俺もそうしたいと……ものすごくそうしたいと思っていたところだ」

視界に入った清道の屹立《きつりつ》が、それまで以上にグッと反《そ》り返る。

奈緒はミニボトルの蓋《ふた》を開け、中を掌《てのひら》にたっぷりと出した。

手を伸ばすと、清道が膝立ちになったまま前にじりじりと進んでくる。ちょうど肋骨の上まで移動してもらうと、奈緒は掌《てのひら》でそそり勃つ屹立《きつりつ》を包み込んだ。

体温で温められたオイルが、屹立《きつりつ》をぬらぬらと艶《つや》めかせる。そして、微かに香り立つジャスミンが、鼻孔を通して全身に広がっていく。

「この香り……この間とはまた違うんだな」

「うん、この間のはラベンダー。これはジャスミン。いろいろ考えて、こっちにしてみたの。ジャスミンにはリラックス効果と高揚作用の両方が期待できるの。……それに、催淫効果も……」

手の中でクチュクチュと小さな水音が立つ。体温で温められたオイルから、より強く香りがしてくる。硬く勃起した男性器が、それまで以上に硬さを増して清道の割れた腹筋にくっつかんばかりになっている。

奈緒はそれを見つめながらゴクリと喉を鳴らし、唇の隙間から舌先を覗かせた。

抑えがたいほど強い情欲に囚《とら》われ、奈緒は片手で清道の太ももを引き寄せながら、僅《わず》かに上体を起こした。

それが、たまらなく欲しい――

奈緒は竿の部分を軽く握り、緩く手首を回すようにしながら上下に擦り上げる。そうしながら、太く浮き上がる血管に舌を這《は》わせた。

「奈緒っ……」

清道が呻《うめ》き、奈緒の髪の毛にぐっと指を絡ませてくる。微かに聞こえてくる彼の息遣いが、いっそう奈緒の劣情を煽《あお》った。

自分がしている事で、清道を気持ちよくしている――

それがわかるだけで、身体の奥から新たに愛液が滲《にじ》み出す。

舌で根元から先端に近い括《くび》れ部分までを何度となく舐《な》め上げ、切っ先を口いっぱいに頬張る。

胸に悦《よろこ》びが込み上げてきて、奈緒は恍惚《こうこつ》となりながら、屹立《きつりつ》への愛撫《あいぶ》を繰り返した。

深く浅くそれを含んでは、先端をチロチロと舌で嬲《なぶ》る。存分に味わいながら舐《な》め回していると、いつしかその行為に没頭してしまう。

まさか、自分がこんな淫《みだ》らな行為をするなんて……

今まで一度も経験がなかったし、以前の奈緒ならぜったいにしなかったし、したいとも思わなかったはずだ。

「……奈緒っ……」

清道が低く呻《うめ》き、奈緒の唇から淫茎を抜き去った。

唾液が細い糸を引き、繋がりが途切れるのを拒《こば》んでいるみたいだ。

途中で取り上げられた奈緒は、再び行為を続行しようとしたけれど、清道に阻《はば》まれてしまう。

「もうっ……もっと、したかったのに」

「俺だって、そうしてほしい気持ちはあるけど、これ以上はもう我慢の限界なんだ」

「でも――ん、んっ……」

不満を言う唇に、彼の熱く濡れた舌が溶け込んでくる。

硬く尖らせた舌が、まるでついさっきまで愛でていた屹立《きつりつ》のような淫《みだ》らな動きをした。奈緒はたちまちそれに夢中になり、唇で清道の舌を緩急つけて締め付け、途切れ途切れに喘《あえ》ぎ声を漏らす。

「なんて声を出すんだ。奈緒……ずっと聞いていたいくらい愛らしくて、いやらしいよ。今日は特にそうだ。これも、オイルの効果かな？」

「そうかも……」

オイルの香りが絡み合う二人の熱と交じり合い、さらに濃密な薫香《くんこう》になっているのは確かだ。

清道が新たにオイルを指先に垂らし、奈緒の乳嘴《にゅうし》を甘くひねり潰してきた。

「あ、んっ……！　あ……」

今日はいつにも増して身体中が敏感に反応する。

愛し合う二人の体温が、ジャスミンの香りをよりいっそう匂い立たせる。奈緒は彼の肩に腕を回し、太ももで腰を強く挟んだ。

「実際に使ってみてわかる事が、たくさんありそうだな……。だとしたら、今よりもっと奈緒を可愛がってやらないと——」

清道が囁《ささや》き、上体を起こした。そして、オイル入りのミニボトルを傾け、自分のみぞおちにオイルを垂らしていく。

盛り上がった筋肉の間をオイルが伝い下りる様を眺めながら、奈緒は我知らず舌なめずりをした。

「その顔、すごく煽情的《せんじょうてき》だな。カメラに収めておきたいくらいだ」

唇が重なり、それと同時に屹立《きつりつ》が蜜窟の中に深々と沈み込む。小刻みに腰を振られ、ずぷずぷと音が立つ。

「ひぁっ！　あんっ！　あっ……あああんっ！」

まだ挿入したばかりなのに、中が悦《よろこ》びに熱く戦慄《わなな》いているのがわかる。

いくつもの襞が屹立《きつりつ》に絡みつき、じっとしていてもたまらなく感じてしまう。

ゆっくりと抽送《ちゅうそう》を始めた清道の腰が、ふいに恥骨の裏側を立て続けに突いてくる。

途端に得も言われぬ快楽を感じて、意識が飛びそうになった。仰《の》け反《ぞ》った首を舌でねっとりと舐《な》め上げられ、内奥がビリビリと痺《しび》れて発熱する。

「あっ……あ……っ……」

さらに奥深く入り込んだ屹立《きつりつ》の先が、熱くなった内側を優しく抉《えぐ》ってくる。

避妊具をつけていないせいなのか、動くたびにひっかかりがすごい。

括《くび》れが中でめくれ上がり、蜜壁の奥に潜《ひそ》む快楽の場所を刺激して、ジャスミンが香る愛液をどっと溢《あふ》れさせた。

「ここを、こうされるの好きだろ？」

ピンポイントで攻められたそこは、確かに奈緒が特別に感じる場所だ。ただでさえそうなのに、囁《ささや》いてくる清道の声が淫靡《いんび》すぎる。

「す……きっ……。大好き……ん、っ……あ、あぁっ！」

先端で繰り返しゴツゴツと奥を突かれ、それと同時に乳嘴《にゅうし》に強く吸い付かれた。

たちまち脳天を突き抜けるほどの快感が全身を駆け巡《めぐ》り、自然と腰がゆらゆらと揺れ始める。

「奈緒っ……中、すごく動いてる。まるで、しゃぶられてるみたいだ」

「やあああんっ！　あんっ……あああ――」

激しさを増す抽送《ちゅうそう》に、奈緒の隘路《あいろ》が悦《よろこ》びに潤《うる》む。

硬く太いもので、中をいっぱいにされて、荒々しく暴かれる感じがたまらなく気持ちいい。

「……もっとっ……。もっと、いっぱい、して……あ、あああっ！」

清道の口の中で蕩《とろ》けていた乳嘴《にゅうし》が、カチカチに硬くなってツンと上を向いた。

それを歯で擦るように愛撫《あいぶ》され、蜜窟の入口がキュンと窄《すぼ》まる。

溢《あふ》れるほどの愛液が奥で掻き混ぜられ、この上なく卑猥《ひわい》な水音を立てて奈緒の淫欲を刺激し続けている。

「もっとか？　いいよ……奈緒が欲しいだけ、いくらでもしてやる」

この上なく優しい声音が、奈緒の頬をいっそう上気させる。

込み上げてくる多幸感に包み込まれて、奈緒は目に涙を滲《にじ》ませて喘《あえ》いだ。

そんな奈緒を、清道が目を細めて見つめる。視線を合わせながらキスをすると、さらに胸が詰まり、涙で前が見えなくなった。

「愛してるよ、奈緒……。一生、奈緒を大事にして愛し続ける。――何度生まれ変わっても奈緒と出会って、何度でも奈緒と結ばれて愛し合いたい」

「私も……」

清道の掌《てのひら》が奈緒の顔を包み、唇が溢《あふ》れ出た涙を吸い取ってくれた。

気持ちを確かめ合いながらのセックスが、これほど熱く幸せなものだったなんて……

奈緒は、嬉しさで胸をいっぱいにしながら、ほうっと息を吐き、ジャスミンの香りを吸い込む。ものすごく心地いい。

香り立つオイルが汗ばむ肌に溶け込み、二人だけの芳香を作り上げているみたいだった。

「綺麗だよ、奈緒」

ゆっくりとした腰の抽送《ちゅうそう》は、まるで穏やかな波のようだ。

優しいのに、どうしようもなくふしだら。淫奔《いんぽん》なのに、これ以上ないほど深い愛を感じさせてくれる。徐々に深く強くなっていく腰の動きが、奈緒を幸せなセックスに溺《おぼ》れさせた。

突き上げられるたびに清道の恥骨が奈緒の花芽を擦り、堪《こら》えきれないほどの愉悦《ゆえつ》を生じさせる。

自分でも奥がビクビクと痙攣《けいれん》しているのがわかった。

あと少しでも動かれたら、きっと達してしまう——

そう思った時、清道が奈緒の身体を強く抱きしめて、腰をズンと前に進めた。

「あああっ！　あっ……あ——」

一瞬頭の中が、ぱあっと明るくなり、閉じた目蓋《まぶた》の向こうがまばゆく白光した。

身体が、どんどん浮き上がっていく感覚に、奈緒は清道に縋《すが》り付くようにして全身を硬直させる。

「奈緒……奈緒……」

耳元で聞こえる清道の声に反応して、蜜窟がキュンと窄《すぼ》まる。蜜壁が淫茎を抱きしめるように絡みつき、潤《うるお》いを増しながら優しく締めあげていく。さらに腰を進められ、切っ先が子宮に続く膨らみをグッと押し上げた。そんな事をされたら、もうたまらない。

奈緒は込み上げてくる愉悦《ゆえつ》に全身を丸呑みされて、喘《あえ》ぎつつ必死に清道にしがみついた。

強すぎる快楽に前後不覚になり、あっという間に再び昇りつめる。

蠢《うごめ》く最奥《さいおう》に締め付けられた屹立《きつりつ》の先がビクリと跳ね、二度三度と吐精して奈緒の中を満たしていく。

「ぁ……っ……、あ……」

頂点まで追い詰められ、なおも上に吸い込まれていくような感覚――

達してもまだ離れないまま抱き合っていると、僅《わず》かに残る隙間を埋めるように、屹立《きつりつ》がもう一度力強く脈打った。

二人を隔てるものが何もない状態での睦み合いが、これほど濃厚で心が震えるものだとは知らなかった。きっともう、中は清道の形状を覚えていて、それに沿うように形を変えているに違いない。

達してもなおウネウネと中が蠢《うごめ》き、硬さを取り戻した清道のものがビクンと奥で跳ねて子宮の中をさらなる精で満たしていく。

それでもまだ離れがたく、二人は全身でセックスの余韻に浸《ひた》り、互いへの想いを深く感じ合った。

気がつけばこめかみがしっとりと濡れており、奈緒は自分が感極まって涙している事に気がついた。

「奈緒、愛してる……。何があっても離さないよ」

奈緒は清道の囁《ささや》き声と、こめかみに触れる唇の温もりに安らぎを感じた。

「私も……」

幸せすぎて、そう返事をするのがやっとだ。

言葉に尽くせない想いを伝えたくて、奈緒はしがみついていた腕を解いた。そして、愛する人と見つめ合いながら何度も唇を重ね合わせるのだった。


街にハロウィンの飾りつけが見られるようになった頃、「petite mort《プティットゥ・モール》」の第二弾であるオイルが完成した。

容器は変質を避けるために遮光機能付きのプラスチックで、色はシックな琥珀《こはく》色だ。これなら、傍目《はため》には普通の化粧品に見えるし、あらゆるところに違和感なく置いておける。

オイルを完成させるにあたって、奈緒は清道や「ソノダ・エージェント」の担当者達と話し合いを重ねた。集められたメンバーは年齢も性別もバラバラだが、それはより多くの人に使ってもらえるよう、あえて清道がそうしてくれたからだ。

「これ、素晴らしいです！　実はうち、レス気味だったんですけど、いただいた試作品を使って以来、誘ったり誘われたりする事が多くなったんですよ」

「これ、ものすごく誘淫作用がありますよね。この頃じゃ、オイルの香りを嗅ぐだけで、なんとなくエッチな気分になったりして」

そんな嬉しい発言にミーティングは大いに盛り上がり、テーブルを囲む全員の結束力も強まった。

そのおかげもあり、全員が満足して納得がいく商品が出来上がったのだ。

第一弾のローション同様、マーケティングは「ソノダ・エージェント」に全面的にお願いしているが、奈緒自身も従来どおりの広告宣伝にプラスして、個人レベルの宣伝活動を行った。

ターゲットの一人は「GJ倶楽部」の健次郎。美夏を通して連絡をとってもらい、三人で会う約束を取り付けた。

目的は、もちろん直接「ソルテア」の商品を売り込むためだ。

せっかくのチャンスだから、自社商品の良さを存分にアピールして、彼の実家が営む美容院とパートナーショップ契約ができたらいいなとも思っている。また、農家を営む縁戚の人の紹介で、農産物を取り扱う店に「ソルテア」のクリームを置かせてもらう話も出ていた。

事前に話を通してくれた健次郎によると、すでに何人もの人が愛用してくれている事もあり、いずれもかなり前向きな反応を見せてくれているらしい。

もちろん、美夏のエステティックサロンにも置かせてもらう話は付いている。

試作品の時点でかなりオイルを気に入ってくれた美夏は、これについても施術時に使用すると言ってくれた。

「美夏には感謝してる。美夏のおかげで清道と出会えて、心から愛し合う素晴らしさを知る事ができたんだもの。美夏がいてくれたからこそ、今の幸せがあるの。美夏が親友で本当によかった！」

「ふふふ～、そう言ってくれると、私もおせっかいのし甲斐があったってものだわ。まあ、健次郎君を紹介したのは、ちょっと荒療治だったけど。でも、あれをきっかけに奈緒は園田社長との絆《きずな》を深めたんだから、結果オーライよね」

美夏があの時、奈緒のもとにレンタル彼氏を送り込んだのは、一種のショック療法のつもりだったようだ。

「一か八かの賭けだったけど、二人の絆《きずな》が本当なら、きっとまた愛し合う事を選ぶって思ったし、そうなるって信じたかったのよね」

美夏が奈緒の顔を見ながら、しみじみとそう語った。自由恋愛を楽しんでいる彼女だが、意外にピュアな面があって可愛らしい。

「それも含めて、美夏には頭が上がらないな」

「そんなに気にしてくれなくてもいいわよ。ありがたく思ってくれてるなら、ブライダルエステティックのフルコースを予約してちょうだい」

美夏が見せてくれたコース案内によると、ぜんぶで十五回の施術で二十万円弱。

「さすが、フルコース！　驚きの金額だね」

「なぁんて、もちろん親友価格でやらせてもらうから安心して〜」

奈緒が目を剥《む》いていると、美夏が背中をペチンと叩いてきた。

持つべきは気の置けない親友だ。

奈緒は改めて美夏の存在に感謝しながら、そう遠くない未来に夫婦になる愛しい人の姿を思い浮かべて、にっこりするのだった。

清道と正式に付き合い始めてから、半月が経った。

二人の仲は順調そのもので、何ひとつ問題はない。ただ、二人がゆくゆくは結婚すると知った智樹が、ここのところ少々ご機嫌斜めなのだけが、唯一気になるところだ。

（二人には仲良くしてほしいんだけどなぁ）

もちろん、清道のほうは仲良くする気満々なのだが、智樹にはまったくその気がない様子だ。

「奈緒が取られちゃいそうで、ヤキモチ焼いてんのよ」

紗智はそう言って笑っていたが、どうやら本当にそうみたいで、奈緒が清道と話をしているとわかりやすく邪魔をしてくる。

このままではいけないと思った奈緒は、智樹が事務所で宿題をしている時に、あえて清道を呼んで二人が直接話す機会を設《もう》けた。

すると、思惑どおり、智樹は難しい問題を解くのに清道の助けを借りるようになった。

「実は、この間智樹君と連絡先を交換したんだ」

つい先日、清道が嬉しそうにそう報告してくれたが、残念ながら未だ智樹は彼に対してよそよそしい態度を取っている。

「もうじきリレーだぞ。智樹君、アンカーだよな。ビデオカメラ、もう一度チェックしておかないと」

白いポロシャツとブルージーンズ姿の清道が、持参したビデオカメラの動作確認をし始める。

体育の日である今日、奈緒は彼とともに智樹が通う小学校の運動会を見に来ていた。

奈緒は例年、姉と一緒に智樹の運動会を観覧しているのだが、今年はあいにく紗智が数日前から風邪をこじらせて寝込んでしまっているのだ。

ビデオカメラを構える清道は、来て早々周囲の視線を集めている。特に母親達からの注目度が高く、中には我が子そっちのけで清道をチラ見する人もいるくらいだ。

(さすが清道。立っているだけで目立つし、オーラが出まくってる感じ)

今回はじめて運動会を観覧する清道は、昨夜からソワソワとして落ち着かない様子だった。

そんな清道と連れ立っている奈緒は、白のコットンシャツにロールアップしたターコイズブルーのパンツを合わせている。

引き続き自分磨きに励《はげ》んでいる奈緒は、おかげでかなり自分の容姿に自信を持てるようになった。

メイクの仕方も今ふうにアップデートして、ナチュラルでありながら、よりきちんとして見えるようにシフトチェンジした。立ち振る舞いにもゆとりが出てきたし、仕事で人に会う時も余裕のある態度で接する事ができている。

清道と一緒にいても常に自然体でいられるようになったのは、そんな努力の積み重ねがあったからだろう。

目の前では、三年生の大玉転がしが終了し、いよいよ智樹の出る六年生によるクラス対抗リレーが始まる。走る順番は背の高さによって決められたようだ。

六年一組の中で一番高身長の智樹は、当然最後に走る。

けれど、特別足が速いわけでもなく、運動もごく普通にこなす程度で、本人曰《いわ》く正直アンカーはかなりの重荷らしい。

しかし、蓋《ふた》を開けてみれば、智樹はバトンを受け取るなり驚くほどの速さで走り出した。

走り始めた時は三位だったのに、みるみるうちに前を行く走者を追い抜き、ゴール近くでトップに躍り出た。

人々の視線を集める中、智樹はそのままゴールテープを切り、見事一位を獲得した。

それを見るなり、奈緒は清道と手を取り合い飛び上がって喜んだ。

「やったな！」

声を上げて嬉しそうに笑う清道を見て、奈緒は胸が熱くなった。リレーの結果もそうだが、清道が心から智樹の頑張りを喜んでくれているのが、たまらなく嬉しい。

リレー選手達が退場し、ほどなくして智樹が奈緒達のところに駆けてくるのが見えた。

奈緒は喜び勇んで走って来る智樹に向かって両手を広げ、笑顔で待ち構えた。

「智樹〜！」

名前を呼ぶと同時に走り込んできた智樹が、奈緒のすぐ隣に立っている清道に思いきり抱きつく。

「あれっ？」

肩透かしを食らった奈緒は、清道と顔を見合わせて笑っている智樹を見てあぜんとする。

「えっと……？」

面食らう奈緒の横で、二人がパンとハイタッチをする。

「よくやったな、智樹君！　ゴールの仕方、見事だったよ」

「ありがとう！　俺、すっごく嬉しい！　奈緒ちゃん、見ててくれた？」

智樹が笑顔で奈緒を振り返る。

「もちろん、見てたわよ！　智樹、前よりもずいぶん走るのが速くなったね！」

「清道さんが教えてくれたとおりにしたら、勝てたんだ！　クラスのみんなも、驚いてるよ！」

それほど足の速くなかった智樹は、はじめてリレーのアンカーを任される事になり、何度となく不安を口にしていた。それを聞いた清道が、智樹を個人的に呼び出して、何度か速く走る方法をレクチャーしていたらしい。

「なぁんだ。そうだったのね」

清道にじゃれつく智樹を見て、奈緒は心底嬉しくなる。

閉会式を終えて帰宅すると、すっかり回復した様子の紗智が三人の帰りを待ち構えていた。

「お姉ちゃん、風邪は？」

「奈緒がリアルタイムで送ってくれた映像を見たら、熱なんか吹っ飛んじゃったわよ！」

奈緒は留守番をしている紗智を思い、智樹が活躍する姿を録画して、その都度ＳＮＳを介して姉に送っていた。それを見た紗智は、何度も動画を見直して一人で大興奮していたみたいだ。

「お母さん、大丈夫？　もう寝てなくていいの？」

「平気よ。智樹、頑張ったね！　お母さん、感動しちゃった〜！」

四人分のオレンジジュースを用意して、皆で智樹の健闘を称《たた》える。仲良く帰っていく母子を見送り、奈緒は改めて清道に礼を言った。

「清道、智樹に走り方を教えてくれて、ありがとう」

「どういたしまして。智樹君、すごく頑張ってた。奈緒達を驚かせたいから、自主練してるのは内緒だよって言われて、黙ってるのに苦労したよ」

そう言って笑う清道は、智樹との距離が近くなった事が嬉しくてたまらない様子だ。

「ふふっ、よかった。これでもう、智樹が清道にヤキモチ焼く事もなくなるわね」

「そうだといいんだけどな。実は智樹君、自主練をしている時に、俺に話してくれたんだ——」

清道が言うには、智樹は確かにヤキモチを焼いていたようだが、それには奈緒が結婚して自分の近くからいなくなるのを恐れる気持ちも含まれていたらしい。

「智樹君は、俺と奈緒が結婚して、前みたいに奈緒が別の場所に住むのが嫌なんだって言ってたよ」

「智樹がそんな事を……？」

智樹の両親は、彼がまだ赤ちゃんだった時に離婚した。当時まだ学生だった奈緒は、それを機に学生寮を出て、今姉親子が住んでいる部屋で二人と同居を始めた。

それは奈緒が社会人になってからも続いたが、智樹が小学二年生になる年に終わっている。

理由は元カレとの同棲をスタートさせたからであり、智樹はその時に感じた寂しさをずっと忘れられずにいたらしい。

「今は同じマンションに住んでるからいいけど、結婚したらまたお母さんと二人きりになる……それが寂しいんだって。だから、俺と打ち解けるのを躊躇《ちゅうちょ》してたらしい」

結婚についてだが、清道側の親戚にはもう報告済みのようなものだし、奈緒の実家への挨拶《あいさつ》はすでに済ませている。あとは具体的に、いつ結婚するか決めるだけになっており、今の仕事が一段落したら準備に取り掛かる予定だ。

今はまだ同じマンションで暮らしているが、清道と結婚したら、このままここに住み続けるというわけにはいかないだろう。

「智樹……。そうだったんだね……」

いつも明るく振る舞ってはいるが、まだ小学六年生だ。

奈緒は、自分が思っていた以上に智樹が寂しさを抱えていた事に気づかされ、胸を痛めた。

「私、清道と結婚しても、ぜったいに智樹には寂しい思いはさせない。住むところは別になっても、仕事をここでするなら、これまでどおりいつでも会えるし――」

「奈緒、それなんだが、もし奈緒や智樹君達さえよければ、どこかに『ソルテア』の事務所を兼ねた二世帯住宅を建てて、一緒に住むっていうのはどうだ？」

「えっ？　……それって、どういう事？」

清道曰《いわ》く、彼は今自宅として使っている二軒のほかにも、都内にいくつか土地を持っているのだと言う。多少都心からは離れるが、そこでともに暮らせば寂しさを感じる事はなくなる。

敷地は十分すぎるほど広いため、二世帯住宅とはいえ完全分離型の、言ってみれば二軒の家を建てて隣同士として住むようなものを想定しているようだ。

「ほ、ほんとにいいの？」

「ああ、俺のほうはぜんぜん問題ない。もし、もっと都心のほうがいいようなら、今所有しているものを処分して、良さそうな土地を新しく買えばいいしね」

まさかの同居。

しかも新築二世帯住宅！

奈緒は、驚きの問題解決法に言葉もない。

清道は、もし智樹が今の学区から離れたくないようであれば、この近隣で土地を買い家を建てればいいとまで言ってくれた。

優しいとは思っていたけれど、ここまでスケールが大きくて懐《ふところ》が深いとは……

「さっきバトンを持って一生懸命走る智樹君を見て思ったんだ。俺は今まで、特別子供を可愛いと思った事も、子供を欲しいと思った事もなかった。だけど、子供がいかに愛すべき存在なのか思い知ったし、今はもう、すぐにでも奈緒との子供が欲しくてたまらなくなってる」

「え？　清道――ん、んっ……」

急に抱きしめられて、唇にキスをされる。そのままシャツのボタンを外され、ブラジャーの肩ひもをずらされた。

「ちょっ……き、清道っ……ま、待って……」

「待てない。今すぐに奈緒を抱きたい。もう避妊はしてないんだし、子供はいつできてもおかしくないだろう？　どうせ作るなら、早いほうがよくないか？　もちろん、妊娠と出産はたいへんな苦労が伴うから、俺が全力でサポートする。もちろん、子育ても一緒に頑張るよ」

普段ならともかく、今は運動会帰りで奈緒は汗や砂ぼこりまみれだ。なおも迫ってくる清道をどうにか押し留めるが、彼は引き下がるつもりはないようだ。

「じゃあ、このまま二人でシャワーを浴びよう。洗いながら挿《い》れるなら、いいだろ？　お願いだ、奈緒……」

もとから清道の誘いには弱い奈緒だが、この頃の彼は「ねだる」と「甘える」いう攻撃法を覚えた。それを使う時の清道は、いつも以上にセクシーで男性的な魅力をフルに発揮してくる。

「ええええ……」

デコルテに唇を寄せられ、上目遣いでじっと見つめられる。そんな顔で頼み事をされては、もう応じる以外に選択肢などなかった。降参した途端、早々に子宮がキュンキュンと疼《うず》きだす。

奈緒の表情で陥落したのを確信した清道が、あれよあれよという間に二人の着ているものを床に落としていく。

「奈緒、愛してる……。奈緒といると、いつだって自分が〝雄〟なんだって思い知らされるよ」

狭いから、お姫様抱っことはいかない。

奈緒は清道に縦抱きにされてバスルームに連れていかれ、温かなシャワーを背中に浴びながら彼と繰り返し唇を合わせた。

「清道……愛してる。私も、清道との子供がすぐにでも欲しいかも……」

子宮の疼《うず》きは、これ以上ないといっていいほど高まってきていた。

立ち上《のぼ》る湯気に包まれながら、奈緒は片脚をバスタブの縁にのせて清道を受け入れる体勢を取る。

「じゃあ、今から本格的な子作りをしようか。そうなると、結婚式はともかく、婚姻届は早めに出したほうがいいな」

重なってくる唇が、微笑んでいる。

奈緒は頷きながら、清道の肩に腕を回した。

これほどゴージャスでグッドルッキングなジェントルマンは、ほかにいない。

清道こそ、奈緒が生涯をかけて愛する永遠の恋人であり、何度生まれ変わってもそばにいたいと願わずにいられない最高の伴侶だ。

奈緒は今の幸せと未来の幸福を予感して、清道に何度となくキスを返すのだった。

家族ぐるみで仲のいい桜井《さくらい》家と東条《とうじょう》家。桜井家の三女・花《はな》
は東条家の一人息子・隼人《はやと》に長らく想いを寄せていた。
しかし、彼は姉の許嫁で——。
時は巡り、それぞれ別の相手と結婚した二人の姉に代わり
なんと三女の花に隼人の許嫁が繰り下がってきて!?
姉の許嫁であり、絶対に叶わない恋の相手でもあった隼人
と、思いがけず想いを通わせることになった花。
そんな彼女に待っていたのは、心も身体も愛され尽くす夢
のような日々で——!?

B6判　定価：704円（10%税込）　ISBN：978-4-434-31336-3

アパレル企業の総務部で働く丸山《まるやま》里《さと》美《み》は、何故か昔から存在感がとても希薄で、“総務部の幽霊さん”とあだ名されるほど。そんな里美が、自分とは正反対の華やかで人目を引く、勤め先の社長・健《けん》吾《ご》に告白された！　一時の気まぐれだろうと思う里美。でも、健吾のほうは本気も本気、里美に甘く迫ってきて……!?

B6判　定価：704円（10%税込）　ISBN 978-4-434-25250-1

恋愛小説「エタニティブックス」の人気作を漫画化！

EC Eternity COMICS

経理部の岩田さん、セレブ御曹司に捕獲される

漫画 水口舞子 Maiko Mizuguchi
原作 有允ひろみ Hiromi Yuuin

岩田凜子《いわたりんこ》は紡績会社の経理部で働く二十八歳。無表情でクールな性格ゆえに、社内では「超合金」とあだ名されていた。そんな凜子に、新社長の慎之介《しんのすけ》が近づいてくる。明るく強引に凜子を口説き始める彼に動揺しつつも、凜子はいつしか惹かれていった。そんなおり、社内で横領事件が発生！　犯人と疑われているのは……凜子!?　「犯人捜しのために、社長は私に迫ったの…？」傷つく凜子に、慎之介は以前と変わらず全力で愛を囁き続けて……

B6判　定価：704円（10%税込）　ISBN 978-4-434-27007-9

EB エタニティ文庫

エタニティ文庫・赤

総務部の丸山さん、イケメン社長に溺愛される

有允ひろみ

装丁イラスト／千花キハ

アパレル企業の総務部で働く里美は、存在感の薄すぎる“超”地味ＯＬ。そんな里美が、イケメン社長の健吾に突然目をつけられ、なんと交際を申し込まれた！　これは彼の単なる気まぐれだろうと自分を納得させる里美。けれど健吾は里美に本気も本気で、ド執着してきて……!?

エタニティ文庫・赤

経理部の岩田さん、セレブ御曹司に捕獲される

有允ひろみ

装丁イラスト／千花キハ

岩田凛子は無表情ゆえに、「経理部の超合金」とあだ名されている。その彼女に、若くして社長に就任した慎之介が近づいてきた。明るく強引に、凛子を口説く彼。そんなおり、社内で横領が行われているとの情報が入る。その犯人と疑われているのは……まさかの凛子で!?

※エタニティブックスは大人の女性のための恋愛小説レーベルです。ロゴマークの色で性描写の有無を判断することができます（赤・一定以上の性描写あり、ロゼ・性描写あり、白・性描写なし）。

詳しくは公式サイトにてご確認ください。
https://eternity.alphapolis.co.jp/

携帯サイトはこちらから！

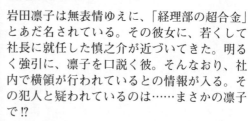

EB エタニティ文庫

エタニティ文庫・赤

専属秘書は極上CEOに囚われる

有允ひろみ

装丁イラスト／藤谷一帆

かつて旅先で名も知らぬ相手と濃密な一夜を経験した佳乃。それから五年、社長秘書として働く彼女の前に、突然あの夜の相手・敦彦が代表取締役ＣＥＯとして現れた！　彼は戸惑い距離を取ろうとする佳乃を色気たっぷりに追い詰め、心の奥に閉じ込めたあの夜の恋心を強引に暴き出し……？

エタニティ文庫・赤

蜜甘フレンズ
～桜井家長女の恋愛事情～

有允ひろみ

装丁イラスト／ワカツキ

商社に勤めるまどかは、仕事第一主義のキャリアウーマン。今は恋愛をする気もないし、恋人を作る気もない。そう公言していたまどかだけれど――ひょんなことから同期で親友の壮士と友人以上の関係に⁉　恋人じゃないのに、溺れるほど注がれる愛情に、仕事ばかりのバリキャリＯＬが愛に目覚めて⁉

※エタニティブックスは大人の女性のための恋愛小説レーベルです。ロゴマークの色で性描写の有無を判断することができます（赤・一定以上の性描写あり、ロゼ・性描写あり、白・性描写なし）。

詳しくは公式サイトにてご確認ください。
https://eternity.alphapolis.co.jp/

携帯サイトはこちらから！

この作品に対する皆様のご意見・ご感想をお待ちしております。

おハガキ・お手紙は以下の宛先にお送りください。

【宛先】

〒150-6008 東京都渋谷区恵比寿 4-20-3 恵比寿ｶﾞｰﾃﾞﾝﾌﾟﾚｲｽﾀﾜｰ 8F
（株）アルファポリス　書籍感想係

メールフォームでのご意見・ご感想は右のＱＲコードから、
あるいは以下のワードで検索をかけてください。

アルファポリス　書籍の感想　検索

ご感想はこちらから

魅惑《みわく》の社長《しゃちょう》に誘淫《ゆういん》されて陥落《かんらく》させられました

有允ひろみ（ゆういん ひろみ）

2023年 8月 31日初版発行

編集－本山由美・森 順子
編集長－倉持真理
発行者－梶本雄介
発行所－株式会社アルファポリス
〒150-6008 東京都渋谷区恵比寿4-20-3 恵比寿ｶﾞｰﾃﾞﾝﾌﾟﾚｲｽﾀﾜｰ8F
TEL 03-6277-1601（営業） 03-6277-1602（編集）
URL https://www.alphapolis.co.jp/
発売元－株式会社星雲社（共同出版社・流通責任出版社）
〒112-0005 東京都文京区水道1-3-30
TEL 03-3868-3275
装丁イラスト－藤浪まり
装丁デザイン－AFTERGLOW
（レーベルフォーマットデザイン—ansyyqdesign）
印刷－図書印刷株式会社

価格はカバーに表示されてあります。

落丁乱丁の場合はアルファポリスまでご連絡ください。

送料は小社負担でお取り替えします。


ISBN978-4-434-32469-7 C0093